总策划
杨钦欢

主　编
何建明
程贤章

《中国治水史诗》评传

作家出版社

2009年9月9日在广东梅州客都大酒店举行《中国治水史诗》总编室挂牌仪式。

《中国治水史诗》主编程贤章考察四川都江堰水利工程。

《中国治水史诗》主编程贤章考察新疆坎儿井。

原梅州市委书记刘日知（左一）到客都大酒店《中国治水史诗》总编室看望本书主编程贤章，并听取程贤章介绍《中国治水史诗》编辑情况。刘日知称赞《中国治水史诗》堪称一项巨大文化工程。

梅州市委书记李嘉（右一）到客都大酒店《中国治水史诗》总编室看望本书主编程贤章，并认真听取了程贤章介绍《中国治水史诗》编辑情况。

梅州市市长朱泽君（右一）到客都大酒店《中国治水史诗》总编室看望本书主编程贤章。程贤章赠送了一部《中国治水史诗》给朱泽君市长。

梅州市梅县县委书记李远青（左一）、县长张文广（左三）到客都大酒店《中国治水史诗》总编室听取本书主编程贤章关于《中国治水史诗》编辑情况介绍。

《中国治水史诗》主编程贤章与本书责编贺平（左二）研究编务工作。

《中国治水史诗》总策划杨钦欢（右一）与本书主编程贤章（右三）、责任编辑贺平（右二）合影。

《中国治水史诗》总策划杨钦欢（左一）与本书两位主编何建明（左三）、程贤章（左二）合影。

作家出版社社长何建明（左一）与广东梅雁实业投资有限公司总经理李江平（左二）签订《中国治水史诗》的出版合同。

《中国治水史诗》主编程贤章（左二）与叶剑英元帅之女叶向真女士（左一）在北京人民大会堂参加《中国治水史诗》首发式暨研讨会前的合影。

《中国治水史诗》总策划杨钦欢（右三）与梅州市梅县县委书记李远青（右二）、县长张文广（右五）等在北京人民大会堂人大常委会会议厅参加《中国治水史诗》首发式暨研讨会。图为他们在参加会前的合影。

2010年7月3日广东梅雁股份有限公司董事长、总经理、《中国治水史诗》总策划杨钦欢（左二）在北京人民大会堂人大常委会议厅举行的《中国治水史诗》首发式暨研讨会上致辞。

2010年7月3日在北京人民大会堂人大常委会议厅隆重举行《中国治水史诗》首发式暨研讨会现场。

图片均为 罗炜新、程勇芳 摄影

目录

序

似水年华　似诗篇章

何建明

作为一个出版人，我一年所要审编出版的作品与图书在千百之数以上；作为一个作家，我写过不算少的作品，可似乎还很少看过一部比《中国治水史诗》更强大的作者阵营，更少见一部书在已经完成它的使命后，又有那么多文坛评论家、作家、社会学家参与对它如此充满激情和好意的“说三道四”！

这是《中国治水史诗》所独有的。

这份独有，首先来自于《中国治水史诗》本身。人类离不开水，人类的生命源于水，人类进入现代化的今天，水更变得重要和不可少。人类的历史从某种意义上讲就是水的历史。水，永远携着人类向一个个文明高度进军。创造更多彩的史话，是水的存在的必然。然而记录水的历史的巨著不是太多，而好的更少。《中国治水史诗》属于难得的好书之一，好就好在它抓住一个“治”字。中国的社会文明进步，皆与治水相关，治水史其实就是中国农耕文明史加工业文明史的总和。从这个意义上讲，难道《中国治水史诗》不是一本可以传世之作？显然。可以炫耀的是，《中国治水史诗》的参与写作者之多！阵营之豪华！这是该书的另一个不同寻常。当今文坛诸君，近百大将挥笔入书，其势不能不令世人惊观。更独有的是，倡导此书的著名学者程贤章先生在他年高体弱之时，奔波四方，约稿牵友，感动天下方客！著名企业家、水业雄才杨钦欢先生高瞻远瞩识大策、定方略，慷慨支持该书的创意和出版工程，杨先生诚心大义的所作所为，令我等全国作家肃然起敬。所谓独有，便是稀罕贵物，《中国治水史诗》一书的稀贵之处已经载入文史。发起者和组织者程贤章、杨钦欢先生的英名与书同辉。

现在我们出版的这部“《中国治水史诗》评传”，又是独有中的另一种独有了：它是因为前者的“稀贵”而产生的一份新的“稀贵”。王必胜、缪俊杰、孟繁华、陈晓明、田珍颖、杨克、潘凯雄、丘峰、李钟声、蓝博洲……云云大家，都是当今文坛批评理论界的大腕级人物，还有阿成、张笑天、陈世旭、雪漠等著名作家，他们在做一件非常有意义的事：为《中国治水史诗》写评传。难能可贵，难有同类，这是我对这部《评传》的一个最直接和最动感情的评语。事实上，一部书让人说好不是太容易，让十个人说好更不容易，让几十个人尤其是几十个大家都说好，实在真的不容易。《中国治水史诗》做到了，说明了什么？说明了《中国治水史诗》本身和该书背后的那些动人的故事让我们的批评和理论大家们折服，说明了治水与中华民族的命运息息相关，我们都十分重视和敬仰治水的所有奇迹和细节，以及那些为治水而奔波、而奋进、而立传的人。

年华似水，文章似诗。岁月是流不断的水，水是岁月唱不尽的歌。让我们一起为水而咏叹，为水而诗赋。

2011 年立秋

治国与治水

——写在《中国治水史诗》发行后

张笑天

人类在还没有文字记载的史前时代，就充斥了许许多多关于水患和治水的传说，其中当然以诺亚方舟和大禹治水最为脍炙人口。诺亚方舟故事里的上帝并不可爱，为了惩罚罪恶的人类，居然不惜发四昼夜洪水，让亚当、夏娃的子孙尽死泽国，得救者仅诺亚一家八口而已。

比较而言，大禹则更有人情味，为救百姓万民，治水十三年，三过家门而不入，成为千古美谈。

大禹这人很不简单，公而忘私，不记私仇家恨，他的父亲鲧奉尧帝之命，治水九年而无功，被舜帝处死于羽山，禹不计前嫌，仍能接受舜的委任前赴后继，疏河道、通沟渠，终于成功，造福万民。禹是家喻户晓的大英雄，直至被神化。

有史为凭的李冰父子就不止是传说了，他们留下的都江堰水利工程，是智慧与民力的杰作，两千多年过去了，迄今川西百姓仍受其惠，成就了有史以来的“天府之国”，那无疑是蜀郡太守造福于人的丰碑。

可以说，古往今来，人类得益于水，也受害于水。水患和水利是伴着人类的蹒跚脚步开始，一直走到今天，辉煌与灾难俱来，受惠与苦果同尝。

水至柔，却又是可摧毁一切的残暴力量，人又一时一刻离不开它。你无法不对水产生敬畏之情。

中国水系复杂、水网密集、水患频繁，却又是严重水荒的国度。对于如何利用有限的水资源，孙中山先生早在1924年“民生主义”讲演时，已首次提到建造三峡电站的构想，集防洪、灌溉、发电功能于一身。到了20世纪40年代，国民政府还派出科学家去美国考察，并请美国大坝、水利专家萨凡奇帮助设计过蓝图，着实刮了一阵萨凡奇旋风，可惜最终因资金匮乏而流产，萨凡奇只在宜昌上游的拦河坝上造了几所房子而已。到了1963年，已经84岁高龄的萨凡奇仍念念不忘三峡工程，他对中国人很有信心，称赞“中国有很多聪明人，不会把巨大的财富长期搁置不用”，他不能躬逢三峡修建之盛的遗憾也是显而易见的，他对中国同行说：“只是对于我，三峡已是一个失落了的美好而痛苦的梦境了。”

萨凡奇的梦还是由中国人自己圆了。新中国成立后，毛泽东多次视察长江三峡，以诗意描绘了“高峡出平湖”的壮丽图景，成了中国几代水利工作者的朝思暮想。而今天，美梦终于成真，中国人从此敢于拍胸脯，自诩无愧为大禹的子孙。

把几千年来，特别是60年来炎黄子孙治水的可歌可泣的事迹记录下来，这是一个庞大的系统工程，本该由政府和学界的专家们来完成，但这任务却落到了一批作家肩上，这得给一位有识之士大书一笔，他就是倡议并出资启动这项文化工程的杨钦欢先生。

我原来与杨先生素昧平生，只是这本书完成后在人民大会堂的首发式上，才得相见。他是广东梅雁集团的老总，是上市公司的老板，他能跳出所经营的圈子，不惜掷重金经营这本只赔不赚的书，本身就令人肃然起敬。

梅雁集团与水利有不可割舍的情缘，杨先生的集团原本是经营水电的，对水情有独钟就毫不为奇了。他说得好，中国的历史其实就是一部治水史，从三皇五帝到伟人毛泽东，哪个明君不是以治水安天下？哪个爱民如子的领导人不以兴修水利而惠民？他举了很多古今实例，从灵渠、都江堰到治黄、治淮，乃至修建三峡水利枢纽工程，无不记录着名君名臣的千秋功业。

我相信，他不是随口说出，当然也需听者有意。这就要说说老作家程贤章先生了。对这部治水史来说，他和杨钦欢一样，堪称第一个吃螃蟹的人。

他听了杨先生的一番感慨，马上表态说，你先出一笔经费，我来接招！他自愿披挂上阵操持此事。

初听此言，杨钦欢还以为是玩笑或应景，当看出程贤章是发自内心时，这倒让杨先生又高兴又于心不忍了，须知，程贤章马上就是80岁的人了，身体又欠佳，怎敢劳动他担此重任？

很快，程贤章拿出了方案。这方案中开列的一大串作家名字，也着实吓了杨钦欢一跳，诸如陈世旭、邓刚、何建明、张炜、蒋子龙、陈桂棣、程树榛、关仁山、刘兆林、焦祖尧、阿成、叶兆言、赵丽宏、缪俊杰、叶延滨、谭谈、彭见明、何申、李存葆、杨克、商震、沈仁康……这可都是活跃在当今文坛上的重量级作家呀！他们都有繁重的创作任务，能够分心为治水史出力吗？有这个兴趣吗？

当过广东文学院长的程贤章显得胸有成竹，他敢拍胸脯说“招之即来”，他真的做到了，其中的缘由，固然源自作家们对这设想的趋同感，也与程贤章这位老大哥的号召力有关。

肯吃苦，这是程贤章让人敬重的一点。他不顾高龄体弱，带几个助手到大江大河去实地考察，连震区映秀镇也没有漏掉，更不要说都江堰、灵渠了。他从黄河口三角洲到新疆的坎儿井，从东北大平原上的黑龙江、松花江到上海黄浦江、苏州河，直至钱塘江……

他艰苦跋涉去寻访大江大川，同时看望那些应他之邀开始撰写水利史各章节的作家们，以尽组织者和朋友之谊。

我深受感动的是，在11月份哈气成冰的寒冬季节，他带助手们来到东北，先后拜访了张笑天、阿成、刘兆林、邓刚等人，目的不为督促大家的写作进度，只为表达他的一片心意，那是酷寒中送去的温暖！

杨钦欢和程贤章的心血没有白费，洋洋200多万言的《中国治水史诗》终于面世了，不妨看一看标题吧，从《大禹治水》、《都江堰散记》、《隋炀帝与大运河》、到《中国幻梦——黄河清》、《百年梦想，中国几代伟人与三峡工程》……林林总总，却艺术地概括和再现了人类战胜水害、变害为利的改造大自然的文明进程。

这本书好在它不是空洞的说教，不单靠罗列枯燥的数字，而是写了众多栩栩如生的古今治水英雄。所以说，这是鲜活的治水史，是给人以冲击力的文学之史。

自从北魏郦道元编纂《水经注》后，迄今为止，再没有一部完整的水利大典问世，这部水利史集合了56位知名作家集体打造，也是空前的壮举，是一项填补空白之作。

中国是个缺水又水灾频发的国家，历来的当政者得不得民心，首看水利。所以说善治水者可令天下稳固，是毫不夸张的。水利兴则五谷丰，天下富。这是关系民之生存、国之根基的大事。

建国以来，我们的政府也一直在治水上下工夫。中国气候受季候风影响，旱涝无常，大水泛滥则使良田一片汪洋，旱则赤地千里，颗粒无收。这对以农为本的古老中国来说，如不治水，将动摇民族根基、动摇国本，这绝不是危言耸听。

捧着两本沉甸甸的大书，心里很有感触，我在人民大会堂发言时就说过这样的话，这项不亚于任何利国利民的水利工程的图书工程，其实应由国家注资来完成，不管是隔代修史还是当代立传，举一国之力总会少些缺憾。

应当说，作家虽然在水利专业知识上有缺失，可他们有热情、有认同感，有同老百姓血脉相连的感情，又不乏艺术想象的翅膀，不经意间能把人带进一个五彩缤纷的水世界，使原本枯燥的水利史，显现出无法抗拒的魅力，戴上史与诗的桂冠。我深知他们创作的繁忙，可一经召唤，竟应者云集，纷纷放下手里的工作，或采访，或重走大川大河，到如今，汗水凝固成这部洋洋大观的治水史诗。应当说这是泽被后人、功德无量的事。

我的文学创作与水有缘，不必说游历过祖国的名泽大川，我也曾扎下去，在当年的葛洲坝工程和后来的三峡工程去深入生活，我采访过包括水利泰斗张光斗在内的诸多水利专家，也访问过当年各学科领域反对建三峡电站的反对派精英们，甚至前往美国去探访高达220米的胡佛大坝，后来写出了电影《木屋》、《世纪之梦》，以及《滇池遐想》、《抚仙湖奏鸣曲》、《上善若水》等“涉水”文学作品。

我对中国的大江大河有天然的情感依恋，并且对那些为规划治理它们、使之造福于人的水利工作者们始终怀有深深的敬意。

中国太需要水，太需要干净的水，太需要绿色的水利工程了。特别是今天，当长江变成黄河，黄河变成泥河，淮河变成黑河时，这种感情来得尤为强烈。

30年来，中国以令世界惊叹的速度发展并崛起，我们却忽视了外国朋友的忠告，步人家痛苦的后尘，到底还是以牺牲干净的湖海江河为代价，换取了GDP的大幅攀升，直到醒悟过来，不得不每天在做痛定思痛后的补救，以更高昂的代价还原自然的本色，谈何容易！

看看中国辽阔幅员上的江河湖泊，没被污染的还能数出多少？也许只能在交通闭塞的角落去寻找。频发的洪水、泥石流，西南百年不遇的干旱，哪一样不与我们没有善待江河湖海有关？毛泽东在建国之初，就提出了“一定要根治淮河”“一定要根治海河”等口号，现在，当你面对劣五类水质的淮河时，你会作何感想？

当政绩与GDP挂钩，当政绩与升迁息息相关时，纯净的水会渐行渐远，清醒过来是一回事，做又是另一回事，归根结底，清醒者不应当仅仅是上层和普通老百姓。李冰肯定不是个功利主义者，他就任蜀郡太守时已是耄耋之年，他没必要制造政绩，他已没什么升迁空间，人无所求品自高。

于是我觉得，《中国治水史诗》正逢其时，它虽不担负着教化和纠偏之责，当头棒喝一声的作用还是有的。

2008年四月天，我曾受邀参加都江堰的放水节，一个月后发生大地震，连二王庙都严重损毁了，而有两千多年历史的宝瓶口等都江堰工程却安然无恙，令人感慨。我当时在一篇文章里提到了老子的“上善若水”，老子说，“水善利万物而不争，处众人之所恶，故几于道”，其实老子是借水喻人，他所说的“居善地，心善渊，与善仁，言善信”无疑是在告诫人们，其安身立命，也该像水一样，随遇而安，善于处低洼之地，心若止水。

我们对大自然的水索取无度，人类难免遭遇报复。大自然无情又有情，不要让大自然一而再、再而三地惩罚和报复人类了。水是人类的命脉，水脉决定人脉，而人脉是国脉的根本。

除了记录我们一代代人治水的丰功伟绩，如果说《中国治水史诗》能给大家提个醒，这已是额外的收获了。

这本书的成书还稍显匆忙了些，作家们的全身心投入与否，或靠网上资料敷衍成篇，难免存有瑕疵，当然还是瑕不掩瑜的。如能有机会再版，当在选题和艺术性上多花些工夫。

江水情深

阿 成

当我在人民大会堂参加《中国治水史诗》一书的发行式，并拿到两大本厚重的《中国治水史诗》的时候，真的是感慨万千。这样一本专题性的，并集合了国内众多一流作家，用文学的形式和历史史实，共同撰写的纪实治水史诗，可以说，前无古人。纵观中国的治水史和文学史，甚至文化史，哪朝哪代曾经有这样的魄力，这样的能力，这样的智慧，邀请国内众多作家一同来撰写这样的一部大书？这不是“曲水流觞”即兴作赋，也不是“桨声灯影里的秦淮河”式的几位雅士吟唱，这是中国文化史上，甚至也可以说是世界文化史上的一个了不起的文化奇迹。这样的事情也只有在中华人民共和国能够做得到，也只有在像梅雁水电集团的董事长、总经理杨钦欢这样的企业文化大家的鼎力的支持下、热情的扶植下、慷慨的资助下，本着对国家负责，对历史负责，对子孙万代负责的高度主人翁责任感，才能推动与完成这样一部伟大的鸿篇巨制。当我用手摸着这部书的水蓝色封皮的时候，我不由得对杨钦欢这个人，对这个人的襟怀，对这个人的远见，对这个人的学养由衷地钦佩了。这也从另一个方面证明，改革开放以来，我们的企业家已经不单纯是那种埋头生产与建设的领路人了，而是在这样的一个基础上，站得更高了，看得更远了，成为新一代高水平的企业文化的领头人。在某种意义上说，杨钦欢董事长本身就是一个尺度，一种召唤，一个启示，在这样的尺度、召唤和启示下，我们一定能看到在他的身后，还会有更多的企业家，一手把自己的企业搞得好上加好，另一手则放眼全局，把企业文化和人民的福祉作为自身的终生奋斗目标。毫无疑问，像杨钦欢这样的人，做这样的事，的确是功德无量。他开创了一个先河，树立了一个新的里程碑，让我们对中国企业界的人士，让广大人民群众，让世界刮目相看。

还令我感佩的，是这本书的主要倡导者和编撰者之一，我国的著名作家、优秀的共产党员程贤章先生，他是文化人士的另一个典范，或者说是另一种楷模。程先生为了编撰这本中国历史上的第一部治水史诗，本着要为子孙留下青山绿水的宏愿，不顾八旬高龄，带领几位年轻得力的助手，飞行40000公里，去新疆，又冒着肃杀的秋风，风尘仆仆来到了寒彻透骨的东北大野，然后去地震后的汶川灾区，再冒着酷暑和严寒，实地考查了中国著名的水电站和大江大河。从5月到7月，仅短短两个月的时间，程先生带着他的助手们，不仅去了四川映秀、都江堰、灵渠等著名治水工程考察，去了新疆乌鲁木齐、吐鲁番、坎儿井，还去了京杭大运河的起点、中段和终点。去了山东黄河入海口、浙江的钱塘江、西湖、上海的苏州河和黄浦江等地进行实地勘察。他们的文化壮举引起了国内各大媒体的广泛关注，几乎全国各大媒体都发布了他们的消息。于是又有好多作家都主动请缨，主动联系，希望能成为这本大书的撰写者之一，能为中国治水史贡献一份自己绵薄的力量。或者我们会说，在程先生身上，我们能看到古代那个徐霞客的影子，但是，徐霞客游览神州的名山大川时还很年轻啊，可程先生已经是80高龄了，带着他的助手，不舍昼夜，上天入地，涉江过河，俨然像唐僧取经一样，历经千辛万苦和种种磨难，日夜兼程，风餐露宿，终于以亲历者的身份和资格，率先掌握了宝贵的第一手资料，把住了治水史的脉络，取得了真经。之后，程先生又率领他的助手们，马不停蹄地逐一地去拜访各地的每一位作家，他们心灵之虔诚，态度之谦虚，让那些正在繁忙创作的作家、诗人和报告文学家们深受感动，毅然放下自己手头的创作，为程先生，为程先生背后的鼎力支持者——杨先生和中国作协的老朋友披挂上阵，挥笔创作。

但是，这毕竟不同于一般的文学作品，可以尽情的抒情，在浪漫的天地里肆意地挥洒与虚构。这是一块难啃的硬骨头，但是，想到程贤章先生退休返乡之后，依然信誓旦旦要每天写一千字，一年出一本书的老作家、老前辈，都毫不犹豫地放下了自己原定的计划，投入到这项宏大的文学工程里去。真可谓是热血壮怀、不言辛苦了。

说起来，我之所以能够接下这个沉重而光荣的任务，也和我对松花江、黑龙江有着深厚的感情是密不可分的。我几乎就是看着松花江，在松花江的哺育下长大的，松花江和黑龙江，这两条江是我的两个母亲。我从五六岁就来到了哈尔滨这座城市，居住在离松花江只有几百米远的一幢俄式的小二楼上，几乎每天都能看到这条蓝色的大江从容地向东流去。当时这座城市的人口很少，不足现在人口的五分之一（哈尔滨现在约有900万人口），如果用现在的感觉来描绘当时哈尔滨城的状态，那就是一个大的疗养院，或者一处水汊纵横的宁静的风景区。我曾经为央视创写了一部上下集的《一个人和一座城市》，我开头的设计就是松花江跑冰排的时节，许多乌鸦站在冰排上顺流而下，孤独而凄凉。我觉得这是一座城市的起点，一座城市的起点大多是从神话开始，从江河开始……

的确，这座城市的起点是从松花江开始的。我记得曾经到哈尔滨的道外区去玩，那时候我还是一个少年，而道外区最热闹的地方就是船坞。道外船坞是一处偌大的客货混杂的大船坞，周边的广阔地区堆满了各种货物，木材、粮食、煤炭，等等，这里每天都是车水马龙，人、车、船集结。站在这儿，你可以看到那些从黑龙江驶来的，或者从这里驶出的客船、货船在这里鸣笛，停靠。而最早，建造哈尔滨这座城市的第一船货就是从这里卸下来的。中东铁路修建哈尔滨段，就是沿着黑龙江，然后经松花江，到这里靠岸，俄国人还在简陋的江堤上修建了一个铁路专用线，用来拉运从货船上卸下来的铁路器材。有人称哈尔滨是“铁半城”，它最初的建城理念也是“以铁路为主，以城市为辅”的。但是不管怎么说，这座城市的起点就在松花江，就在这条江上，因此，在某种意义上说，黑龙江和松花江是哈尔滨这座城市的缔造者。

是啊，黑龙江流域和松花江流域的人们，都对这两条江有着极其深厚的感情，相恋终生，不离不弃。它们不仅养育大江两岸的儿女，而且造就了一批又一批卓绝的人才和爱国志士，无论是金戈铁马的古代，还是抗日战争和解放战争时期，涌现出的民族英雄可以说是数不胜数，几天几夜也说不完这些传诵在两江流域的英雄故事。松花江和黑龙江不仅创造了黑土地上英雄的历史，也创造了东北人的智慧，使得一座座简单的小城市成为世界瞩目的大都市。所以，对这里的人们而言，松花江和黑龙江恩重于山。有人说，东北人的身体好，健壮、高大、威猛，而且吃苦耐劳，英雄果敢，我可以负责任地说，这与两条大江有着密不可分的关联。有人说血浓于水，但是，就这两条大江而言，却是江浓于血。

关于黑龙江和松花江的记忆真的是太多太多了，如果说这座城市的起点是这两条大江创造的，那么，在解放战争胜利以后，苏军从这里撤退，也是从这两条江回到俄国。遗憾的是，他们用船载走了许许多多的“战利品”，包括江边的小船和铁路的铁轨，都源源不断地运到苏联去了。这让松花江与黑龙江的历史变得复杂而扑朔迷离。但是，中东铁路、黑龙江和松花江又重新回到了祖国的怀抱。

松花江和黑龙江是伟大的。然而，这两条江不仅给我们以舟楫灌溉之利，也发生了许多洪灾，凡此种种，都是接下这项写作任务之后，让我能够有机会专心地梳理两江的历史脉络。这是偏得。同时，在我收集相关的资料之时，那种责任感和责无旁贷的使命感，就已经在我的心里扎了根，并下决心要把这两篇文章写好。就是本着这样一个目的，我开始跑哈尔滨的图书馆、档案馆，在浩瀚如烟的书库里、资料里，寻找有关两条江的历史记载和新闻报道。的确，这是一个非常辛苦，也非常麻烦的工作。但是，想到正在外面奔波的程先生和他的助手们，我这点苦，只是他们千辛万苦中的一些而已。他们是把苦作为一种乐，一种享受来对待。我为什么不像他们一样，以苦作乐，以苦为荣呢？这便是我的另一种写作动力了。

无论是黑龙江还是松花江，它的历史功绩真是难以一一述说，它创造了两岸人民的美好生活，繁荣了地方的经济和文化，创造了辉煌灿烂的历史和革命史，但是，我们也必须看到，它曾经在历史上给两岸生活的人们带来了巨大的灾难，这是不争的历史事实。无论是《大江作证》还是《气壮山河》，这两篇文章主要书写的就是两江流域抗击洪水的那段特殊的岁月。说心里话，在写这样文章的时候，我是有一种压迫感的，有一种对不起这两条大江的感觉。在我看来，无论如何这两条江是功大于过的。正如艾萨克·沃尔顿所言：“水是造物主最年长的女儿，在水之上，上帝第一次移动，利用它创造出大量生物：没有水，那些居住在陆地上的，甚至所有用鼻子呼吸的动物，都会在瞬间化为乌有。”这是不争的历史事实。是的，水给人类带来的灾难也不容忽视。就黑龙江和松花江两条大江而言，自打有文字记载，我相信至少有上千次的洪水记录，只是，那时候生活在两江两岸的人很少，所以没有更多、更详细的文字记载。而更多、更详细的记载，则是在上个世纪初开始的，其中最有名的，就是松花江1932年大洪水。这方面有许多记载。而1932年正是国民党统治时期，在闹洪灾的日子里，真的是民不聊生，而腐败的官员却趁机大发洪水财，等等。这方面的记载很多，只是篇幅有限，我没有在那篇文章里加以详细的述说。我想这也是一种矛盾心情所致吧。毕竟对于这两条大江，我的敬畏之情从来是占主导地位的。新中国成立之后，仅松花江就发生了两次特大洪水。一次是1957年的特大洪水，最后，在党的领导下，用人海战术，终于战胜了这次特大洪水，抵御了特大洪水的侵犯，保护了我们的家园、我们的城市和人民生命财产安全。另一次则是1998年特大洪水，那场殃及全国的大洪水给我们敲起了沉重的历史警钟！1998年，黑龙江和松花江的特大洪水超过历史上所有大洪水的水位，但是，英雄的哈尔滨人民战胜了它。这是治水史上的伟大壮举，伟大史诗。后来，我们在感谢江水之情和江水之恩的陶醉之中，以及战胜洪水的喜悦当中猛地醒悟过来了，说实话，爱一条江，就需要首先治理好一条江，大江就像烈马一样，烈马从来就是一匹好马，但要为我所用，就必须把它驯服，这样，才能让它成为一匹保卫家园的战马。与此同时，也引起了当地政府和有识之士对治理两条大江的深入思考。从那时开始，治理两条大江的宏伟计划就摆上了地方政府的议事日程。前不久，我曾参加了一次关于松花江两岸的治理规划论证会，其中一点得到了我高度的赞扬，一是他们不仅要投资几个亿，开创和建造一百年一遇大洪水的防洪大堤，同时还要将松花江和黑龙江沿城市流经地段，建成美丽的风景区，供人们休养生息，休闲度假。可以说，这个宏伟蓝图不仅激动人心，同时也给我们的子孙提供了生活、生产、生命安全和全面发展的保障。难道这没有《中国治水史诗》的影响吗?!

就在去年的秋天，我和几个作家，在省委主要领导的支持下，走了一趟北大荒之旅。北大荒是全国著名的大粮仓。记得温家宝总理在黑龙江视察的时候说过，“全国大粮仓，拜托黑龙江”。北大荒是保证我国粮食安全的重要粮食基地，特别是在SARS盛行的时候，首都北京曾一度出现人为的粮荒，就是北大荒集团昼夜不停加工粮食，然后日夜不歇地运往北京，缓解了北京粮食压力，以事实破解了关于粮食恐慌的传言。而北大荒的粮食靠什么才能丰收，靠什么才能保证呢？那就是松花江和黑龙江的两江之水啊。我在北大荒参观了北大荒集团的许多著名农场，像友谊农场，851、852农场，勤得利农场，考察了“万亩大地号”和寒地水稻，以及现代化粮食种植园，看到一望无际的整片土地呈现出一派金子般的颜色的时候，作为曾经写过《大江作证》和《气壮山河》的作者，我立刻想到了黑龙江和松花江。是啊，江河的功劳是潜在的，或在江面上，或在地下的深处，上善若水啊，它们就是这样滋润着北大荒的千万亩良田，对保证共和国粮食安全，两江可谓是功高盖世。那十几天里，我还寻访了黑瞎子岛、雁窝岛和珍宝岛，这些岛屿或者是记录了北大荒人垦荒的英雄岁月，或者记录了捍卫共和国神圣的领土尊严。我们坐在船上，行驶在黑龙江上，对面就是俄罗斯，特别是看到回归到祖国的黑瞎子岛，怎能不让你心潮澎湃，感慨万千？而黑瞎子岛，据农场的人说，已经将岛上大片的土地拨给了北大荒集团，今后，他们将在汗水和黑龙江的滋润下，又要多奉献给每一个中国人一份甜美的食粮。但是，这后来的经历，这迟到的感受，我已没有机会写进那两篇文章里了，这实在是个遗憾，相信有机会，一定把这样的感受再重新补充进去。这也是我写完这两篇文章之后的一些未了之愿。

斗转星移，每当外地来了朋友，我照例要领他们到松花江边看一看，这是一座城市最引以为自豪的地方，有些朋友过去曾经到过松花江，记得一个知青朋友说，当年我还是一个小青年的时候，那时候的松花江水很宽，很厚，现在的水窄多了。这是他记忆当中的松花江，情感中的松花江。其实，这里的每一个老人都能说出松花江上发生了怎样的故事，有过怎样的经历。而且这一切已经成为他们重要的精神食粮，成为他们的心灵安慰，成为他们甜蜜的回忆。当外地的朋友看到这里的冰灯，觉得十分的神奇，认为这是人类创造出的人间奇迹。其实，这样的“行为艺术”，它的合作者是大自然，是黑龙江和松花江啊。这也是我从事两江写作之后的新的认识。是啊，我们站在大江旁边，或者在皑皑白雪的冬天，或者在江花怒放的春天，我们一定是会被大江的美景所陶醉，但是，你知道，作为一个写过松花江和黑龙江抗击洪水的作者，他的感受会不一样了，那就是，对这两条江的无比尊敬和感恩之情。

我还记得当初，通过朋友的介绍，广东的作家、收藏家、社会活动家程贤章先生亲自到哈尔滨来的情景。当时，程先生的身体相当的好，尽管他说着一口我听不大真切的广东普通话，但我还是感觉到了他的激情和责任感。他给我的第一印象，就是一个要做事，而且要做大事，并且一定要把事情做好、做实的人。事实上，在芸芸众生当中，特别是在作家当中，在文化人当中，我们缺少的就是一些这样的人，他们可能不是那种被神话与膨化了的“文化精英”，但是，他们对历史负责，对民族负责，对人民负责，他们是踏踏实实的文化工作者，是实干家，是将生命的质量与自己的努力结合在一块儿的人。

当年我们初次谋面的情景，我依然记忆犹新。那是在哈尔滨南岗区的一家普通宾馆里，我见到程先生的第一眼，认为他顶多不过60岁，可是，经询问之后，才知道程先生已是80岁高龄了。我当时就说，程老，您隐瞒年龄了。你看，你像近八旬老人吗？脸不像老汉，手脚也不像。当时，程先生和他的助手刚去了吉林长春，拜访笑天先生回来，我还问程先生，您对东北的印象如何？在聊天当中，我对程先生介绍说，要说粮食，北大仓才是中国的大粮仓，什么时候我带你去看。程先生说，所以呀，东北才能生产笑天、阿成、子建、兆林、邓刚这样的作家啊。我问，你呢？他说，我是土司。我说，土司厉害呀！权势重呀！谁有超人的智慧和毅力去编一部千年没有的中国治水史？你看厉害不厉害，你编书从广东编到东北来，编到哈尔滨来，这要多大的勇气！最后，我郑重地说，程老，您要编撰《中国治水史诗》，简直是创造了一个人间神话，尤其是您感召这么多大作家参与撰写，这是一个了不起的文化奇迹呀。

我正是受到了程先生的感染，不仅写了松花江，而且还主动写了黑龙江。记得我和程先生临别的时候，程先生策略地对我说，阿成，黑龙江也值得一写呀。我当时是迟疑了一下，不过，看到这位精神矍铄的老者，我的前辈，我立刻说，黑龙江是条国际河流，又是中国四大河之一，你的《中国治水史诗》恐怕不能缺。好吧，我来写。在程老后来的回忆文章中，他还高度赞扬了我的这种态度，他说"这正是我东北之行的一个目的。阿成答应写黑龙江，哈尔滨之行成功矣！"

平心而论，凡30多年来，我的文学之路也是和这两条江密不可分的，我一直坚定地认为，我之所以还能称之为作家，或者能写小说和其他文体的人，与这两条江对我的生命哺育和精神滋养是分不开的。我写的小说可以说每一篇都是蘸着两江之水写成的，这是实在的话。因为这条江是伴随着我的生命，伴随我的童年、少年、青年、中年，一路走过来的，这里有我太多的经历，太多的记忆，太多的朋友，太多的场景和太多的思考，只要我拿起笔来总有说不完的话，道不完的情。所以，程贤章先生选择作家来写各自家乡的江河，无疑是睿智之举，是上上策。换言之，若要唤醒人们对江河的重视，单靠科技书籍，恐怕就会失去很多普通的读者，而作家们的生花之笔，写就的感恩之情与抗洪之精神的文章，就会引起更多人的共鸣，去爱自己家乡的江河，并为家乡的江河治理贡献自己的才智和力量。

然而，说来容易做来难哪，哈尔滨作为黑龙江省的省会，虽然是一座年轻的城市，但是，我必须坦率地说，我们的史记工作却做得差强人意，而且许许多多有关两江方面的历史资料、统计数字，常常是重叠交错，语焉不详，甚至错误百出，让人无所适从，难辨真伪，这使得一个人的写作受到很大的制约与干扰。由于篇幅较长，时间较紧，在整个的写作当中常常顾此失彼，又由于材料浩繁，资料纷杂，莫衷一是，则让笔者的取舍，瞻前瞩后，不知所从，甚至不知所云。这样的情景，即便是在成稿之后也一再的发生，重新校对，重新调整的事情，这或者让编辑的工作也多了一份额外的辛劳。但是，程贤章先生面对这样的一些错误和不详之处，总是客客气气地给我打电话，含蓄地讲出文章所固有的一些错误之处，这样的人格，这样的精神，不仅仅是善气迎人，同时，更展现出了一个人的襟怀和踏实做事的品格。我佩服。

这些年来，我也出了三四十本书了，写了好多的小说、散文和随笔，不能说和编辑者打的交道少，但是，像程贤章先生这样的编辑者，这种大书的主编，还真是天下独此一人。为什么呢？因为程贤章先生几乎走遍了全国各地，亲自拜访了每一位该书的作者，促膝相谈，宣传鼓动，亲力亲为，这样的编辑者和主编过去曾经见过吗？有也不多啊。而且他还要动员社会力量，社会贤达和有识有志之士，共同来完成这件大事，用真情和汗水铸造这本厚重的《中国治水史诗》，怎能不让人肃然起敬呢。

当然，当我从人民大会堂《中国治水史诗》发布会回到宾馆的时候，我开始翻阅这本大书。首先跳入我眼帘的是，这本大书的总顾问叶选平先生，他是国家领导人哪，这足见国家对这本大书的重视程度。封面上还印着这本书的总策划杨钦欢，主编程贤章、何建明先生，这本大书一共分为 7 卷，黄淮卷、长江卷、珠江卷、海河卷、松辽卷、西部卷、东部卷，这里有许多全国人民熟悉的大作家：陈世旭、邓刚、张笑天、谭谈、彭见明、何申、蒋子龙、关仁山、叶延滨、刘兆林、王炳银、叶兆言、韩作荣、赵丽宏、缪俊杰、李存葆、程树榛、商震，等等，他们几乎把中国所有的大江大河全部都写到了，重要的是，不仅是写，而且这些大江大河都是他们赖以生存的，伴着他们整个生命流程的母亲江。他们从各个不同的角度，不同的感受，阐述了对中国治水史独特的见解，其洞察力之敏锐，史料价值之高，思索之深，都令人叹为观止。这的确是一部有质量，有分量，有影响，有传承力的历史巨著。这本书的问世不仅体现了集体的智慧，也集中展示了中国作家高度的社会责任感，体现了当代中国企业家宽阔的胸怀和历史的担当。这部书将在中国的文化史上，世界的文化史上留下辉煌的一页。我能作为其中的一个参与者，感到特别的荣幸，也特别的光荣。

斗转星移，我也常常在早晚晨昏时节，独自在松花江边或者黑龙江边散步，我看见那些在江边晨练的人们，或舞蹈，或击剑，或做操，或轮滑，或者几个人一起在手风琴的伴奏下引吭高歌，或者干脆坐在长椅上看着眼前从容逝去的大江之水，就会感到生命的安详与平静，它会让人之心境更加宽广，它像一只无形的手轻轻地洗净灵魂上的尘埃。在清明时节，我看到漂浮在江面上一盏盏艳丽的河灯，它不仅表达了对故人的追思，其实，也无形中祭奠了这条有情有义的大江。有时候，我看到某个人站在江边，望着落日深思的时候，便能感觉到这江提供给生命、提供给人类的东西真的是太多了。它不仅让人在闲暇之中放飞自己的思绪，也能在俯视当中追逐自己甜美的梦想。这一切，都是江水给人们提供了这样一个神奇的平台。当我走过防洪大堤、防洪纪念塔，无论是在哈尔滨，还是在佳木斯，或者牡丹江，或者在辽远的抚远，处处都能感受到伟大的江和英雄的人民，他们是好骑手和烈马的关系，他们将永远结伴同行，创造美好的前程。

的确，写这本书的过程，也是一种自我完善的过程，更是一次向两江学习的过程，向两江敬礼的过程。如果说，过去写松花江和黑龙江的时候，仅仅是出于一种回忆和情感，那么现在则不同，又增加了一份理性和尊敬，增加了一些深层的思考，这就是源自于这两篇文章写作之后的结果。每当我站在冰封的松花江面上，看渔民们凿冰捕鱼，或者坐着船顺流而下，观看飞逝而去的两岸风光的时候，或者站在岸边，看夕阳西下或旭日东升的时候，看着在江上泛舟或者游泳的人们，或者站在自家的凉台上，远眺松花江，在茫茫的夜色中，听那憨憨的船的汽笛声，总会把我的思绪引向更遥远的深处。或者两篇文章写完之后会有许多的安慰，许多的遗憾，或者因为当时对两江的赞美不足，心中有些纠结，但是，当看到案头上这气吞山河，波澜壮阔的，同人们在杨钦欢和程贤章先生的倡导下，仅用短短的一年时间就编撰出当代文学界不可复制的大制作、大手笔之《中国治水史诗》时，不禁又平添了几多自豪与自信。

我愿意在此祝福黑龙江和松花江两岸的人们幸福安康，祝愿叶选平先生幸福安康，也深深地向杨钦欢先生、程贤章先生和他的助手们，向中国作家协会和作家出版社的同志表达我深沉的谢意。

上善若水　厚德载物

——《中国治水史诗》的策划者和组织者

陈世旭

鸿篇巨制写治水

2010年春，《中国治水史诗》在北京人民大会堂举行隆重的首发仪式。

这是一部“首次对中国历代治水工程进行一次全景式呈现”的200余万字的鸿篇巨制，邀请了全国56位有影响力的作家参与撰稿，内容囊括了分布在全国31个省市自治区和港澳台地区的主要江河水系，以及历代深具影响力的水利工程。

《中国治水史诗》的策划者和组织者之一的程贤章总结说：“这是一次由民间发起的中国文坛规模空前的一次集体写作。”

中国自北魏郦道元编《水经注》后，再没有一部完整的水利史典籍。《中国治水史诗》首次全景呈现中国历代治水工程，得到蒋子龙、李存葆、张炜、叶兆言、张笑天、邓刚、阿成、刘兆林、关仁山、董立勃等全国各省区56位著名作家热情参与，这是中国文坛近年少有的一次规模空前的集体写作。这部集体创作的治水史，集中了全国众多优秀作家，如此强大的阵容，在我国不但解放后不曾有过，历史上也是空白。而由梅州民间组织编撰的这部中国治水史，展示了强大的凝聚力，作为一项文化工程，填补了中国水利史的空白。企业策划、注资，组织者与作者努力不懈，各方面全力投入，无论编者、作家，都付出了极大的热情。如此和谐协调地完成一项艰巨的文化工程，令人感叹。

如此宏大的一项文化建设工程，源起于程贤章和杨钦欢的一次谈话。在有关的报道中，一个重大决定的产生是那么简捷，却是掷地有声：

“杨钦欢说，中华民族的历史在某种意义上也是一部治水史，只不过中国自北魏郦道元《水经注》后，再没有一部完整的水利史典籍。”

“程贤章眼睛一亮：好，我来接招！”

志存高远杨钦欢

杨钦欢，广东梅县人，1952年4月出生。中共党员，研究员。1974年至1983年，在梅县雁洋工程队当工人，任业务队长。1984年至1986年，任梅县第二建筑工程公司经理。1987年至1992年，任梅雁企业集团公司总经理。1993年至2000年8月，任广东梅雁企业（集团）股份有限公司董事长、总经理；2000年8月至2007年5月，任广东梅雁企业（集团）股份有限公司董事长。2007年5月至2009年9月任广东梅雁水电股份有限公司副董事长、总经理。2009年9月至今任广东梅雁水电股份有限公司董事长、总经理。公司第一届、第二届、第三届、第四届、第五届、第六届董事会董事。第九届广东省人大代表，第九届、第十届全国人大代表。全国劳动模范，世界生产率科学院中国分院院士，世界生产率科学院院士。

我在梅州见到杨钦欢先生的时候，最初的感觉是很难把他同上述的种种显赫头衔联系在一起。我的生活与经济、与富有、与这些当事者和拥有者相去甚远，杨先生朴实，低调，步履从容，说话轻声而缓慢，完全不是我想象中的企业家。《中国治水史诗》从组稿到出版，他出资数百万。这在一个像我这样平庸的落后地区的人看来，多少有一点感情用事的冲动。但在有机会与之长谈之后，我改变了看法。

……

水与生命的起源和人类的生存发展密不可分。中国这样一个大国，江河湖泊纵横交错，星罗棋布。数千年来，中华民族择水而居，与水为伴，与水相融、与水抗争的历史波澜壮阔、扣人心弦，形成了博大精深的中国治水文化，不仅是中华民族灿烂文化的重要组成部分，并且对民族文化的发展壮大起着特殊的影响和作用。西方有人甚至把中国文化笼统地概括为“治水文化”。

中华民族文化的形成可追溯到数十万年前的旧石器时代和新石器时代。著名的仰韶文化、龙山文化等遗址都分布在河流的两岸。黄河与长江的中下游地区，现今发现的古文化遗址最多。

水给人类的祸福远远超过其他自然物，是人类生存最重要的因素和最强大的自然力。我们的祖先在水的哺育下创造着自己的文化，对水的崇拜影响着整个民族的心理。古代中国水崇拜的形式形形色色；历朝历代均将“祭天下名山大川”列为皇帝的重要活动；各地区、各民族也都有自己崇奉的江河之神；龙作为中华民族的象征，更是治水文化图腾发展的极致。古代的治水文化，直接影响和促成了中华民族的主流文化。先秦诸子的哲学著作中常常可以看到用水的性格特征阐释对宇宙、人生、社会和自我的认识。管子视水为万物的本质，“万物之本原也，诸生之宗室也”。孔子说，“夫水，遍于诸生而无为也，似德；其流也卑下倨句，必循其理，似义；其浩浩不居，似有道；其赴万仞之谷，不惧，似勇；主量必平，似法；盈不求概，似正；绰约微达，似察；以出以入就洁，似善；发源必东，似志。是以君子见大水必观焉”。老子的“上善若水”之说，千百年来代代相传，至今仍被奉为“善”的最高境界。

可以说，水是中华民族文化的永恒主题。

从古代先民对水的崇拜、对水的神化中，从古代思想家关于水的经典阐述中，从古代文学创作的千古绝唱中，我们不难领悟治水文化这一载体对于中华民族文化发展所起到的特殊影响和作用。有史以来，中国治水文化生生不息、绵延不绝，既展示了我们亲水、爱水、护水的丰富而生动的艺术情趣，又描绘了我们斗水、治水、驭水的漫长而艰苦的奋斗历程。

再现华夏民族治水的英雄史是我心里埋藏多年的一个大愿。

在我们这个以农为本却又水患经年的东方古国，“治国必先治水”是历代主政者的共识。

中国气候受季候风影响，降水时空分布极度不平衡，因此极易罹遇水患：旱则赤地千里，河流干涸；涝则洪水泛滥，一片汪洋。新中国成立的前100年，长江和黄河水系走向格局巨变，衰落的中国正处于国力的最低谷，昏庸腐败的统治者对治水无心无力，客观上加剧了水患的频率和灾害程度。中国自古以农为本，水患之殇对农林经济的严重破坏，从根本上动摇了中华民族的生存基础。

1950年，中央防汛总指挥部（国家防汛抗旱总指挥部前身）成立。中国是世界上唯一专门成立“防洪抗旱总指挥部”的国家，从成立至今，该部的总指挥大多由时任国家副总理担任。

从某种意义上说，中华民族的历史首先就是一部治水史。自《史记》以后的各朝代正史，都有“水利”专篇，这是西方国家史书中不能想象的。没有哪一个民族生活的地域面临着中国这样频繁的干旱和洪涝灾害，从公元前206年到1949年的2000多年间，共发生较大的洪涝灾害1000余次；没有哪个国家的江河像中国的大江大河这般凶猛，自汉朝到清代的2100年间，长江洪水平均不到10年就有一次大的泛滥，几条大江大河的水灾，直接危及大半个中国，尤其是中国最发达、最富饶、人口最稠密的地区。

水利建设是关系中华民族生存和发展的长远大计。我国历代都重视水利建设。善治国者，必重水利。历代兴衰同水的涨落息息相关。“治国必先治水”，这是先人留下的遗训。抗洪治水具有经常的性质和巨大的规模，成为一种典型的集体行动和公共决策，它直接关系到广大人民的生命财产安全，也直接关系到历代政权的稳定，是治国安邦的头等大事，也是盛世明君的乐事善举。历朝历代的当权者都把“治水”当做严重的政治问题对待，凡有作为有进取心的帝王都直接领导和参与治水。水利曾为中华古文明建设作出了重要贡献，和享誉世界的四大科技发明一样，建于公元前3世纪的都江堰，被誉为世界水利史的奇迹；总长1000多公里的京杭大运河，曾长时间在国家的政治稳定和经济发展方面发挥重要的作用。正是依靠水土资源的不断开发，中华民族才得以持续发展。

在数千年艰苦卓绝的治水实践中，中国人经过了极其艰辛的探索，既有过违背自然规律、遭到大自然无情惩罚的深刻教训，也积累了尊重自然规律、与大自然和谐相处的成功经验。实践证明，只有尊重自然规律，不断提高认识自然、把握规律的能力，正确处理好水资源开发利用与节约保护的关系，在防止水对人类伤害的同时防止人类对水的伤害，在满足人类合理用水需求的同时满足维护河湖健康的基本需求，才能促进人与水、人与自然的和谐相处，以水资源的可持续利用支撑和保障经济社会的可持续发展。

中国水利科学技术一度处于世界领先地位，有关水利的历史文献汗牛充栋。近代以来，应用现代科学技术理论总结水利历史经验的工作逐步展开，并形成自然科学和社会科学交叉渗透的一个边缘学科。这个学科在我国水利建设中有其不可替代的地位和作用。

中国人民在数千年的治水史中，经历了无数的惊涛骇浪，战胜了无数的艰难险阻，创造了无数的英雄业绩，产生了无数的杰出人物。我们今天要编《中国治水史诗》，就是要表明人民群众是历史的创造者，表现人民群众与水相融、与水奋斗的光辉形象，把握中国水利事业的发展大局，凭借翔实可靠的资料，运用生动精彩的笔触，在历史与现实的叙述中，以高昂的激情描绘中华民族治水的理想追求和中国人民为治水而奋战的精神世界，描绘水利大发展的时代人水和谐、科学发展的美好蓝图。

人们对自己国家历史的深入理解，将会促进对于个人与国家、民族之间的关系认识的升华，从而大大增强人们的使命感和责任感。《中国治水史诗》想要完成的是中国水利史一项基础性建设，成为这一时期中国水利史方面的重要专著，为总结经验，避免失误，承前启后，继往开来，提供重要的历史价值和文化价值。

中国治水史诗，既是我们中国人从事水利活动轨迹的记载、感情的抒发、思想的积淀，又是我们社会发展进步宝贵的精神动力资源。纵观全国的大江大河，尽览各地的水利设施，水利人创下了巍巍业绩，树起了座座丰碑。在国家有效开展水利建设，使水利真正成为经济社会可持续发展的重要支撑的同时，认真汲取传统治水文化历史积淀的精华和养分，积极弘扬中国治水文化，展示水的品格、水的风骨、水的魂魄，讴歌水利事业的丰功伟绩和水利英雄人物的杰出贡献，展示中华民族历代水利人的崇高理想，描绘他们的感人形象，为再现华夏民族治水史谱写一部壮丽的英雄史诗，培养民族精神，提高人民素质，借鉴治水文化的历史经验，挖掘治水文化中人民群众的历史智慧，对于民族进步、社会发展都是至关重要的。

所有这些，就是我们策划组织编撰《中国治水史诗》的根本宗旨。

……

上述文字，是我在梅州的《中国治水史诗》总编室看到的，这是编辑部的工作人员根据杨钦欢关于《中国治水史诗》的策划思路的历次讲话整理出来的。这些文字虽然已经书面化，但一个纵观历史，胸怀国家，有志向，有修养，有责任感的当代企业家形象依然跃然纸上。在这个物欲横流的时代，人们是多么希望有更多这样的始终怀抱赤子之心的成功人物出现啊。

杨钦欢对《中国治水史诗》的支持远不是停留在数百万的注资，而是几乎到了细致入微的程度。

编撰中国治水史的消息传出，有人讥笑程贤章 80 岁“摘仙桃”。

杨钦欢拍案叫好：

“太好了，那我们就去把仙桃摘下来。”

“怎么个摘法呢?”

事情一旦要开始，程贤章不由揣摩。

杨钦欢说：“我知道你心里的矛盾，你想你一个人写才过瘾。但我建议你尽可能调动最多的力量。你的资源就是你面对的广大中国作家群。你要联系动员最多全国重量级作家共同投入。你自己最好一篇也不写，把精力投入到组织、联系工作中去。你要学会经营文化。这个仙桃就有希望摘到手里。但，你不能关在办公室里，你要全国跑、全国飞，像你考察都江堰一样到各地考察水利工程。你到哪里考察，就到那里挑选理想的作家写他身边的治水工程。”

程贤章“茅塞顿开”。检讨了自己的“身为作家，总是自以为是，自视太高，认为自己可以包打天下”，当起了“经营文化”的“掌柜”。在全国作家群中，掀起书写中国治水史诗的集体创作高潮。

他选择了“大暑”那天带助手去闯火焰山，去看坎儿井。

杨钦欢迟疑半晌，说：“时间推后一点不好吗?”

当时乌鲁木齐刚发生“7·5”事件。

程贤章义无反顾：“最危险的时候，也是最安全的时候；最危险的地方，也是最安全的地方。国家比什么时候都会更重视乌鲁木齐的安全。‘大暑’飞乌鲁木齐去吐鲁番闯火焰山，本身就是一个‘新闻眼’。我要媒体重视我对编‘治水史’的决心。”

杨钦欢说：“好吧，但一定要注意安全、多多保重。我多派两个年轻人给你，更为稳当一些。”

程贤章提出，《中国治水史诗》总编室应该设在梅州，这对塑造文化梅州形象，对梅州打造文化名城是一大贡献。

杨钦欢立刻说：“客都大酒店给你一套‘大使房’，我交待经理，你去看看满意不满意。”

程贤章看过后回话：

“相当满意。”

“什么时候挂牌?”

“请你选个日子。”

杨钦欢说：“零九年九月九日九时三刻，怎么样?”

程贤章应道：“你是玄机大师！就定这个日子。”

2009 年 9 月 9 日 9 时的挂牌仪式，简单隆重。报纸、电视台、网络一连几天密集报道，中国第一部以文学形式褒扬中国历代治水功臣的作品《中国治水史诗》编辑工程进入日常操作程序。

全国各地的稿件纷至沓来，杨钦欢一一过目。

“内蒙古有个打井英雄李团长，不知你们组过稿没有？”

杨钦欢说。

听说组过但迟迟没有答复，杨钦欢当机立断：

“那就另请一位作家去写。”

老当益壮程贤章

1932年出生于印尼的程贤章，6岁回国。师范毕业后，到小学教书。1952年，被保送到广西大学读书，次年，回到家乡的梅江中学教书。业余开始了写作。后调到《汕头日报》当记者、编辑，从此与文学结下不解之缘。1960年在《中国青年报》上发表的小说《俏妹子联姻》轰动全国，由此在中国文坛上崭露头角。至今，已出版八部长篇小、二部中短篇小说、二部报告文学集等约计六百多万字的作品。

1996年，从广东文学院院长任上退下来，回到了养育自己成长的家乡——梅州，又潜心客家历史和文化的研究，精心创作《围龙》。1998年春，全方位描述和表现客家人历史的长篇小说《围龙》出版。作品立足于民族大义，植根于史实，全景式地反映了南迁客家人的人文品格、生活及斗争历史。之后，又出版了随笔集《我说〈红楼〉》。2002年，又是程贤章创作的丰收年，这一年他写了15集电视剧和长篇小说《大迁徙》，反映西汉末年开始的历经千年的中原人南迁史。历史小说的创作要求极高，作家不但要有创作才能，还要有通晓的历史知识。程贤章以古稀高龄完成这样一部力作，足见他的毅力和魄力。

程贤章创作的大部分中、短篇小说的原型都是客家的人和事，应用的也都是生动活泼的客家语言，被同行们称为“客家文学的擎旗人”。身为客家人的程贤章感慨老祖先的深厚历史熏陶了他，厚重的客家文化积淀激发了他的创作欲望和冲动。2002年，在台北举行的世界客属恳亲大会上，他荣获“世界客属杰出文化名人”称号。

这是一位认真的、有责任感的、大名鼎鼎的小说家，短篇、中篇、长篇，气势汹汹。拿过数不清的奖，还有着“劳动模范”的称号。他的名篇《俏妹子联姻》，我早年读过。情节、人物、语言、别致、俏皮、清新，让人印象深刻。90年代初，他将自己的6部长篇集于一册，200万字的精装大16开本，厚重沉甸，几乎就是纪念碑了。小说之外他还写了大量报告文学。这些报告文学有着小说家语言的凝练和功力。注重情节，注重细节，注重刻画人物，且思想深刻。看到一篇报道，说他写报告文学之前，采访一次不行，两次、三次……直到把那一块的生活、那个人物吃透。他采访的人物，身份都很特殊。省委书记、省长、市委书记、市长、县委书记、县长、政协主席、人大主任、区委书记、区长、镇长、检察长、开发区老总……这些人物，是广东改革开放的设计师、指挥员、实践者。广东作为中国改革开放的前沿，尽得风气之先。程贤章采访和写作报告文学的时候，已经是80年代的中后期，广东的改革已经初见成效。他从采写的所有这些人物身上，了解到全面的战略规划和实施流程，感动和感奋使之一发不可收。多年后，有出版单位请他把这批报告文学结集，他仍然觉得不足，还需要开拓新的领域——城市建设，文化教育，医疗卫生，高速公路，环境保护，农民工……他要全面地记录下那段历史，让这本书成为广东改革开放30年的见证。此时，他已届77岁高龄。

出梅州，跑深圳，下珠海，赴汕头，跑遍了广东省。天气特别冷，好多老人都不出门了，程贤章打着伞，顶风冒雨，去垃圾发电站，污水处理厂，坐公共汽车，爬山中的煤矿矿井。步履蹒跚，却精神抖擞，声音洪亮。常常一身水，一身泥。然后，住在梅州的老家，远避喧闹，整理笔记，写作。不到半年时间，又写出近10万多字。

22年的写作，他记录了广东改革开放30年的历程。

古稀之年的程贤章惜时如金，他有一套特别的理论：人到了老年应该比年轻时做得更多，因为来日太有限。

与杨钦欢一起策划《中国治水史诗》这一年，程贤章78岁。

社会上议论纷纷，七嘴八舌：八旬老人要编“中国治水史”简直是“神话”。

说这话的并不都是无聊的闲人，有些还是挚爱的亲朋，包括儿女。程贤章不能不承认，自己确实是一个高龄作家了。说“体魄”很好，身壮力健，显然大有水分。严重的失眠症已困扰他半个多世纪，无药不眠、无梦不睡，纠缠了他一生。但这并不妨碍他去追求拥有文学新境界的理想。退休回故乡后，依然信誓旦旦，提出一日一千字，一年一本书的“疯子狂言”，至2008年，果真实现。新书出版，显然不比年轻时作品发表或出版时那种“激动万分”，但翻一翻，插进书架，闻着墨香，抿嘴一笑是有的：人生旅途又走过一个驿站。

程贤章对他的身体有一个估计：这一大把年纪，好不到哪里，也坏不到哪里。每次出远门，市里的专家、医生都会劝他体检。他总是回答谢谢，回来再说吧！去新疆、去东北，几万公里天上飞、地下跑，不困倦是不现实的，但他都挺住了。

最相信程贤章“接招”的是杨钦欢。程贤章全心感谢杨钦欢为他提供了一个好平台。《中国治水史诗》的话题提出3天后，他就拿出了组稿编辑方案，某种程度上，那方案就是一份“决心书”。

从严格意义上说，北魏郦道元的《水经注》大多是山水文章，少有治水的篇章。正是这一现象，触发了程贤章与杨钦欢的责任感。

《水经注》出版1000年后，终于有企业家和作家挑起了书写中国治水史的担子。

首先是北京之行。如今，编书、出书已泛滥成灾，政府、学校、社团、个人，都在编书、著书，刊物、书籍有如大堤崩塌涌进的洪水，涌进乡镇与城市，良莠不齐、鱼目混珠。《中国治水史诗》要有众多优秀作家参与，必须有权威媒体的宣传与介入。程贤章找到资深报人、著名学者、文艺理论家缪俊杰，请求帮助。当下，拟就了《人民日报》、《人民日报海外版》、《光明日报》、《新京报》、《中国青年报》、《文艺报》6家全国权威的报纸负责人和版面负责人的名单。

于是，《光明日报》、《人民日报》、《新京报》、《文艺报》、《中国青年报》有关负责人先后来到酒店，大家都异口同声表示支持："这是功德无量的事，一定要做好。"

京都之行的收获大大出于程贤章的预料。

汶川地震灾后一周年，程贤章带了两位年轻的助手奔赴成都，考察了映秀和都江堰。之所以选择这个日子，是因为自己这个年事已高的记者、作家，因各种原因没有在"5·12"地震发生时，亲自到现场参加救灾。这是对自己的一次救赎。

5月15日一早，他们赶到汶川映秀献花默哀，追悼去年地震罹难的亡灵。然后折回都江堰，坐着一辆破旧的"小四轮"，在都江堰市每个角落都走一遍。

这也倒了，那也毁了，而雄伟的2000多岁老人——都江堰，除"鱼嘴"震裂出裂缝外，依然英雄般地屹立在浪花飞卷的岷江中，依然滋润灌溉肥美的成都平原。作为世界水利奇迹，都江堰是多么令人自豪！

2000多年前建堰的水圣有什么绝招？曾经历过六七次大地震始终屹立不倒！都江堰，奇迹、神秘！它有密码吗？有，而且非常公开。大清嘉庆年间权灌县事王梦庚书刻的碑文，高高刻着六个字——"深淘滩低作堰"。这就是李冰建筑都江堰的"密码"。深淘滩，水下多深；低作堰，多低？用什么材料，水下之沟水深浪急，如何在水下淘？没有言说，任后代治水专家，中国、外国、全世界治水专家和人民去猜、去想，密码依然没有破解。

都江堰，从它身边回来后，留下的是崇拜、神秘、功勋、伟业，天地之灵异，宇宙之渺茫，无法破解，依然是一堆符号，密码。

……

从成都夜航桂林，连夜坐车去叩拜灵渠。

桂北一隅的兴安县，因为有了灵渠，有了五星级酒店、高尔夫球场，五光十色的街灯照得这几位夜行者如进入魔幻境界。第二天的大雨，灵渠渡船因水急浪高停摆，一行人撑起雨伞爬山。灵渠把湘江截流一部分，挖渠把水引入60多公里外的漓江，把北去的湘江和东流的珠江沟通。当年，秦始皇建灵渠，就是为他南下的50万兵马解决粮秣辎重问题。战乱早已平息，樯橹灰飞烟灭。但灵渠却沟通了南北经济与文化的交流。"北有长城，南有灵渠"！这鬼斧神工的艰巨工程的灵感也该是来自李冰父子修筑的都江堰吧！

新疆，是那样令程贤章震撼！浩渺无边的大沙漠，高耸入云的皑皑雪山，甜蜜欲滴的葡萄园，以及淳朴勤劳的新疆各族人民，都令他心驰神往。从深圳起飞，好几千公里的直飞，中间没有停留。他素有午睡的习惯。而长达5个小时的飞行，竟忘记疲劳，靠着舷窗俯瞰，飞机翼下展现的雪山，在阳光下闪亮着刺眼的银光。这对经年见不到雪的南方人来说，大暑天的原驰蜡象，令他如痴如醉。

乌鲁木齐。一跨出乌市，便进入茫茫的戈壁滩，全是风化碎石，寸草不生的"黑沙漠”。他从未见过这么辽阔的戈壁滩，茫茫大地寸草不生。

吐鲁番。现存的坎儿井历史约400年，晋代最早修的坎儿井，深埋在吐鲁番地下。人类的智慧真是无穷，吐鲁番年降雨量最多约10毫米，是苍天赐给它雪山的水，水流不远会被蒸发，于是人们修建了坎儿井。挖土的工具原始得很，工程也很艰巨，有沙漠长城之称。坎儿井长流的雪水使荒漠的大沙漠出现了绿洲，出现了盛产瓜果的沙漠江南。

天山天池。沿途是清一色的白杨，高速公路沿河而修，村子面前是草地，靠着公路是清澈湍急的溪流，流水声是沙漠上最迷人的音乐。掬一捧天山天池的水，慢慢吮饮，才知道它是那样无私，无论是谁，都慷慨地给你奉献一掬玉液琼浆。

圣贤辈出的齐鲁大地。

从济南坐车去济宁，主要是考察古运河济宁段现在的通航价值。济宁古老的街道，车子穿越市区，出了城，古运河但见几艘满载货物的木船。河面比较开阔，河水虽不清澈，但却不像别处的运河那样污浊。这景象使程贤章耳目一新。

东营黄河入海口。横跨了小半个山东半岛，一早出发，傍晚才到东营市。黄河造出来一望无际的湿地，到处都盛长着各种不同颜色水草，有灌木，也有芦苇，各种飞鸟和水中的鱼虾，赋予大湿地丰富的生命世界。伟大的母亲河入海之前的泥沙淤积，是慷慨赐给山东人民的无价大礼。东营还远远没有开发，大富大贵的日子还迟迟没有到来。

著名作家张炜，是程贤章山东之行探望的目标之一，也是他在中国文坛为数不多的好友。其长篇小说《古船》《九月寓言》《我的田园》《柏慧》《家族》早就脍炙人口，饮誉大江南北。张炜不是纯粹的小说家。他的深沉、他的思想、他的理念，充满哲理与思辨。程贤章把张炜视为文坛的哲人，和贾平凹、苏童、王蒙一样，张炜是他追读的对象。中国文坛，文人自傲，程贤章的偶像不多，但他是张炜的“粉丝”。

谈到编治水史。张炜说：“这个题目太好了，中国需要这样一本书。”约他撰写山东治水。张炜说：“就凭老兄来到山东，我们亲自在济南见面这一点，我工作再忙，也应该写一篇。”

在梅州参加完世界客商大会，程贤章立即赶往深圳飞长春，一上飞机，从机舱门口随手捡起一张当天的《长春晚报》，第一版重要位置一道醒目标题：长春今夜雨夹雪——气温零下3度。而深圳气温32度。当夜飞长春，简直是从火里往冰窖里跳。

鸭绿江离长春不远，早上七时从长春出发，走完高速，便是二级公路。通化山沟有积雪，路牌上显示，该地叫夹皮沟。

初冬的鸭绿江，依然一江碧水。掬一捧鸭绿江水吮一口，洗个脸，心潮涌动。悠久的历史与眼前的现实，有如一幕映画，一幅幅在眼前呈现。鸭绿江的滔滔江水，是程贤章看到过的为数不多的美丽河流。但它因为是国际河流，治水问题更为复杂。期待中国文坛大家张笑天妙笔生花，把美丽的鸭绿江浓墨重彩写一笔。

这次来长春，就是千里迢迢万里远行来叩访张笑天。

张笑天的"意见"让他心生暖意：

"第一，你的亲和力和凝聚力，让全国作家都响应，放下手头的工作，在文坛掀起写治水史的热潮，这不容易；第二，你们的老板杨总，很多作家没见面。他是大智慧，大赢家；第三，这是你送给出版社的一份厚礼，千年一部的治水史，是不是厚礼啊；第四，这部书出版后，一定会政府高兴，读者高兴，作家高兴。"

"谢谢，谢谢笑天如此肯定我们的工作。"

程贤章的感动难以言表。

哈尔滨见阿成。和阿成聊天添增信心。松花江的治水与抗洪，阿成有精彩的描绘。

从哈尔滨飞沈阳见刘兆林，兆林出身于军旅，人很内向，征求他对治水史的意见，他点头说，这是一个好命题，一项大工程，要不，我工作再忙也接受了两个题目，而且完成了。兆林写的辽河，细读了。题目怪怪的，但他在文章里声明，这个题目是他的神来之笔，细看，果然如是。

到大连见邓刚。这个魁伟的汉子一进酒店就带来一阵风。他写稿很认真。稿件传到编辑部后，指名道姓要程贤章立马给他看稿。连夜把稿看完了，程贤章发短信："大气魄，大手笔，文采飞扬。"

西安之行不算顺利，一没有见到贾平凹。他去北京开会去了。程贤章和他通过电话，他说，他在写长篇，没工夫应付其他任务。陈忠实来酒店看望。他牙龈浮肿，不愿留在酒店吃饭，他介绍了在"浐灞"治水工程的冷梦同志写浐灞治水。

西安之行留下很多的遗憾。西安的渭河在《创业史》里深深刻上了一笔，上世纪1992年他第一次看渭河，水已断流，现在第二次看渭河，沙滩中一股涓涓细流。苍老的渭河看来要大力治理，才有重现青春的希望。无论南方北方，所有江河都进入了苍老期。就像老人须要调养治理，否则，它也会淤塞甚至消失。古老的郑国渠与元代的坎儿井，不都在我们土地上完全消失了吗？

一大早到北京，雪花飞舞，又是双休日，能见到这里的朋友吗？邀请缪俊杰审稿，他能放得下手头的放不下的工作吗？

贴着厚厚的玻璃窗，看外面雪花飞舞，程贤章颇惆怅。

让人欣喜的是缪俊杰最终接受了邀请，答应11月中旬与夫人钟教授双双从北京飞梅州，住下来审稿。

从5月开始，程贤章以78岁的高龄先后考察了四川映秀、都江堰、灵渠等著名治水工程。七月流火，他又飞赴新疆。接下来，京杭大运河的起点、中段、终点，山东黄河入海口、浙江钱塘江、西子湖畔、黄浦江边、苏州河上，松花江、鸭绿江、大连海滨，程贤章一口气跑了个遍。圣诞节前，又去海南考察南渡江与万泉河。至此，他们已在中国西南、西北、东北、华北、华东、华南空中飞地下走，行程近5万公里，亲近了黄河、长江、珠江、黑龙江、鸭绿江、松花江、大连港、都江堰、坎儿井、京杭大运河、灵渠、三峡大坝、堰塞湖以及母亲河梅江水系的许多治水工程。

然后是陪同缪俊杰夫妇审稿。

整整10天，缪俊杰夫妇足不出户，阅完一百多万字稿件。他总评语里三句话在南方日报发表：策划有方，编辑卖力，作家认真。有些名家名篇读了令人不忍释手。

元旦前，全部稿件200万字全部到位，等待验收，进入出版。

圣诞平安夜，杨钦欢来到编辑部。

程贤章感慨万千。

为了《中国治水史诗》，他们确实付出了太多。他和助手们几乎走遍了中国。但这一年他们也过得特别充实。三位助手，都很年轻，但他们的工作进步很快，包括与作家联系、验收稿件、打印、复印、阅稿，寄作家稿酬，记编辑日志，整理文档。文的、武的一概“包埋”。上班下班，星期假日，概念模糊。总之，每天不少于12小时的工作时间。市长李嘉指示：既然《中国治水史诗》是在梅州倡议发起的，梅江治水的文章一定要认真写好。程贤章就特地选择李钟声担纲。第一，他是梅州人，自幼在梅江边长大，熟悉梅江，也对梅江有故乡情感。第二，他刚从《南方日报》副总编位子上下来，作为广东省人民政府的参事，多次回故乡考察。第三，他是广东省著名的报告文学作家，曾获范长江新闻奖。高扬主旋律是他创作的基调。李钟声一到梅州，程贤章就紧紧把他盯住。除了自己介绍，提供他所掌握的资料外，无论是人物来访，治水现场采访，他都全程陪同。编辑部定下一个原则：请所有撰写治水史的作家都写他熟悉的治水工程，写他身边的江河，写自己的母亲河。这样，免了花旅费花时间去熟悉，去考察。写起来无疑更顺畅、更逼真、更立体也更动人。原定三年完成的治水史，为什么一年不到就完成了？奇迹出现，原因不少，但撰写文章的作家“布点”合理，是一个重要的原因。2009年是梅雁集团的丰收年，也是编辑部全体人员最自豪的一年。因为，他们即将把一个神话变为现实。程贤章在中国文坛努力了半个世纪，直至快近80高龄的时候，才得到一个经营文化的好平台，碰了一个千年中国文人第一次硬碰的大难题。这一文化伟业，他将永志不忘。

杨钦欢自是舒心：

“不容易啊！好心的朋友都为我们捏把汗。你们辛苦了。元旦夜我陪你们吃顿慰劳饭。但远不是庆功，我们还须努力不懈，永远低调。这才是我们应有的愿望和心态。”

2010年1月，出版社负责人来梅州对《中国治水史诗》文稿进行验收，接受广东、梅州、梅县各报刊、电视、电台媒体的采访，说：这是全体编辑人员、全国五十多位优秀作家，也是梅州人民送给国家、民族的一份文化厚礼！

《中国治水史诗》出版后按原定方案在人民大会堂首发，莅会者有党政军文各界人士，皆交口赞誉：填补了中华民族几千年来治水史的空白，既有史书承载历史的特点，又有文学生动感人地再现历史的价值。其中较为全面因而最有代表性的是著名作家张笑天发表在《人民日报》的大作：

……

把几千年来，特别是六十年来炎黄子孙治水的可歌可泣的事迹记录下来，这是一个庞大的系统工程，本该由学界的专家们来完成，但这任务却落到了一批作家肩上，作家虽然在水利专业知识上有缺失，可他们有热情、有认同感，有同老百姓的血脉相连的感情，又不乏艺术想象的翅膀，不经意间能把人带进一个五彩缤纷的水世界，使原本枯燥的水利史，显现出无法排斥的魅力，戴上史与诗的桂冠。我深知他们创作的繁忙，可一经召唤，竟应者云集，纷纷放下手里的工作，或采访，或重走大川大河，到如今，汗水凝固成这部洋洋大观的治水史诗。

……

我对中国的大江大河有天然的情感依恋，并且对那些为规划治理它们、使之造福于人的水利工作者们始终怀有深深的敬意。

……

2008年四月天，我曾受邀参加都江堰的放水节，一个月后发生大地震，连二王庙都严重损毁了，而有两千多年历史的宝瓶口等都江堰工程却安然无恙，令人感慨。我当时在一篇文章里提到了老子的“上善若水”，老子说，“水善利万物而不争，处众人之所恶，故几于道”，其实老子是借水喻人，他所说的“居善地，心善渊，与善仁，言善信”无疑是在告诫人们，其安身立命，也该像水一样，随遇而安，善于处低洼之地，心若止水。

我们对大自然的水索取无度，人类难免遭遇报复。大自然无情又有情，不要让大自然一而再、再而三地惩罚和报复人类了。水是人类的命脉，水脉决定人脉，而人脉是国脉的根本。

除了记录我们一代代人治水的丰功伟绩，如果说《中国治水史诗》能给大家提个醒，这已是额外的收获了。

附 记

2009年六月的一天，接到缪俊杰老师从北京来的长途电话，为一部以中国治水史为主题的书组稿，让我写江西一章。缪俊杰老师是我的江西老乡，又是我的大学学长，有诸多专著名世。作为著名学者和文艺评论家，他在人民日报社历任编辑、记者、文艺部负责人的30多年间，对江西文学界颇多关怀，对我个人的帮助也很大。他旦有吩咐，我敢不从命。由此，我有缘见识了几位可尊敬的人。我之忝列《中国治水史诗》的写作队伍，除了因为我几十年在大江大湖的生活经历之外，主要是感动于他们的历史胸怀、国家意识，以及他们深厚的淳朴与热诚。撰稿期间，程贤章老兄两次寄送月饼，知我客居广州，又两次邀我往梅州做客，路经广州时还专程看望，令我受之有愧。值此机会，深表谢意，并祝康寿！

行文至此，不禁想起两句古话。一句是《老子》里说的“上善若水，水善利万物而不争”，“上善”即最好的，最好的处世方法就像水一样善利万物而不争利益；一句是《易传》里说的："地势坤，君子以厚德载物。""厚德载物"就是以深厚的德泽育人利物。"上善若水"和"厚德载物"含意相似，所以常被放在一块使用，同作为中华美德的一种概括。两句话也历来成为志士仁人崇尚的最高道德境界。现一并借用，以表达我对《中国治水史诗》的策划者和组织者的敬意。

2011 年 2 月 16 日于广州

同心干，灯火斑斓梅江畔

——见证《中国治水史诗》的诞生

缪俊杰

首都，人民大会堂灯火辉煌。2010年7月3日，《中国治水史诗》首发式暨座谈会在这里隆重举行。到会的中央有关领导，文艺界、新闻界以及有关各界著名人士的席位上，摆放着一部二百五十万字的大书（上下卷）。著名政治活动家、该书总顾问叶选平先生书写的“中国治水史诗”6个遒劲秀美的大字，在封面上闪耀。与会者兴奋地称赞这部具有重要史料价值和文学欣赏价值的史诗式的著作，是我国自《水经注》以来难得的有关水利的华章。出席这次座谈会的共和国上将、著名诗人周克玉先生作诗咏赞：“百位诗仙著水经，程门杨将领旗旌。戎禹蜀郡惊梦喜，大吕黄钟遗世倾。疏凿贯通利万众，道遵势顺循者荣。古来经验堪珍贵，要知功效在践行。”他所说的“百位诗仙”是指参与本书写作的近百位著名实力派作家；而高举旌旗的“程门杨将”，指的则是本书的总策划杨钦欢先生和本书主持人、主编之一程贤章先生。当我们在回顾这部巨著问世时，不能忘记为这部书的写作、出版给予支持的功臣们，特别是它的总策划杨钦欢先生和程贤章先生。我为这部书的出版做过一点工作，本书杨先生的“序言”和程先生的“后记”都多次提到。我在这里提供一些情况作为这部书出世的见证，谈些看法也算我对本书的评说。

一、“前瞻”：策划者的目光和思路

水利，是国家的命脉，民族的命脉，人民生存的命脉。兴水利，除水害，是事关人类生存、经济发展、社会进步的大事，也是历朝历代统治者、主政者治国安邦的大事。水利兴则举国欢，水利虐则国家悲。广东梅州梅雁水电股份有限公司总裁、总经理杨钦欢从上学懂事时候起就在琢磨这个道理。他在改革开放时代兴办实业，几经摸索，最后还是归宿在“搞水利”、兴办水利产业这条道路上。他对水利情有独钟。有一次，他在同老作家程贤章谈话中说到：“我一直认为，从某种意义说，中国的历史就是一部治水史，从三皇五帝到现在，哪个明君不以治水而获万民拥戴？夏禹的传说，都江堰和灵渠，都记载着明君名臣名人的千秋功业。我想，今天我们讲发展，我们在

用水、治水的同时，还要给子孙留下绿水，然而我们呼唤的声音还不够强大，常常被市场的讨价还价声给淹没了。我想求助于我们的历史，弘扬华夏千百年来的治水文化，会不会唤起某些人对历史与未来的良知呢？”（见《序言》）

杨钦欢从对历史的反思和对现实的观照中，把问题提到了文化的高度。文化是一种精神，一种情怀，一个民族的灵魂。他想要求助历史，他想要通过弘扬历史文化来唤起人们对历史和未来的良知。从这里可以看出，杨钦欢对于问题的思考，提高到一个更高的层次。他不仅自己自省、践行，还要通过某种努力，某种行为规范，来唤起社会需求的良知。

但是，从思想到行动，从反思到实践，毕竟还有一段不小的距离。“思想的巨人，行动的矮子”是做不成大事业的。有些人虽有高人一筹的思想，不一定有高人一筹的行动。杨钦欢想使自己的思想得到超越，开始从思想走向行动。他求贤若渴，虚心拜师求教。他想到了对他来说亦师亦友的程贤章先生。从年龄和经历来说，程贤章是他的叔辈、师辈，但眼下程贤章又是他企业内的一名“职工”。这位编外职工程贤章是资力颇深的老作家、原广东省文学院院长，退休后告老还乡，回到了他生于斯养于斯的故乡梅州，并把党的组织关系落户到梅雁公司，以普通党员身份过组织生活，交纳党费，每年被公司评为“优秀党员”。在一个组织里，党员对党员、同志之间就好交心了。在一次闲聊中，杨钦欢同程贤章谈到当下国家的水电开发情况，谈到对水利事业的看法。也谈到想编一部书，借鉴历史，启发国人，特别是水利干部的“良知”。虽属闲谈，但思路很明确。

说者有心，听者有意。程贤章听了杨钦欢的一席话，拍案而起，激动地说：“你说得太好了。这样吧，你先注资一笔经费，我来接招。”杨钦欢听到程贤章要“接招”，心情激动。但他知道，程贤章是靠近八十岁的人了，为何要“接招”？想问个明白。便问道：“你为何接招？”程贤章很干脆地回答说：“这题目太好了，千年一遇。中国太需要一部治水史了。”

真可谓“英雄所见略同”。他们这次谈话，可以说是一次略带“前瞻性”的对话，也就是这部书最初的策划。

我为什么用“前瞻性”来说他们这次谈话呢？中国的语言丰富得很，同是一个意思放到不同人的身上，可以用不同的语言去表达。如果这两位谈话的人，有一个大人物，就可能使用“高瞻远瞩”这个词了，一定会说某某伟人“高瞻远瞩”。而在伟大的历史面前，程贤章和杨钦欢还不是“大人物”。他们的思想虽然很“超前”，站得高，看得远，我们仍然不用“高瞻远瞩”这个词称赞他们，而是用“前瞻性”。否则就有“僭越”之嫌，或者被人指为“用词不当”。

为什么说程贤章和杨钦欢这次谈话具有“前瞻性”呢？事物的发展证明了这一点。程、杨作出这个决策是在2009年初，大概是那年春节前后吧。他们说干就干，工作紧锣密鼓地在进行。一年多功夫，于2010年5月，这部二百多万字的治水史书就出版了。

过了半年，即2010年12月31日，中央发布了《中共中央国务院关于加快水利改革发展的决定》。这个《决定》真是说到全国人民心坎上了，说到策划《中国治水史诗》的程贤章、杨钦欢的心坎上了。这个《决定》一开头就说："水是生命之源、生产之要、生态之基。兴水利、除水害，事关人类生存，经济发展，社会进步，历来是治国安邦的大事。促进经济长期平稳较快发展和社会和谐稳定，夺取全面建设小康社会新胜利，必须下决心加快水利发展，切实增强水利支撑保障能力，实现水利资源可持续利用。"说得何等好啊。中央集中了全国人民的智慧，又用这种集体的智慧去统一全国人民的思想。杨、程两位在思想认识上的"前瞻性"是显而易见的。

我在阅看这本大书的初稿时，读到广西著名作家冯艺一篇文章：《雁鸣柳江》。这篇文章写于2009年夏天。文章记录了杨钦欢关于水利建设的一段谈话。文章写道："进入新世纪以来，西部大开发和西电东送战略的实施给广西的水电开发带来了千载难逢的大好机遇：被称为红水河龙头电站、装机容量仅次于三峡的世界级巨坝龙滩水电站动工兴建，成为西部大开发西电东送的标志性工程，它与世界魁首三峡电站遥相呼应，展现了我国水电工业的灿烂前景，把广西的水电开发推向了鼎盛时期……因为敏锐，因为胆识，使杨钦欢一开始就瞄准了柳州市推介的柳江红花水电站……杨钦欢清楚地认识到水电是一种清洁廉价和可再生能源，世界各国十分重视水电开发……这远景是西部的诱惑，把东部的杨钦欢紧紧地吸引。杨钦欢心头正在描绘着他的蓝图。"冯艺在文章中还写道："采访中，我得知他（杨钦欢）是一个很低调，几乎不出席大型活动，甚至连自己赞助的项目落成都不拿剪刀、不喜欢被媒体报道的人。他说，他喜欢本分地做好工作，说干就干，不要畏惧失败。脚下是一条没有终点的攀登之路，充满艰辛和挑战，要把梅雁建成'百年企业'，必须全力以赴。……坚决、果断、雷厉风行，这是柳州市政府评价梅雁集团时用得最多的词。是的，正是他们的坚决、果断造就了项目提前就投入运行的辉煌成绩。"

杨钦欢做实业如此，做文化事业也是如此。他同程贤章商定要做"治水史"这个巨大文化项目时，不计个人和企业的名利得失，立即注入巨资，让老作家程贤章带着一拨人大胆地干。就这样，同心干，灯火斑斓梅江畔。在广东偏东北的山区一隅，梅江岸边的客都大酒店里，开始了这项巨大的文化工程。

二、躬行：刀山火海都要闯

现在，我想转过来写一写"治水史诗"的策划者和执行主编程贤章先生了。程贤章是大家熟悉的广东老作家。为了说明他在编纂"治水史诗"过程中所表现出的那种"拼命三郎"精神，我还想简单地介绍一下他的经历。这位在印尼度过童年的广东梅县丙村的农民的儿子，新中国成立后回到故乡，大学毕业后当过文化教员，报社记者，甚至当过县级"高官"，后来当了专业作家。30岁开始写小说，发表出版过《樟田河》、《彩色的大地》、《胭脂河》、《云彩国》、《青春无悔》、《神仙·老虎·狗》、《围龙》、《神仙洞》、《大迁徙》等十余部长篇小说，近些年还写了不少报告文学，几次到北京领过奖。无论是写小说，还是办文化事业，他都有一种脚踏实地的“拼命三郎”精神。这次编“治水史诗”，也充分表现出他的“拼命三郎”本色。

作为一个作家，程贤章深谙“文学来自生活”的道理。他知道，即使作为一个编辑家，要编一部好书，也必须了解熟悉他编的书所反映的内容和描写的对象。他知道，要编一部中国的治水史，必须对中国历史上治水的重大事件和重大工程有所了解。于是，他下定决心先去各大型水利工程考察一番。

到哪里？他首先想到大禹出生地川西北和秦代著名水利工程都江堰。相传大禹是川北人，至少他的祖先是出自川北。历史上有“禹生川北”的说法。川北也就是今天四川绵阳的地界。恰好，都江堰也在川西北。于是他决定先去探访川西北，去看一看那享誉几千年的都江堰水利工程。2009 年 5 月，也就是四川“5·12”汶川大地震一周年的日子，他带着他的助手罗炜新和程勇芳奔赴四川成都。他选择这个日子是有特殊含意的。因为在地震发生时他没有能够奔赴现场参加救灾，而一周年之后去，是想去凭吊地震灾害的遇难者，用来赎自己的道义和责任，给自己一丝慰藉。他想亲自去汶川、什邡和映秀。他们行程的第一站，是世界闻名的水利工程都江堰。在都江堰水利工程，他看到了一个奇迹，汶川、映秀等地虽然被毁了，二王庙也损毁了，“而雄伟的2000 多岁的老人——都江堰，除了‘鱼嘴’震裂一条缝外，依然英雄般地屹立在浪花飞卷的岷江中，依然滋润灌溉着肥美的成都平原”。他看到此情此景，深刻地感到“都江堰是世界水利奇迹，全世界有良知的人都关注都江堰”。他想：“2000 多年前建堰的水圣有什么绝招?”“都江堰，奇迹、神秘，客观存在有密码吗?”他从都江堰回来之后，同杨钦欢谈起都江堰的密码。他们俩不约而同地想到：一定要请作家再写都江堰，把古人总结出的“深淘滩低作堰”的秘密，用诗一般的语言告知今天广大的群众。对历史上那个水圣李冰父子给予更充分的历史评价。

程贤章从川西北参观考察都江堰回到广东，又去考察了建于秦代的广西“灵渠”。“北有长城，南有灵渠”成为千年佳话，灵渠千年犹存。他了解到，修建“灵渠”的灵感，大都来自秦始皇曾祖父当朝时李冰父子修筑的都江堰。这样一个看法形成了，那就是更加广泛地去考察古代的水利工程。

程贤章想到了新疆的“坎儿井”。“坎儿井”是新疆天山南北的著名历史水利工程。但程贤章居住的梅州离新疆的“坎儿井”几千公里。这时正是 7 月，7 月盛暑正是新疆“火州”发威的季节，也称为“七月流火”的季节。程贤章毫不犹豫地买好机票飞赴新疆乌鲁木齐。那时，乌市刚经历过“7·5”事件，社会还有点“乱”，杨钦欢劝他们晚一点去，程贤章没有退缩。他对杨总说：“最危险的时候也是最安全的时候，最危险的地方也是最安全的地方。”程贤章的“固执”，正表现出他的智慧和刚强。他带着助手炜新和勇芳以“拼命三郎”的勇气和魄力，硬是飞赴新疆。到新疆后，程贤章写下的几篇日记，真实地记录了他们在“火焰山”一带的遭遇。程贤章写道：“读《西游记》就知道唐僧取经时经过火焰山，全凭孙悟空的法力向铁扇公主借来芭蕉扇。今年大暑第二天，我们就去闯火焰山，火焰撩起的是我的活力与热情，去吐鲁番，我们去考察水利工程坎儿井。”他又写道：“在新疆最难得一见的是水。高速公路沿河而修，坐车靠窗的位置上想一睹婀娜多姿的河水，那你百分之百会失望，惆怅半天。因为干涸的河全是沙石，滴水不见。”但是，他在天山脚下的吐鲁番却看到了坎儿井的奇观。“坎儿井长流的雪水使荒漠的大沙漠出现了绿洲，出现了盛产瓜果的沙漠江南。”这时，他下定决心，要请作家好好地写一写“坎儿井”奇观，歌颂包括林则徐、左宗棠这样一些对修建“坎儿井”作出不可磨灭贡献的官吏。

程贤章和他的助手们走川西，上天山，并不是为了游山玩水，不是为了去猎奇。他们的心目中只装有那部书，那部还没有出世的大书。

经过一番考察，程贤章心里已经有些底气了，他从新疆直飞北京，他说，他是来找靠山，找支持的。他到北京的当天晚上，请我去他住宿的那家酒店。对我说：“老缪，我们要编一本大书。我已经找到作家出版社的何建明社长。他是在水利部门工作过的作家，他支持我并答应担任该书的主编。我请你，是想通过你的影响获得新闻舆论界的支持。”我同程贤章已经交往二十年，是“风雨同舟”的老朋友了。当晚我们就商定，请《人民日报》、《人民日报海外版》、《光明日报》、《中国青年报》、《新京报》、《文艺报》等有关报刊的负责同志开一个新闻发布会，请他们在舆论上给予支持。程贤章的另一位助手杨国立从梅州专程飞到北京，代表杨总主持新闻发布会。事遂人愿，这些新闻界的朋友给予了及时的帮助，陆续在报刊披露了这个信息。消息很快就传到杨总那里，杨总很高兴。他决定把《中国治水史诗》（当时还称为《中国治水史概要》）编辑部设在梅州。他要在“小地方”做一件大事。

程贤章并不满足于这些。他说：“开弓就没有回头箭。”他一边请作家朋友（如陈世旭、杨克、缪俊杰等）帮忙替他们组稿，但是他的实地考察并没有停止。在北京召开新闻发布会的第二天，他从北京东进，去济南、济宁考察黄河出海口和古运河。他们在济宁古老的街道上漫步，在古运河边徘徊，看见满载货物的木船在运河上航行，就仿佛看见了当年京杭大运河上舟楫繁忙的情景。他们又到东营去看黄河入海口，美丽的山东平原引出他们无限的遐想。他看到，黄河口淤积造成的一片湿地，是一片富有生命的世界。他们在济南找到了实力派作家张炜。张炜对他们的想法给了极其热情地支持。

回到梅州以后，程贤章坐在新设立的编辑部客房里，对他的助手罗炜新和程勇芳说：“这还不够，北方还没有去呢?”程老果决，说到做到。过了几天，他们就从深圳北飞4000多公里，飞抵长春，目标是去考察鸭绿江和东北其他几条河流。

对几个“广佬”来说，从当时还是摄氏32度的深圳，飞到已经摄氏零下3度的长春，无异于从火炉边跳到冰窖里。他们“一下飞机，果然寒风刺骨，雨夹雪更讨厌，湿冷湿冷，煞是难受”。他们以巨大的毅力挺了过来。在长春见了著名作家张笑天之后，又去黑龙江见作家阿成，再飞沈阳见刘兆林，去大连见邓刚。他们每到一地，不敢言“考察”，只说叩拜北方的大江大河。他们到了鸭绿江，掬一捧鸭绿江水，吮一口，洗个脸，心潮涌动；在松花江上，他们仿佛听到郑绪岚唱的一曲《太阳岛上》，在太平盛世也深埋着松花江的悲惨历史；在大连海边，重回他旧日游历过的黑石礁，对这里旧貌换新颜感慨良多。他把自己对这些古老江河的感受，熔铸到对治水的理想中了。后来在审稿过程中，他对每篇文章的意见，都贯穿着他对这些江河湖海考察的心灵体验。

“欲成此事要躬行”，这是一位具有责任心和担当精神的作家和编辑家的职业美德。当然，作为本书的执行主编，程贤章所付出的心力要多得多。这在其他作者的回忆中当会有更丰富的细节加以补充。

三、原则：编辑家的水平和风骨

编纂《中国治水史诗》这样的书，是一个大工程。编好这部书要依靠各方面的“合力”，而主编则是总工程师，是参谋长，也是“掌柜的”。

编辑家是文学诞生的产婆和保姆，不知这个比喻是否恰当。不过在文学史上历来有编辑家这个行当。孔夫子就是第一位大编辑家。有学者研究指出，中国文学史上第一部伟大的诗选《诗经》是孔夫子编辑的。《诗经》是一个包括五百多年漫长时代的作品，并非一人一时所辑成，应该是由许多人在各个时代慢慢地收集的。但毫无疑问，孔子是整理过的。孔子说：“吾自卫返鲁，然后乐正，雅颂各得其所。”“《诗》三百，一言以蔽之，思无邪。”孔子把诗经中的诗配成“乐”加以诵唱。所以墨子在《非儒》篇里说：“儒者诵诗三百，弦诗三百，歌诗三百，舞诗三百”，把孔子“弦歌鼓舞以聚徒，务趋翔之节以观众”这样的事，作为孔子的罪名加以攻击。司马迁在《史记·孔子世家》里说：“三百五篇，孔子皆弦歌之，以求合韶武雅乐之音。”总之，孔子对于《诗经》的整理和弘扬是作出过巨大贡献的，世世代代的人不会忘记孔子的贡献。南朝梁武帝之子萧统（谥称昭明太子）是公认的大编辑家，编辑界的鼻祖。萧统少时遍读儒家经典，广集古今书籍三万多卷，辑《文选》三十卷，以“事出于沉思，义归乎翰藻”为准则，选出上自周代，下讫梁朝各种文体的代表作，成为我国现存最早的文章总集，这就是著名的《昭明文选》。以后各朝各代均有大文学家做编纂工作，包括《四部备要》、《图书集成》等图书总集。还有值得一提的是清代康熙年间吴楚材、吴调侯两人编选的《古文观止》，把中国历代优秀的古代散文共二百二十二篇选为一集，成为旧社会读书人的必读范本。所以我说，作为文章选家、编辑家，对于中国文化的普及也是“功莫大焉”。

现在回到程贤章编选的《中国治水史诗》这件事上。这部书同古代选本所不同的是，他们不是从过去现成的文章中编选，而是要自己组稿和编辑，在某种意义上说，是一个创作过程，也是一个选编出版的过程。为了顺利编辑出版这部巨著，程贤章请出了著名报告文学作家何建明一同担纲。程贤章在本书《后记》里说到：“找他，有两点希望：一是把何建明请出来做我的靠山，请他担纲《中国治水史诗》的主编；二是《中国治水史诗》成书后最好在作家出版社出版。”这虽有一点功利目的，也在情理之中。何建明担当此任是当之无愧的。

开台锣鼓敲响之后，名家纷纷响应，稿件源源而来。程贤章棋高一着，请北京和江西、广东等地的资深编辑、作家为他看稿，审稿。他略带调侃地说："一些大作家、名作家的稿子，我不敢动不敢改，但是像老缪这样的资深编辑，当了几十年编辑，又长期搞评论，改过很多作家的稿子，评过许多作家的作品，他改作家的稿子，也在情理之中，只要改得恰当，别人不会说什么。"在审稿过程中有了难题，程贤章又把旅居广州的作家陈世旭请过来，一起商量集体会诊，共同决定稿件的去留和修改。

程贤章表面看是书生，但也是很有决断的"将才"。他管起事来敢于发扬民主，也敢于集中，表现出他的原则性和灵活性的结合。有两篇文稿发生一些看法上的分歧。一篇是写一批在押犯人在某地抗洪斗争中的表现的，作品写他们如何英勇，等等。文章写得有声有色，也有气势。作为文学作品是达到了发表水平的，但是考虑它可能在国际上产生一些负面影响，经过研究还是决定以不上为好。还有一篇是写某省治水的。兴修水利内容写得不多，但消极面写得不少，很容易引起歧义，决定这篇稿子也不上。但程贤章和杨钦欢两位宽以待人、厚待作家。为了尊重作家的劳动，决定稿子不上，稿费照发。对作家进行解释，消除不必要的误会。

还有几篇稿件，都是著名作家写的，或因篇幅太长主题不突出；或因引文太多阐述发挥不够；或因内容上缺少某些环节和必要的交代，作为"史诗"的文稿，总感到有些欠缺。程贤章和几个审稿的同志，均对稿件提出修改意见，或由编辑删改，或退回作者进行修改，最后使稿件更加完善。

主编何建明的功劳当另文再说。令我感动的是，在整个组稿、编稿、审稿过程中，何建明曾亲自率作家出版社责编贺平同志到梅州审稿、定盘子。贺平为出版治水史诗日夜操劳，常常工作到深夜。广东各界也给以多方面的支持。主编在他的《后记》中都有充分的表述。

四、评价："黄钟大吕遗世倾"

皇皇二百五十万字的巨著《中国治水史诗》出版面世了。社会怎么评价？文艺界怎么评价？将来历史会怎么评价？这都只能由实践去检验。上面提到的周克玉同志的诗句："戎禹蜀郡惊梦喜，大吕黄钟遗世倾"也是一种评价，这是一个很高的评价。

究竟是"黄钟大吕"，还是"瓦釜雷鸣"？我看还是从实际出发，分析一下这部书的文本。我在读了这部书的原稿和出版后的这部称为"史诗"的书之后，得出如下几点印象。

第一，史料丰富，内涵深厚。

《中国治水史诗》从策划到成书，编辑者思路都非常明确：既不把它写成治水历史，也不把它搞成一部纯文学创作，而是要编成一部文史结合的史诗式的纪实文学作品。如果把这部书看成是一部纯粹的"治水史"，水利史方面的专家也许可以挑出不少缺陷。例如，中国历史上还有什么什么水利工程没有写进去，还有对什么什么水利工程的评价不充分等等。如果把它看成是一部纯文学作品，评论家们又可能从文学角度挑出毛病。如提出什么什么人物写得不够典型，人物性格不够突出，抒情性不够强烈，等等，但是，从文史结合这个角度来看，《中国治水史诗》就有它独特的意义了。我觉得，它最突出的特点是史料丰富，内涵深厚。全书打破惯例，不是按作家身份、地位、影响力排列，而是以书写的内容为主线，把它分为“黄淮卷”、“长江卷”、“珠江卷”、“海河卷”、“松辽卷”、“西部卷”、“东南卷”等。虽是一种篇章编排上的选择，但也显示了内容上的丰厚。从这些水系的源流以及治水的历程，引发出中华民族文化发展的源流和历代治水工程惊心动魄的场面。全书的开篇是熊育群的《大禹治水回望》。“大禹治水”是中国百姓妇孺皆知的故事，这篇“回望”，不限于讲述世人皆知的传说，而是从学术的角度，以生动的文字探索了究竟有没有“禹”这个人物，他出生于何时何地，在治水方面有哪些作为？人们从作者所展示的史料和讲述的故事中，获得了许多过去鲜为人知的知识。李林樱的《天下奇功都江堰》写的是先秦时代李冰父子率领古蜀先民们修筑都江堰的故事。尽管这个工程已是“家喻户晓”，但是作家以报告文学的笔法，从历史与现实的结合上，重新组接了历史材料，成为“故事新编”，而引起人们的关注。黄伟林的《北有长城，南有灵渠》，写了同样具有伟大意义却被历史遗忘了的水利工程。作家钩沉史料，把春秋战国时期在广西修建灵渠的历史背景、技术条件、以及灵渠在历史上的作用进行了新的描绘和评估，给人们以耳目一新之感。冷梦的《大唐魂归》，写西安市重修环绕古都长安的浐、灞河的故事，把它和秦国时期（公元前246年）一个叫郑国的工程师修陕西郑国渠连接起来，形成了一个历史的观照。韩作荣的《隋炀帝与大运河》是一篇大散文。作者从京杭古运河第一锹土从杭州开挖的历史讲起，从春秋战国时期吴王夫差开凿邗沟写到隋炀帝调集百万民工开凿通济渠。作品富有历史感。这里对隋炀帝其人的历史功过不作臧否，而是充分肯定了开凿大运河给中国古代经济发展带来的影响，也是别开生面的历史评估。缪俊杰的《治水奇观福寿沟》写的是宋代治赣官员治理赣江的故事，作为水利专家的刘彝担任虔州（赣州）知军以后，发明了一种防洪措施，修建了一条地下排水系统叫福寿沟，有效地遏制了肆虐的洪水。这个排水系统使用了1000年，直到去年（2010年）赣江洪水期间，赣南人民还用福寿沟遏制洪水，发挥了重要作用。去年，北美一家英文报纸《加拿大太阳报》刊登一个叫莫克姆（MALCOLM）的西方人写的一篇题为《古代的排水系统把城市从严重的洪水中拯救出来》的文章，谈赣州福寿沟在防洪中的作用。可见弘扬中国古代文明，对于提高今日中国的威望是有重要作用的。

还有一些领域，过去写治水的作品很少涉及过。如今作家们加以关注，写得引人入胜。王宗仁的《长江源头记》，提供了人们闻所未闻的活生生的资料。作者写长江源头数十条支流的始点沱沱河，写长江北源楚玛河，写到这些长江源头最初开拓者的艰辛，写得很动人。作为一部治水“史诗”，这是难得的篇章。夏汉宁的《水经注：一部举世无双的地理巨著》，也是值得一读的很有价值的作品。

第二，气势磅礴，诗情洋溢。

作为一部“史诗”，“史”的成分不可或缺，没有“史”就不成其为“史诗”。刘勰说过：“诗言志，歌永言。圣谟所析，义已明矣。是以在心为志，发言为诗，舒文载实，其在兹乎？”（《文心雕龙》）这部“治水史”既然称为“史诗”，就不能只有“史”而没有“诗”。没有诗情，史料再翔实也只能是一部史料意义上的文本。《中国治水史诗》够得上“诗”这个格，我认为主要是其中的大部分作品都气势磅礴，诗情洋溢，不仅以史料服人，也以“诗情”感人。

何建明的《百年梦想——中国几代伟人与三峡工程》就是一部气势磅礴充满着诗情豪气的作品。长江是中华民族的母亲河。富饶的长江，千百年来以其雄浑的身影和咆哮的涛声带走了多少宝贵的资源。作品正是从“资源”这个角度入手，描写了几代伟人的“三峡梦”。“三峡梦”，几乎是同20世纪中国的历史命运同悲同喜。从孙中山开始，几代伟人圆“三峡梦”的过程就是一部波澜起伏、惊天动地的历史，是一曲魂牵魄动、欲罢不能的壮歌。作品描绘了中国人要在三峡建大坝，利用水资源发电的历史过程。孙中山在《建国方略》中依稀可见的规划；国民政府邀请美国专家的勘测；毛泽东“高峡出平湖”的诗意构想，直到中国改革开放以后，中央政府领导人民惊天动地的行动。长江水资源的开发与利用从梦想一步步走向现实。作者以充满诗情的笔触，描写了三峡大坝从设计、移民到动工兴建的宏伟场面，描写了三峡建设者们那种惊天地、泣鬼神的奋斗精神。作品以大笔写意和细节勾勒的笔法着重描写了三峡建设功臣们的精神风貌。一个个生动真实的人物感人至深，他们以奉献精神催人泪下。这是治理长江的“史”，也是歌颂母亲河的“诗”，一部气势磅礴充满豪气的诗。

在《中国治水史诗》中，名家们的一篇篇作品都充满诗情画意。蒋子龙是位以写小说见长的作家，而在《海河水系的沧桑》中，一改他的小说笔法，以丰赡的史料，描写海河水系的沧桑。海河是天津的血脉，是天津的母亲河，“自古以来，它就是一条条放荡不羁的河流。其复杂的扇形水系扇面极大，而扇柄极短，如一柄巨大蒲扇，铺盖着北国大地。”可是这条扇形水系，它的涝、旱、碱，给河北、天津人民带来多少灾难。新中国成立以后，人民政府“一定要根治海河”，从口号变成实际行动。从“北水南调”——引滦入津，到“南水北调”——把长江的水，北调到黄淮平原、华北平原，调到北京、天津，想尽各种招数，来实现根治海河的伟大理想。作品写得很有气势，有历史的厚重感，也有现实的时代感。徐坤的《北京的水》也写得很有特色。我久居北京，知道北京没有像样的河流，怎么写北京治水？徐坤别开生面，写出了北京治水生动的历史。她不是凭空编造。北京本来有五大水系：永定河水系、潮白河水系、大清河水系、蓟运河水系和北运河水系。北京的母亲河原叫“无定河”，“可怜无定河边骨”反映的就是这条河，古时有“小黄河”之称，康熙赐名为“永定河”。作者在梳理史料的过程中，夹带着对历史小说故事情节的叙述，如对《西游记》里“通天河”的描写，使读者感到兴味盎然。陈世旭的两篇作品都是写长江水系之一赣江治水的。一篇叫《天地英雄气　赣鄱云水间》，写了赣江、抚河、信江、饶河、修水五大河汇入鄱阳湖注入长江的治水历史。另一篇题为《郁孤台下清江水》，写赣南山区治水历程。这两篇作品有历史沧桑的回顾，也有对治水文明的抒怀。“漫漫的历史长河，川流不息。勤劳智慧的江西人民创造了光辉璀璨的古代文明，描写浓墨重彩的近代画卷，更有能力谱写可歌可泣的现代篇章。”诗情画意、云卷云舒，写得自然而流畅。还有彭见明的《遍地明珠》、梁平的《嘉陵江记》都充满着诗情诗意，值得一读。

东北作家写松辽平原治水历史的篇章，也写得很有气势。阿成的《气壮山河的黑龙江》，张笑天、韩耀旗写吉林治水的《吉林——上善若水》，程树榛写嫩江治水的《红色之岸看碧涛》，刘兆林写辽宁治水的《辽河入海水轻清》，都各有自己的特色。其他各地作家诗人的作品，也很有气势。写珠江水系治水的作品，如沈仁康的《山高水长话珠江》，杨克的《河源水传奇》，李钟声的《梅江在我心上流》，等等。写我国西部治水的，如董生龙的《三江源》，李霁宇、杨红昆的《滇池图》，崔治鑫的《雪域腹地的蓝色哈达》等都从追怀历史，写到现代人治水的艰难历程和卓越贡献。

第三，贴近现实，时代感强。

作为一部“史诗”，不只是写历史，使作品有深厚的历史感，更应该贴近现实使其有强烈的时代感。如果仅仅满足于钩沉历史，摘录史料而对活生生的现实不予关注，也容易沦为“掉书袋”式的史料集录。《中国治水史诗》的编者们在观照历史的同时，也把目光转到现实。注意历史与现实的结合，正是这部“史诗”的重要特色。一些写当代治水的篇章，写得很有气势，很有深度，令人赞为佳作。谭谈、纪红建的《湘中大血脉》，写的是湖南治水史上一座丰碑式的治水工程。韶水灌区工程关系到灌溉韶山、宁乡、湘潭、湘乡、双峰、岳麓和雨湖七个县市区约2500平方公里的百万亩农田。作品描写了这一工程从决策者、指挥员到工地上的普通员工的思想境界、奉献精神和忘我劳动。作者说：“那个传奇，那种精神，早已把滔滔洪波化成涓涓清流，流淌在湘中大地，也流淌在中华民族的精神史诗中。”叶延滨的两篇作品：《流向北京的生命之河》是写“南水北调”工程的；《红旗渠，一座中国精神的丰碑》是写河南林州的红旗渠的修造。前者着重写宏大的构想和创造的智慧；后者则着重写艰难条件下的苦干实干。两者所表达的思想情怀是一致的。那就是写出新中国人民群众创造的人间奇迹，写出人民群众的奋斗历程，写出可以代代相传的中国精神。焦祖尧的《大河走高原》本是一篇引起广泛关注的报告文学，是写山西引黄入晋工程的。经过作者的补充、修改和删节，成为了一篇贴近现实的治水文章，虽长一些但值得一读。潘仁山的两篇作品《长缨在手缚苍龙》和《生命之水，生态之水》，前者写严重缺水的河北省人民治水的可歌可泣的故事；后者写凤凰涅槃之后的唐山人民科学找水、治水的经历。两文都有特色。

特别应该提到的是，在这部表现中国人民治水的宏大史诗中，也写到香港、澳门和台湾治水。杨克的《粤港情深》写东江碧水引入香港的故事；南翔的《香港澳门供水治水填海造地侧记》写澳门治水；蓝博洲的《曹公治水——一个河南人在台湾成神的传说》写一个叫曹瑾的河南人、这个被《清史稿》列入“循吏传”的县官在台湾领导人民治水成为水神的传说。这些作品从不同侧面描写了这些特殊地区治水、供水的历程，从而使这部治水史诗更加全面，没有让这个地域在治水史中“缺席”而成为遗憾。

第四，文采飞扬，令人欣喜

参与《中国治水史诗》写作的作家固然是国家一流的实力派作家。他们的文笔是无可怀疑，无可挑剔的。但是一旦让他们改变枪法，从写小说变为写“史”，会不会受到史料的羁绊，在写作上有些拘束呢？事实证明，没有担心的必要。看了何建明、蒋子龙、陈世旭、王宗仁、徐坤等作家首先发来的文章，编者们精神为之一振。篇篇作品都文采飞扬，保持和发挥了作家们各自创作的特色。有些作家的文章就是一首诗、一篇优美的散文诗。我这里举几个例子。李存葆、王光明的《龙滩赋》，言简味浓，是赋体之新篇，令人一新耳目；赵丽宏的《为了上海母亲河的清澈》，与其说是一篇“治水史”，不如说它是关于水的长篇散文，作者从上海关于水的传说故事，从“溯源”、“寻古”写到治水的“宣战”、“截污”、“圆梦”……直到结尾“我亲爱的母亲河”，文字优美流畅，处处散发着艺术美的亮光；叶兆言的《水上的文章》，用散文笔法，表达了作者有关水的思考，夹叙夹议，娓娓道来。其中“江苏的水文环境”，“关于桥和水”，“关于秦淮河”，“南京的魅力指数”，“关于大运河”，“范公堤烟雨”，“江南水乡和太湖佳处”等都写得很有韵味，令人回味无穷。

五、填词一首颂“史诗”

《中国治水史诗》内容宏富，文采斐然。拜读之余，感慨良多，附骥诗辈，填词一首，以记其盛，以颂其美。

渔家傲

赞《中国治水史诗》

华夏水神禹为范，
秦代灵渠都江堰。
兴利除害有前鉴，
水经注，
包罗宏富河川赞。
新纪治水奇迹现，
程杨立志编新篇。
名儒百位才斐然，
同心干，
灯火斑斓梅江畔。

2011 年 2 月 28 日于北京

要知功效在践行

缪俊杰

日前，读到周克玉同志发表在《文艺报》上的一首诗：《贺中国治水史诗出版》，诗云："百位诗仙著水经，程门杨将领旗旌。戎禹蜀郡惊梦喜，大吕黄钟遗世倾。疏凿贯通利万众，道遵势顺循者荣。古来经验堪珍贵，要知功效在践行。"周诗深邃铿锵，发人深思。我因参加了编撰《中国治水史诗》的一点工作，本书总策划和主编在《序言》和《后记》中多次提到，因而也想附骥说点感想。

一部二百多万字的大书出版耗资甚巨，事关重大，成功与否首先取决于策划是否得当。我觉得"治水史诗"取得今天的效果，有赖于策划者的"前瞻性"。周诗所说的"程门杨将领旗旌"，指的就是本书的总策划杨钦欢和主编之一程贤章。这里想就杨、程二位说几句话。杨钦欢是广东梅州的一位企业家，长期从事水利研究和水利工程方面的项目开发。他积多年经验，深感水利是国家、民族和人民生存的命脉，兴水利，除水害，事关人类生存、经济发展、社会进步，也是历朝历代主政者治国安邦的大事。于是他向老朋友、广东作家程贤章咨询，问能否编一本中国治水历史方面的书，作为历史殷鉴，教育后人。长期写小说和报告文学的老作家程贤章毅然"接招"，说只要杨总注资，他就是拼掉老命也要把这件事干成。他说到做到。于是，程老以年近80的孱弱之躯，带领几个助手冒着严寒酷暑，西进川蜀，北上天山，南下广西，东进黄河口，还走东北，赴江浙，考察中国历代著名水利工程，多方联络著名作家、新闻界朋友，下定决心，快马加鞭，干这件大事，并表示一定要把这件事干成。

书是作家写出来的。一部书的成败关键还取决于撰写者的思想文化素质和文学功力修养。程门、杨将旌旗一举，立即得到国内实力派作家的加盟。在水利战线工作过的何建明一马当先，他以多年采访积累的素材，首先写出了《百年梦想——中国几代伟人与三峡工程》发到了程老的电子邮箱。接着蒋子龙、李存葆、谭谈、张炜、陈世旭、张笑天、焦祖尧、程树榛、刘兆林、邓刚、阿成、关仁山、何申、赵丽宏、王宗仁、陈桂棣、叶兆言、彭见明、韩作荣等七十多位实力派作家诗人加盟其中。他们很快将稿件发到了设在广东梅州的"治水史诗编辑部"。杨钦欢虽谦言"文艺外行"，但他每稿必看，而且提出许多中肯意见。程贤章带领他的助手以及从北京请来的专家，夜以继日地看稿编稿。何建明还率领作家出版社责任编辑贺平等亲赴梅州审稿定盘子，使这240多万字的书以精美的面貌出世，在人民大会堂召开首发式和座谈会，得到文学界、水利界和各方面的首肯。程、杨二氏，功不可没。

这是一部中国治水史诗，也是一部“适合时宜”的书。党和政府关心水利，人民群众关心水利。2011年一号文件《中共中央国务院关于加快水利改革发展的决定》昭示国人：“促进经济长期较快发展和社会和谐稳定，夺取全面建设小康社会新胜利，必须下决心加快水利发展，切实增强水利支撑保障能力，实现水资源可持续利用。”在《中国治水史诗》中，七十多位作家诗人，以磅礴的气势、犀利的笔锋和诗意盎然的语言，描绘了中国历史上从大禹治水，李冰父子修建都江堰，秦代建设灵渠，隋炀帝开凿运河，唐代治理长安产、灞，赣南修建福寿沟，以及近百年来开发长江，治理黄河、淮河、海河、黑龙江、辽河，及至南水北调，台湾、香港、澳门等大型水利工程都写得有史有据，充满诗情画意，给人以历史殷鉴，令人动容。可以说这是一部“适合时宜”的水利教科书式的作品。

“要知功效在践行”，我们应该感谢为这部书付出艰辛劳动的策划者、写作者、编辑者、出版者和各方面的支持者。这是他们“践行”的实际功效。

修史立德不老情

王必胜

两卷水史写纵横，
修史立德先贤心。
夙兴夜寐千百日，
筚路蓝缕不老情。

这是读完上下两卷《中国治水史诗》后的即兴所占，翻阅这厚厚的两本，有如《辞海》之巨的大书，油然想到的是这个“工程”的难度和编纂者们的苦心。

古人说，立德、立功、立言，为世上高人之品行。昔有司马迁老夫子，为修史立言，忍受非人之苦，千古传颂。然而，当我们面对熙熙攘攘的当下、红尘滚滚的乱象，我们何有这种勇气和定力。文化的承传者，高僧大德者何在？

三年前，一个企业家和一位老作家，成为这样的文化有心人和苦行者。

这就有了我们面前的一部大书、一部奇书。

面对这部大书、奇书，使我想起中共中央总书记胡锦涛在清华大学讲过的一段话：“过去我们常讲水利是农业的命脉，现在水利的重要性远远超出农业领域，还关系到经济安全、生态安全、国家安全，关系到国家经济社会发展全局。”面对这部大书、奇书，我们不得不佩服企业家杨钦欢策划编写中国治水史的远见卓识。

面对这样一部皇皇两大卷、洋洋200多万言的巨制——《中国治水史诗》，评说它的分量、论及它的特点，难用一两句话概括。且不说它对中国几大江河水系全方位、多角度的描绘和书写，也不说它纵横数千年、上下几万里的时空探寻，古今中外的资料的搜集和征寻，单是它一帮作者的名头岂是了得？我们看到的是，一大批活跃在现今文坛，多是有点头衔的作家们的一次集体行为。他们从自己熟悉的题材和领域，或整体，或片段，或一条水系，或几方跨地区的水域，或细部深入，或面上扫描，考据、论证、描摹、思索，有亲历见证，有索隐求微，有思辨反省，林林总总，数十篇生花妙笔，把中国治水的历史和现实，把最为丰富的水系河流，进行了较全面的描绘，进而对我国时下水利水害问题，做了深入的思索和探寻。

因此，就其描绘的规模来看，这是一部关于治水的大全，华夏治水，水害水利，史实人文，无所不包。史上先民开河治害，筚路蓝缕，后世赓续，可歌可泣，千古风流，彪炳史册，于是，我们从这个“庞然大物”的写作中，看到了作者们倾注心力的投入，看到了编者殚精竭虑的运筹。如果说，《中国治水史诗》显现了一种高迈的情怀和坚韧的精神，完成的是一个集体协作的话，那么，我们前面引用的古人关于成大事者，所谓“立德、立功、立言”的说法，最是体现了这个行为的意义。当然，文章不免有参差，有的冗赘，有的资料引用没太化开，但是，作为一本集天南地北作家写水之大成，乃文坛一奇观。

编者之一、企业家杨钦欢在《序言》中说：“从某种意义上说，中国的历史就是一部治水史，从三皇五帝到现在，哪个明君不以治水而获万民拥戴?”诚哉斯言，这是对历史的一种概括，焉不是编撰者的夫子自道？可以说，作为一件文化大事，功德之举，写史立言，其意义不同寻常。题名谓之“史诗”，史诗者，宏伟而大气也。追寻历史，抒写今天，启示未来，立意在于谱写一曲大家气象、史诗风流的水文化。

说其大，是指其体量，巍巍乎高峻，泱泱乎广大。眼界其高，站在历史的视角上，凝神人类与生命须臾不可离开的物件，去探寻水之于人类，之于自然，之于文明史的作用。尤其是当今世界已是资源稀缺、生态受破坏，社会发展也因之受制约，而探寻这家国民生大事，其立意和主旨更显高远；言其广，是从神州大地不同的空间，天南地北，数十篇文字，关涉华夏大地所有水系，包罗闻名于世的大江河湖，或者，治理难度史上可堪记录的，作为重点。全书分为黄淮卷、长江卷、珠江卷、海河卷、松江卷以及西部卷和东南卷等部分。其广度与区域的展示，增加了书的分量。

我们还是从它的篇章开始探寻吧！

开篇是“黄淮卷”，也许编者的初衷是，作为炎黄子孙，黄河是母亲河，是中华民族先祖的摇篮，尊祖为先，由此开篇。在这辑中，几位作家都是重量级的，也多为时下创作力旺盛者，尤其是写散文、报告文学，他们是好手，是快手。广东作家熊育群以散文的笔触，揭开了大禹治水的历程，以回望的方式，对这个史上最伟大最亲民的一个治水先驱者，其精神，其情怀，其行为，其谋略进行了充分地文学书写。大禹的形象在千百年的历史流变中，款款地走来，历代历世，从统治者到庶民，从史传到口碑，褒奖有加，这是一个华夏民族圣洁者的形象。“大禹作为中国历史上第一个治水成功的人物，中华民族最古老的治水英雄。”古代先民的神话，无论是治水的大禹，还是填海的精卫，补天的女娲，以及神农氏，他们与自然的关系，是人类最早生命力的展示。可以说，人类的社会发展，最先的敌人也许是来自于水害，与大自然的搏斗，治水，变水害而为水利，促进了人类的文明。从这些先贤们的奋斗中，折射了人与自然的特殊关系。或者说，人类始祖，绵延至今，人与水，人与自然，永远是一对矛盾，有理不清的纠葛。

当然，在这些篇什中，不独有对于治水行为的歌颂，也有从现实的严峻形势，进行清醒的告诫。陈桂棣的《淮河的警告》，以“淮河流域的水污染已到了非治不可的时候了”，这一振聋发聩的声音，引人警醒。“淮河的警告”，实际上也是中国较多的水系在污染和断流的严峻形势的警醒。黄河也好，淮河也罢，还有河套地区，还有黄海边的山东治水，还有引黄入晋的山西治理，等等。在冷梦的《中国梦幻》，雪漠的《石羊河与大凉州》，焦祖尧的《大河走高原》，刘兆林的《北疆水神》等篇中，从不同的角度，书写了黄河水系或者北方水系的治理过程中，人类如何巧用智慧，努力地变水害为水利，仁人志士们的英勇业绩。同时表明，国计民生，发展的要务，合理地利用水资源，治水之后，长河安澜，民生便利。但是在环境日益恶化之后，人们赖以生存的水，面临着如何的珍惜和爱护，几大江河湖泊的现状，无不引起作者们的思虑和警醒。黄土地上的治水之行为，见证了华夏民族治水之艰辛而任重道远。“黄淮卷”中最明显的主题阐述是，人类发展，漫长治水历程，任重而道远，切实而严峻。

在“长江卷”中，有擅长全景扫描的高手何建明，以《百年梦想》为题，记录了中国几代伟人与三峡工程的历史。我们看到了，在这条世界第三大河流，中国最大的江河演变发展的历史中，与国计民生、国人福祉的紧密联系；为建造这样一个时代的工程，当代人上上下下，为之殚精竭虑，艰辛求索。为了造福于民，为了大江长河的不再被污染，为了南北水利的平衡发展，治水民生的重要问题，引起了数代领导人的高度重视，这在人类史上极为鲜见。当然，在这条闻名于世、中国最长的江河，与其说是一个自然物体，不如说是一个见情见性、有格有体的生命。流自于高原，奔腾倾泻于平原，有如人体血管细流似的众多支脉，倾情于人口密集的富庶地区，孕育着无数灿烂的文明和优美的自然景观，等等。读到这些生动地描写，从中不难体味到作者的人文情怀，这是一部史书的另类诗情表达。当然，与本书主题相一致的是，从治理长江的岁月中，国人与这条桀骜不驯的大江，以及众多的江河湖海，形成了一个共生共存的关系。水的治理，或者水文化，实际上是人类文明的一个全方位多侧面的表现。

如果说，在“黄淮卷”我们读到是历史，是先民奋斗的业绩，开创之功，英雄传奇，而“长江卷”，以及后篇诸多文章，展现了中华民族多年来治水的坚韧与持久，也有历经磨难的民族精神不屈的表现。我们读到的是，对于这人类的伙伴——长江大河，其水利水害，对人类生存发展的重要影响。水的利用，人类期望于斯，也困扰于斯，其泽被于人，也祸害于人。所以，当编者从两大江河——长江、黄河，另外选择出来写珠江、海河、松辽、西部、东南各篇，我以为，不只是地域上的划分，也是从更为广阔的幅员上，对于中国水利事件的书写。君不见，水的保护和利用，在现时日益成为最迫切的问题，日益成为经济发展、民族进步，以至国家安全最突出的问题。编者从南北东西更为广远的层面上方位上，展现这治水的广度与深度，既有中华的水文化多彩的一面，也有对紧迫的现实问题丰富集中的展示，足见其匠心。

从纯粹的治水角度看，作为一个经济的或社会的行为，有关部门重视，措施得当，投入得力，就会有成效，就会出典型，出经验，这无疑是一个现成的套路，也为现实所证明。但是，当这么丰富生动地展示一个民族长久的治水史，警示出紧要切实的现实问题，结集了蔚为壮观的文字，而且被认为是填补了某种空白的时候，我们既有思想的收获，也让我们体味到一种别样的文化魅力：对于大自然的情感，对于家乡故园的情怀，对于天人精神的敬畏，对于社会发展与生态环境的保护和忧思，等等，不同的文学感悟，种种现实追问，铸成了这本大书奇书的精神价值。

如果再简洁地概括，我以为，这部作品，其强烈的史识意识，丰富的实证资料，多彩的文笔，各见匠心的文章构思，以及总编纂者们认真的谋划与组织，以至颇有气魄的印制投入，是这部书得以面世并得到关注的原因。在此，表达一个读者的敬意。

2011 年 5 月 13 日

《中国治水史诗》编后记

贺　平

2009 年年底，我接受了编辑这部书的任务，那时候书名叫《中国治水史概要》。这部书是由广东老作家程贤章与我们作家出版社何建明社长主编的，稿子在梅州。何社长派我去梅州取稿子，那是元旦过后不久。

去梅州的路上，我一直在想几个问题——要做一部国家治水史，这会是作家的策划吗？可是这部应该是由科学家来写的书，为什么约了作家来写呢？全国各省这么多作家又怎么能够一呼百应来写这部治水史呢？还有，这部书将怎样评价三门峡？怎样评价长江三峡？怎样评价像黄万里这样的科学家呢……一个个问题，让我觉得这个活儿真有点无从下手。

梅州不大，但是美丽宜人，一条梅江从小城的中心流过。我到梅州的那天，时间已经很晚。车子走过梅江，两岸还有些小店还没有关门，人影婆娑，灯火阑珊。此情此景，让人觉得有一些美好的故事正在发生。我对来接我的程勇芳说，两岸夜景真好看，邓丽君唱的那个小城故事，就是这样的小城吧？

勇芳一笑，他告诉我，梅雁集团参与了沿江两岸的建设，梅雁的老总杨钦欢先生就是这本书的总策划。我看不大清楚那些景观，但是能看到沿江灯火一直伸进远远的夜色。我感觉到了，这本书、这个梅江夜景的背后有一个人物，他肯定是个人物，我想，这就对了，这就顺理成章了，只有这样的人才能够策划和运作这样的书。

酒店就在江边，据说是这里最好的酒店。治水书编辑部就在这里。编辑部一共三个人，老主编程贤章和两个年轻人勇芳、小罗。

程老先生一直在编辑部等我。让我惊讶的是：程老已年近 80 高龄，还能担纲这部大书的主编。他曾任广东文学院院长，文史馆馆员。退休后回到了家乡梅州，因与杨总是老友，就把党的关系放在梅雁集团。老人不是很强壮，但是看上去却精神饱满，没有倦意。看他等到那么晚，我心里很过意不去。他说不怕晚，他就住在编辑部里面。他们三个已经在这里住了好几个月了。老人拉住我的手，一定让我先去吃夜宵。我告诉他我晚上不吃东西。他嘀咕了一句：不吃行吗？程老目光慈祥，一口浓重广东腔的普通话，就像一个啰啰嗦嗦的老父亲。

我说行，真的行。

就盼望你来，程老说，我得把这些稿子亲自交待给你。

他向我介绍了全部策划组稿的过程。首先是杨总策划了选题，又出资让他带领两个年轻人约请全国的作家。然后程老居然就带着两个年轻人顶着酷暑去了新疆吐鲁番，又冒着严寒去北京找何建明。他还去了东北，游说了许多个省的作家，请诸位作家各自去写他们家乡的母亲河或者他们熟悉的河流。老先生居然成功地约请到五十五位作家。我问他怎么能够搬动这些大腕？

他告诉我，杨克、陈世旭等老朋友帮了大忙，这就是他们从策划到完稿一共花了不到一年时间的秘密。这真是市场化速度。在今天，写作也早就市场化了。程老很得意地告诉我，他给作家们寄稿费，那种出手大方的感觉真好，真快乐。看到一个老人这么开心，我也禁不住笑出声来。

如此奢侈的编辑部、如此精干的队伍、如此短暂的成书时间……我再一次感到杨钦欢真是个智勇双全的幕后人物。他居然有办法调动中国五十多位作家，跟着他写治水史，就这一件事，你尽可以想象他在市场中拼搏的状态。这本书对他来说，不过是四两拨千斤罢了。

那天晚上，一摞一尺多高的 A4 打印稿子摆在我房间的桌子上。据说还有稿子没有到。我大致翻了一下，许多作家是我的朋友，也有些作家是新面孔。我似乎更习惯于在文字中了解一个人，对许多作家朋友的认识，与其说是在工作中认识的，不如说是在稿子里面了解的。我仔细看了杨钦欢的序言，我看到这样一句话：中国的历史就是一部治水史……

这就是他策划此书的初衷吧？我越来越感到，他的目的可不仅仅是治水史。杨钦欢是全国劳动模范，也是世界生产率科学院终身院士。他创建了梅雁水电集团，一直以治水为主业，名播两广以及深沪等地。治水，是他毕生的追求和实践，而做一部治水史是他的梦想。

我第二天返回北京前，与杨钦欢匆匆一面。印象是：休闲装、吸烟、一头浓发，几缕飞霜，一双眼睛告诉你：他有抱负，也有责任感。三两句话，你就知道这是一个走过了大江大河的人。那天没说几句话，他就告诉我，这部书要在人民大会堂开首发式，要请叶选平先生在封面题字，因为叶家就是梅州人。

开会还好办，可是谁能请到叶选平题字呢？

我来负责，他说。

《中国治水史概要》这个书名从一开始我就觉得不妥，因为它太像一部科学著作纲要了。当时作家出版社社长何建明，还担任本书的主编。他是一个可以同时做三件事情都不会错的人。比如说一边打电话、一边签署文件或者看电脑、还可以一边布置工作。那天我带着合同到他办公室，我告诉他我对书名有想法。我说，这本书并不是严格意义的历史书、也不是科学著作，叫《中国治水史概要》不太合适。那时，他正在签合同。他抬头看看我，掐灭了烟。然后拿起水笔在文稿上面一圈，抹去了“概要”两个字。紧接着就在“中国治水史”的后面添了一个“诗”字。于是，这本书就成了现在的样子：《中国治水史诗》。

去年春节前后，我几乎是在《中国治水史诗》中度过的，每天阅读，坐着读、躺着读、蹲着读，举到头上读……反正是不断地变换姿势，折腾了三四个月。那年春节，爸爸妈妈和我们一起过年。我的老父亲已经80多岁了，他一生都与文史哲打交道，他看见我在编辑这样一部大书，他对我说，这部书仅仅用文学来表现治水史，这个力量是不够的，它需要多个学科知识的支持才行，比如，水利学、经济学、社会学等等。父亲很不放心，他把我看过的稿子又看了一遍。真是可怜天下父母心啊！父亲那时候已经重病在身，真让我于心不忍。父亲给我提了许多重要建议，以至于今天我每次翻看这部书，都会想起父亲当时说过的话。

这部书稿的作者有55位，文章有77篇，总共249万字。其中所写的江河，完全是作家的江河，这是他们笔下的河流与时间。那时候，最让我困惑的是，写了那么多条河流，它们像一些理不清的乱线摊在我的案头，应该怎么分类、怎么排目录呢？在这个问题搞清楚之前，我的书房里面铺天盖地的摊着书稿。那时候，我每天读稿子读得昏天黑地，一条条江河，每天从我的案头上流过，左手钱塘江、右手洞庭湖，一会站在黄河边、一会站在朝天门码头，洪流滚滚，淹没无数，多少王朝尽被掩埋在泥沙之下。还有那些历史人物都从我的案头匆匆而过，大禹、李冰、屈原、曹操、李四光、邓小平……英雄无数，手指一翻，便是千年。

我每天都有一些新的想法，每天又把刚理好的稿子重摊开来。后来，父亲给我找来一张地图，他帮助我按照每条河的起始流向，把所有的文章按照地图重新排序，分为黄淮水系、长江水系、海河水系、珠江水系、松辽水系等七个部分。至此，一张关于祖国江河流域的地图，在我脑海中慢慢织成。所有的江河都在我桌子上理顺了，每篇文章都是一条江河，都来自历史的深处；每篇文章都流向我的书案，一篇篇汇聚成书。那一天，我的心情特别疏朗，墙壁慢慢地消失，桌子上的江河正在流向大地。

有媒体评论这部书，说《中国治水史诗》是继《水经注》之后的又一部水利巨著……作为本书的责任编辑，我有必要在这里说明一点：《水经注》是一部关于国家地理、文化的书，记载了1200多条江河；而我们这部书侧重写治水，虽然只记载了70多条江河，但它概括了《水经注》之后这一千多年中国江河的沧桑巨变。

这部书不是史，它是史诗。所以，它就应该由作家们来完成。

2011.8　北京

见证中国治水事业的历史变迁

——评《中国治水史诗》

王光谦

上善若水。

老子的这句古话穿越绵长的历史长河，流淌至今。作为大江大河子孙后代的中国人民，几千年来与水进行着艰苦卓绝的斗争。古有大禹、李冰，后有孙中山、毛泽东，他们的生命与事业均与水有着不解之缘。纵观中国漫长的文明发展史，构成其骨干的重要一脉便是中国治水发展演变史。

自远古时期始先民们便长期遭受着水灾害的侵袭，他们在一次次洪涝灾害中背井离乡、家破人亡，于是，与水之间的漫长斗争就此拉开序幕。谁都未曾想到，这个序幕拉开之后，上演了无数场震天动地的生死之战，挑战人类生命极限的便是水集结成的洪水猛兽。这场没有硝烟却无声地掠夺走无数人生命的战争一直延续到了今天，战场也早已遍布了中国的大江南北。随着文明脚步的逐步推进，人类的治水工程也迈进了一个崭新的阶段。这个重大的转变理应得到历史的记载。

近期，由叶选平担任总顾问，杨钦欢策划，何建明和程贤章担任主编，众多当代著名作家和专家倾力加盟撰写的《中国治水史诗》巍然诞生，弥补了几千年来中国在系统的治水史书写方面的缺失，同时，蕴涵于其中的重要地理、人文素养和情怀成就了一部辉煌的治水文学史诗。我们在这部200多万字的厚重史书中领略作家们飞扬文采的同时，更能够深刻地感受中国几千年治水史的历史沿革与时代变迁。从其勾画的图景中，我们清晰地看到了中国在治水方面的每一步探索与开拓，创新与收获，并长期浸润在数代人民的治水智慧中。

见证中国治水地位的提高

夏朝开启了中国的朝代历史，而夏的建立者禹之所以登上时代的制高点，恰恰是因为其在治水方面取得的突出成就。这足以看出古代先民所受水患之害的深重及对治水要求的迫切。也正因此，在治水方面做出卓越贡献的禹跨越了其所处的历史时代，在其身后的几千年里被逐渐神话为一个民族神，大禹治水的传说也便一代代流传下来。

“黄河清，圣人出。”这一句流传甚广的民间歌谣也在华夏大地上深扎了根，只是，这种美好的期望长时间内仍旧停留在梦想阶段，水患之害依然威胁着人民的生命安全。历朝历代涌现出了不少治水功臣，如李冰。但是也应该看到，由于他们所处时代的封建性质，他们治水的终极目的是指向封建王朝统治的。所以说，那时候的治水是为巩固王权服务的。

走过漫长的封建社会和半封建社会，中国终于走入崭新的时代。毛泽东曾经多次站在黄河大堤上，望着滔天的巨浪，说：“一定要把黄河的事情办好。”在一代伟人毛泽东眼里，黄河是与民族自立与尊严紧密相连的。1955 年 7 月 18 日，中南海怀仁堂。一千多位人民代表倾听了国务院副总理邓子恢所作的《关于根治黄河水害和开发黄河水利的综合规划的报告》。他向全国人民庄严宣布了在六年内实现“黄河清”的千年夙愿。可以看出，基于人民生命安危的治水工程的地位被提到了一个新的高度，人民政府开始将治水作为新中国建设的重要组成部分从而正式纳入社会主义建设的整体宏伟蓝图中。但是黄河水患并没有因为人们美好的主观愿望而就此消退，治水依然是国人的一桩大事，无数人仍然战斗在抗洪第一线，用生命筑起人民的保护层。新世纪以来，治水更是作为关乎国计民生的重大问题被推到了国家建设和发展的重要位置。因为水已经不仅关乎防洪安全，同时还与供水安全、粮食安全，甚至与国家安全都紧密相关。于是，水利由最初的“农业的命脉”被提升到“基础设施和基础产业”，再到“基础设施建设的优先领域”，其所处的地位一步步升级，这也突出体现了党和国家对水利建设、民生问题的关切之重。

黄淮卷、长江卷、珠江卷、海河卷、松辽卷、西部卷、东南卷及其他，七卷本的《中国治水史诗》，宏阔地记述了中国自古至今在治水方面所走过的艰辛路程。治水之路走过了一段艰难曲折的历程，在未知中摸索，在摸索中不断开拓创新，对治水工程的逐步重视以至于今天国家将其提升到关乎国计民生的基础设施建设的优先地位，这充分显示了党和政府对人民生命和财产安全的重视，也是以人为本的执政理念在治水方面的具体体现。

治水理念的科学化进程

虽然大禹是因治水有功而被彪炳史册，但他绝不是第一个治理水患的人。他的父亲鲧曾用“堵”的方法来应对滔滔的洪水，结果自然以失败告终，也因此丧命。大禹面对严酷的现实，从父亲治水失败中总结出宝贵的经验教训，他的身躯行走在山川沟壑间，跋山涉水，披荆斩棘，终于，黄河周边的地质地貌、水文水情在他那里早已了然于胸。在此基础上，他选用疏导的方法来继续父辈未竟的使命。于是，“三过家门而不入”，在他的带领下，治水队伍逐渐摸索并实践出一个崭新的方法，并取得了显著成效，禹也因此被世代铭记。

同样是治理水患，大禹与其父亲选择了两种完全不同的路数，自然收到了截然相反的效果。究其根本，大禹是在充分尊重自然规律的前提下，在对区域地质、水文、水情等有了细致的了解和分析的基础上，进而选择了以“疏导”为核心理念的治水之法。这是其取得成功的关键所在。这在当时来说是合理的，也是科学的。而今，我们所面临的治水环境已经与远古时期有了很大的不同，应该说形势变得更复杂、任务变得更艰巨了，这更考验着当代人的智慧。

应该看到，时代走到今天，治水采取的已经不再是先前“万人会战”式、集体粗放式的治水策略，而是呼唤更符合时代要求的治水新方法的诞生。同时也应看到，新时代人们面临的水患已经不仅仅来自自然洪涝的威胁，而是相当大程度上来自人为原因所导致的用水安全隐患。面对治水新形势新挑战，国人开始积极探索治水新思路、新方法。其中，人与自然和谐相处成为新时代治水始终坚持的指导理念。在治水过程中，不再单一强调对水的反抗性治理，而是寻求人与水的和谐共处，既要防御水旱自然灾害，又要保持河湖的生态健康，同时还要规范人类的活动，确保水资源的健康可持续利用。

从《中国治水史诗》中我们能够清晰看到，在具体治水实践中，很多地区都逐渐强化前期的监测预报，并不断完善科学的监测预警机制，重视水文监测预报，及时发布预警信息，提高预报的准确性和及时性。对监测预警的重视体现了现代以来信息技术的应用之于抗洪救灾的重要性和必要性。同时，不少地区根据自己的区域地质、地势、水文等特点，科学制定水利规划，不断修改和完善本地区的水利规划体系，加快区域重点项目的建设，探索出适合本地区的水利规划新路子。

在这部宏阔的治水史诗巨著中，我们能够看到一个不断完善的治水理念的形成，其核心便是生态化、自然化和人性化。而治水理念的不断创新和完善也进一步带出了一个城市的崭新建设范式。

水资源管理的制度化、法制化进程

治水除了包括各种水利工程的建设之外，一个很重要的方面便是水利和水资源管理。古代历史上也曾出现一些相关方面的管理章程，如唐朝时制定的《水部式》，对水利管理过程中的行为进行规范和约束。

现代以来，中国对水资源的管理方面也逐渐探索出新的管理模式。中央在近年颁布文件，划出用水总量控制、用水效率控制、水功能区限制纳污“三条红线”，实施最严格的水资源管理制度，打开了治水的新思路。不少地区响应中央号召，逐步打破旧有的水资源管理体制，探索区域水务一体化和流域统一管理的新方式。在领导层管理方面，有些地区实施了项目法人责任制与行政首长责任制相结合的监管体制，并逐渐开拓出公益水利工程建设管理体制创新路子。流域管理与区域管理相结合的水资源管理制度也被应用于一些地区，进而建立起事权清晰、行为规范、运行协调、分工明确的管理机制。新的管理机制的建立在对水资源的管理上更突显了科学性、系统性和可持续性。

在水资源管理过程中，一个很重要的任务便是推进适合我国国情水情的相关法律法规建设，并逐渐建立权责明确、规范合理、监督有效的执法体系，进一步推进依法管水进程。针对目前出现的工业过度用水及其对水资源的污染现状，国家依法追究了其法律责任，并加强了监管执行力度。在法治完善方面的一个突出例子是《水污染防治法》的全面修改和《刑法》中增加了“惩治环境污染罪”的条款。一些地区组成了“流域水资源保护领导小组”，对水资源利用过程中的行为进行监督，这对水资源的合理利用和保护起到了重要屏障作用，同时也有利于全社会共同参与的工作机制的建成。

《中国治水史诗》全景式地记录了我国治水史上在水资源管理方面的制度推进，以及水资源管理的法制化进程。其视角穿越历史，直指当下，高度肯定了几千年治水史取得的成就，同时，对其存在的问题也予以揭示。客观公正的写作原则使这本著作的史学意义尤为凸显。

结　语

上善若水。

老子的这句话依旧萦绕在人们耳畔。“与善仁，言善信，正善治，事善能，动善时。夫唯不争，故天无。”老子在几千年前给了我们这样的阐释。借用《中国治水史诗》的书写者之一张笑天的话说：与人交往，应怀有水那样博大胸怀，大仁大爱，说话应如水的汛期那样守时守信，为政当如水般清静而治，做事则该像水那样善于发挥作用，行为宛若水一样善于把握天时，这一切都是自然的，本应像水一样与物无争，这才不会出现过失与偏差。几千年的治水史流传下众多英雄与传说，也沉淀着民众的汗水与智慧。而水，也以其独特的气质滋养着与之共存共荣的人类。

《中国治水史诗》见证了中国治水事业的艰难历程，见证了数代人民的不屈抗争。善于开拓、勇于创新的中国人在与水进行的艰苦卓绝的斗争中，不断开启民智，逐步探索出和谐、人性的治水之路。同时，治水是一件任重道远的事情，还有更长的路要走，有更多的努力需要付出。寄希望于中国未来的志士们，在前人的成就上，继往开来，谱写新时代的治水史诗！

（王光谦　清华大学水利系教授　中国工程院院士）

唱响中华民族治水史诗

张红武

水，作为生命之源，千百年来与人类命运悲喜交融、宠辱偕行，在历史的长河中演绎出了众多荡气回肠的民族传奇史诗。古有大禹治水、李冰筑坝，今有三峡工程、南水北调，可以说，人类的文明发展史始终离不开水的参与。或如涓涓细流，或如宏浪滔天，水都以不同的角色、不同的身份参与着人类生命的进程。一部人类历史，也可以看成是一部治水史，一部人与水或斗争或求协同的复杂关系史。

对"史"的追求似乎是人类的一种天性。当人们开始回眸曾经走过的漫长历史时，"史"自然成为一种记录和叙述的方式。当然，这里的"史"不仅仅是一些时间与事件的有秩序更迭，更应该是一种审视历史的姿态与视角，一种融合了经验教训、智慧理性的系统梳理。在这个意义上，"战争史"、"革命史"等成为了历史书写的主角。这些"战争史"往往涵盖社会范畴内人与人、阶级与阶级的斗争与革命，而将人与自然尤其是人与水的斗争隔离在范畴之外。这就造成一种奇怪的现象，即人与水进行了自远古便开始的基于求和基础上的恒久斗争，同时，斗争过程中付出了众多生命的代价，也缔造了不少英雄传奇，而这段历史却至今仍多为片段性存在，很难构成一个完整的体系，缺乏"史"意义上的梳理和观照。

基于此，由叶选平担任总顾问，杨钦欢策划，何建明和程贤章担任主编，众多当代知名专家文人倾力撰写而成的《中国治水史诗》，在成就了一部辉煌巨制的同时，也在很大程度上填补了国内治水史书著述的空白。全书分黄淮卷、长江卷、珠江卷、海河卷、松辽卷、西部卷、东南卷及其他七卷，宏阔地将华夏大地的主要干流和支流涵盖在内，系统地回顾和梳理了自大禹时代便开始的治水历史，展示了几千年来人与水艰苦卓绝的斗争历程。这部史诗巨制的书写对象已经不仅仅是"人"和"水"，而更延展到地质、历史、人文、习俗、文化、传统等多个方面。由此可见，要编写这么一部治水史诗，需要付出多少艰辛的努力。当这部厚重的史诗真的呈现在眼前时，不得不说，我震惊了。翻开崭新的留有墨香的书页，那些或熟悉或不甚熟悉的名字在眼前变得鲜活灵动。细细读来，才发现，这是一部多么血肉饱满、厚实凝重的历史啊。

尊重自然规律史

人类的治水史从来就是与人类的文明史相生相随的。远古时，人类便遭受着洪水的威胁。尧舜时，鲧用“堵”的办法造成治水不利以致失败的教训成为治水史上的一个沉重的伤痛，鲧也因此丧命。鲧的儿子禹在父亲的沉痛教训之下，跋山涉水，认真研究了高山大川的地质地貌，对水流的路径进行了仔细的考察标记，以此作为治水的信息参考。通过对水情的认真分析，最后决定摒弃父亲的做法，改用疏导的方法来治理水患。禹辛苦摸索出来的方法终使其完成了父亲未遂的意愿，也同时开启了一个让历史永远铭记的时代，禹也逐渐被神化，并最终被推上了神的高位。

禹之所以治水成功，固然有群体力量的协助，但尊重自然规律，进行缜密的地质研究和必要的水情分析，则是其取得成功的最重要也是最首要的原因。纵观中国几千年治水史，虽然各个时期施行了名目不甚相同的措施，修建了各异的治水工程，只要稍加仔细便能发现，这些成功的案例无一不是在对当地地质、水文、水情的严谨分析之后采取的相应治水措施，是“具体问题具体分析”之后的“具体治理”，是最契合于当地综合水情的治理方式。究其根本，也可以看成是大禹治水的“疏导”理念在各时期、各区域的成功演变和运用，是中国古老智慧的借鉴与开拓、创新。如南方灵渠的修建，就是针对当地的具体条件而实施的措施，其巧妙的分水、泄水功能使其在军事、交通、农业、旅游等方面均发挥了重要作用，从而成为中国水利工程的典范之作，取得“逆水而来顺水去，卸帆终是挂帆时”的最优效果，千百年来被人们称道不已。又如新世纪以来三峡水利工程的修建，亦是对该区域地质、地貌、水文等重要因素进行认真考察、详细分析和反复论证后采取的重大举措，并征得了全国人民的同意。其建成以来，在泄洪、灌溉、发电等方面均起到重要作用。

治水的过程中，人们越来越认识到尊重自然规律的重要性。从这部宏阔的《中国治水史诗》中不难发现，古代、近现代和当代人在面临水患时，并没有被先前的成功经验遮住双眼从而拘泥于传统方法的沿袭，而是在充分吸取前辈经验教训的基础上，认真分析地域水文水情，进而开创出适合本地区的治水方式。中国先人古老的民间智慧在这里得以传承发扬，并不断生发出更多新的思路。中国的治水史也因此变得丰盈厚实，并对后世的治水工程提供宝贵的借鉴。

治水制度完善史

一部从大禹时代便开始了的治水史，磕磕绊绊，走过了几千年的历史沿革。由最初的民众团结一致、自发或有组织地制止水涝灾害，到后来的涉及群体社会制度的治水行为，其涵盖的范畴越来越大，相关面也越来越复杂。

治水的历史走到今天，随着大型水利工程的不断修建、水资源污染问题等的频繁发生，治水已经不仅仅是人与自然灾害的搏斗，同时更涉及人与人、人与制度的纠葛。如三峡水电站的修建，一方面出于防治长江洪涝对人民群众造成的生命威胁和财产损失，同时，水电站的修建更需要合理、妥善解决库区移民问题、可能的移民回迁问题、库区附近自然人文环境保护问题等等。这不仅要求在工程实施前就先行制定合理的解决措施，还要求有强有力的实施和监督体系，以敦促各方的协调进行。随着治水史上经验和教训的总结，诸如一度出现的“先污染后治理”错误思路，这种过分重视眼前利益而忽略长远利益的做法使人们受到了严重的惩罚，也因此使得后续的治水行为开始反思，并努力寻求打开一个新的、可持续发展的新局面。

治水的过程同样伴随着相关法律法规的不断出台和完善。针对一些对法律法规熟视无睹的行为，国家加大了执行和惩罚力度，使得治水这场攻坚战具有了更强的法律保护力。如针对日益严重的水污染问题，国务委员、国务院环卫会主任宋健曾经指出：“我们的法律最初太软，弹性太大、像社论。”之后，他积极促成了《水污染防治法》的全面修改，增强了其可操作性。

同时，在工程建设方面，部分条件成熟的地区，在治水过程中结合本地区的实际，探索出了项目法人责任制与行政首长负责制相结合的监管体制，这一方面有利于发挥行政的督导作用，同时亦是对提高治水效率的有益尝试。在有的地方，更是走出了公益水利工程建设管理体制创新的路子。这些治水相关制度的不断完善，无疑要在中国治水史上留下重重的一笔，它标志着中国治水史已然迈入一个全新的阶段，一个可以被称为系统化、制度化的治水新时代。从一部厚重的《中国治水史诗》中，我们能够看到治水制度化不断完善的历史演进进程，同时，治水理念也发生着深刻的变化，逐渐朝着生态化、自然化和人性化的方向发展，并进而带出一个城市建设的新范式。这可以看成是不断融入创新思维的治水史带给社会城市建设的新启示。

移民血泪奉献史

人类漫长的治水史中，诞生了众多英雄，成就了众多奇迹，也造福了众多人民。一部治水史，也可以看成是一部人民对平安、幸福生活的追求史。但是任何事物的获得都是要付出代价的，治水同样如此。我们在颂扬那些英雄的同时，一定不能忘记同样为之付出艰辛和血泪，甚至是生命代价的朴实人民。

这里暂且不论生产力低下的古代，进行一个庞大的治水工程需要耗费多少劳力物力。即使是到了现代三门峡水库的修建，就让整整一代甚至两代人付出了极大的代价。《中国治水史诗》清晰记载，上世纪五六十年代那个以“火红”标记的年代，为了建设三门峡水库，大批群众需要移民。而那个特殊年代，对移民的政策是“以集体安置开垦大片荒地为主”，于是，他们大批被远迁到“春风不度玉门关”的边塞敦煌，甚至更偏更远的地方。为此，他们离开了自己曾经奋斗大半辈子甚至一辈子的土地，连同土地上的房屋和土地下的祖坟。也是从那个时候开始，故乡的树，故乡的井，故乡的石磨，故乡的乡音，以及那些曾经朝夕相见的熟悉脸庞，永远地成为了历史深处的一抹尘埃，深陷在无声的疼痛里。“故乡”，就此成为一个被架空的名词，失去了其所指。之后，他们用汗水兑换承诺，留给自己的，是茫茫荒野，和看不到尽头的面朝黄土背朝天的被称为“日子”的东西。可其中的百般况味，有几多酸楚，几多心痛，又有多少人听他们诉说？

这种类似于“流放”的安置方式在记录了一代人的移民血泪史后，终成为不必重复也不可重复的历史。当三峡建设再次需要牺牲库区附近几十万移民的利益时，国家基于充分的民生考虑，给予了他们相对优厚的移民待遇，以解除他们的后顾之忧。为了一个全国瞩目的重大水利工程的顺利完工，也为了自孙中山以来几代人的三峡梦，几十万三峡移民离开了他们祖辈生活的土地，从此要将异乡变为家乡。是的，国家可以在物质条件方面对移民进行补偿，可是反过来说，中国人自古沿袭下来的对“根”的信仰和坚守，又怎么会是宽裕的物质条件所能取代的呢？

这些移民为国家建设、为人民利益所作出的默默无私奉献，值得我们整个民族铭记。

在此意义上，一部治水史，又何尝不是一部沉重的承载了文明、苦难、血泪、希望的移民悲歌？

结　语

《中国治水史诗》里，有与自然威胁的无畏搏斗，也有安全时期的休养生息；有大人物的奇迹熠熠，也有小人物的长歌当哭……也许是因为长期与水纠葛的原因，我们的民族气质似乎也沾染了大河脾性，也就此有了“上善若水”、“逝者如斯夫！不舍昼夜”的理性，也有了“滴水之恩，涌泉相报”的感恩情怀；有了“秋水共长天一色”的诗性情思，也有了“海纳百川，有容乃大”的不凡气度；更重要的是，水激发了我们民族“万水千山只等闲”、“直挂云帆济沧海”的壮志豪情。国人几千年的荣辱悲喜都与水结下了不解之缘，而人类也在这个漫长的跋涉过程中变得勇往直前、坚韧果敢，使生命增加了一种硬度。

作为这些历史的亲历者或见证者，《中国治水史诗》的作者们重新温故了或波澜壮阔或沉重哀婉的治水历史，他们用脚步重新走在了那些曾经多灾多难的土地上，他们用亲眼所见所闻来对历史作了呼应，用饱含深情的笔触记录了中国治水的漫长进程。那些镌刻的宏伟篇章，是对一个历史的厚重回眸，亦是对未来的翘首期盼。

在治水工程已经取得辉煌成就的当下，我们依然要保持清醒的认识，治水是一项任重道远的民族事业，而我们已经取得的成效只是初步的，是阶段性的，还有更多任务需要我们接下来去付出更多努力和创造力。这里寄希望于未来的治水志士，愿他们能够乘风破浪，愈战愈勇！

（张红武　清华大学水利系教授　全国政协委员）

台湾没有被遗忘

——祖国大陆的治水与台湾的治水密不可分

蓝博洲

广东梅雁水电股份有限公司董事长杨钦欢先生总策划，程贤章先生与何建民先生主编的《中国治水史诗》，皇皇两巨册，包括黄淮卷、长江卷、珠江卷、海河卷、松辽卷、西部卷和东南卷等七大卷，计200余万字，是继北魏郦道元《水经注》之后，我国第一部用文学表现形式所创作的治水巨著；无论就主题、内容与编写组稿的难度与高度，应该都是中国文学史的突破与创举；特别是它包括了尚未回归祖国大家庭的台湾在内，表现了前所未有的政治视野。这点，我相信不必我再赘言。

我以来自祖国宝岛台湾的作家身份参与了这项伟大的写作工程，深感荣幸。

我是在程贤章先生“接招”杨钦欢先生策划的《中国治水史诗》之后，也“接招”了他共襄盛举的邀请。时间是在2009年11月中旬，地点是在江西宜春市温汤镇明月山下安源楼的国际华人作家写作营，传话人是一起参加活动的初次见面的来自广东的诗人杨克。我很高兴程先生并没有把我忘记！

我记得，在此之前，我仅仅见过程贤章先生两次。第一次是在全国作家会议期间的人民大会堂门口，互相交换了名片。当时，我对程先生完全陌生，只知道他是来自客家原乡的作家。后来，我读到了程先生的作品，也曾经利用到深圳访友的机会给程先生打电话联络，却一直联系不上。一直要到2008年吧，我组织了一个台湾的客家农业交流团在广东梅州客家原乡参访时才在梅江江畔的一栋公寓第二次见到了久违的程先生。那晚，我向程先生请教了祖国大陆客家文学的发展概况，受益良多。

杨克的传话之后，我一直把它放在心上，可苦于不知具体情况而迟迟没有动笔。其后，我又组织了一个台湾的客家农业交流团到闽西、赣南与粤东的客家原乡参访；在梅州停留的那个晚上，吃过饭，喝了酒后，实在无法登门拜访程先生；程先生于是亲临我下榻的酒店，让已经醺醺然的我理解他“接招”杨钦欢先生策划的《中国治水史诗》的想法，以及他的编辑构想；我也当场承诺：写大陆同胞最有兴趣的日月潭，回台湾以后就开笔。

回台之后，我随即搜集各种与日月潭相关的材料，阅读之后，我决定放弃这个题目；因为它离“治水”的主题较远，而且主要是日本帝国主义殖民统治台湾期间的水力发电设施。我只好继续阅读台湾史料，寻找符合《中国治水史诗》编辑主旨的题材。我的身份与立场决定了我选材的两点考虑：

首先，它必须是台湾治水史的典型事实；

其次，也是必须坚持的原则：它必须与祖国大陆有密切的联系。

因为，近百年来台湾人祖国情怀的发展与异变的历史现实，是我之所以坚持它必须与祖国大陆有密切联系的理由。

台湾人祖国情怀的发展与异变

1895 年，腐败无能的清廷政府被迫割让台湾给日本。因为台湾的割让，于是就有了至今尚未完全解决的“台湾问题”的产生。与此同时，原本只有漳、泉或闽、粤地方意识的台湾人，同时产生了祖国意识与弃儿意识（孤儿意识），并且随着历史的进展而有了此起彼伏的发展。

当年，割台之议甫定，在京参加会试的台湾举人立即愤然而起，会同任职朝中的台湾进士，联名上书，表示强烈抗议：

> 今者闻朝廷割弃台地以与倭人，数百万生灵皆北向恸哭，闾巷妇孺莫不欲食倭人之肉，各怀一不共戴天之仇，谁肯甘心降敌！纵使倭人胁以兵力，而全台赤子势不与倭人俱生，势必勉强支持，至矢亡援绝，数千百万生灵尽归糜烂而后已。不知弃此数千百万生灵于仇敌之手，则天下人心必将瓦解，……今一旦委而弃之，是驱忠义之士以事寇仇，台民终不免一死，然而死有隐痛矣！……

这里的所谓的“隐痛”就是台湾人弃儿意识（孤儿意识）的感情根源！

5 月 25 日，丘逢甲等士绅及官员成立“台湾民主国”，推巡抚唐景崧为总统，改年号为“永清”，以蓝地黄虎之旗为国徽，并发表抗日宣言：

> 我台湾隶大清版图二百余年，近改行省，风会大开，俨然雄峙东南矣。……查全台前后山二千余里，生灵千万，……今已无天可吁，无人肯援。台民惟有自主，推拥贤者，权摄台政，事平之后，当再请命中国，作何办理？……台湾土地政令，非他人所能干预。设以干戈从事，台民惟万众御之。愿人人战死而失台，决不愿拱手而让台。

从这段宣言可以看到，这时候，台湾精英主观的“自主”意识依然压过“无天可吁，无人肯援”的客观处境，还没有发展到悲怨的弃儿意识（孤儿意识）。

5 月 30 日，日军开始进军台湾。6 月 4 日，唐景崧奉清廷之命率军内调，台湾民主国在日军登陆前瓦解。官绅阶级纷纷内渡逃跑。抗日不成的丘逢甲黯然离台，返回广东镇平（今梅县蕉岭）祖籍，写下许多慷慨激烈、悲凉沉痛的咏台诗作；其中一首《离台诗》写道：

宰相有权能割地，
孤臣无力可回天；
扁舟去作鸱夷子，
回首河山意黯淡。

第二年，他又感慨地写道：

去年今日割台湾，
春愁难遣强看山；
往事惊心泪欲潸，
四百万人同一哭。

然而，台湾各地人民，尤其是中南部的贫困农民，纷纷加入义军，英勇阻击登陆的日军；一直到1915年，台湾人民的武装抗日斗争才告结束。尽管每一次的武装行动都在日寇大规模流血恐怖的镇压下完全失败了，但是，它却用血的事实揭穿了日寇殖民政策的欺骗性，提高了民众抗日的民族自觉。

总地说来，这个阶段的武装抗日基本上是汉民族传统的中国意识的坚持与抵抗。

以小说《亚细亚的孤儿》（原名《胡志明》）奠定作家地位的客籍作家吴浊流（1900—1976）在晚年的回忆录《无花果》里写道：

“当时的抗日战争，是自发的，而不是有组织，有系统的，既没有横的联系，也没有纵的系统。更不是受人宣传，煽动而蜂起的。台湾人在无意识中，认为台湾是自己的祖先所开拓的，我们做子孙的，有保护它的义务。……保护自己的村庄是自己的义务，这种观念，不知何时，在无意识中，已混入血液中。具有这种精神，一旦有了外敌，自然就要显露出来。因此，听到有日军来临，便涌起抗日的感情，产生抗日的思想，变成抗日的行动，自动地驰赴抗日战线参加抗战。……台湾人具有这样炽烈的乡土爱，同时对祖国的爱也是一样的。思慕祖国，怀念着祖国的爱国心情，任何人都有。但是，台湾人的祖国爱，所爱的绝不是清朝。清朝是满洲人的国，不是汉人的国，甲午战争是满洲人和日本作战遭到失败，并不是汉人的战败。台湾即使一时被日本所占有，总有一天会收复回来。汉民族一定会复兴起来建设自己的国家。老人们即使在梦中也坚信总有一天汉军会来解救台湾的。台湾人的心底，存在着‘汉’这个美丽而又伟大的祖国。”

1913年，台湾史学者称为祖国派文化抗日领袖的林献堂（1881—1956）游历北京，除了与刚刚创建民国的中国国民党要人有所接触，也专程拜访了梁启超，请教殖民地台湾人抗日之道。梁启超告诉他说：

“三十年内，中国无力可以救援台人，台人对日本不可力敌，只能效法爱尔兰人抗英之法，先求放松压力，继而获得参政权。”

同行的甘得中（1883—?）在面见国民党元老戴季陶时痛陈台人处境惨状，戴氏也只能告诉他说：

“中国内乱方殷，十年之内无法帮助台人。”

这样的历史接触说明：祖国的同胞并没有忘记台湾同胞；它也并非无心收复台湾，而是力有未逮的事实。

其后，在祖国大陆的民族民主革命运动的巨大潮流影响下，台湾同胞进一步掀起了有组织的民族解放运动的高潮。

1920年1月，受五四运动的直接影响，留日台湾青年学生首先在东京创立新民会，仿照《新青年》发刊《台湾青年》杂志，进行民族主义思想的启蒙宣传。

1925年，留学北京的台湾学生主张把台湾的命运和祖国的命运连在一起，依靠祖国以收复台湾，认为参加祖国的建国工作，才是救援台湾之道……因此除了学文的以外，也有转而学武的。

1926年，台湾青年张我军（1902—1955，台湾新文学奠基人）在北京拜访鲁迅时向他抱怨说：“中国人似乎都忘记了台湾了，谁也不大提起。”鲁迅听了，“就像受了创痛似的，有点苦楚；但口上却道：‘不，那倒不至于的。只因为本国太破烂，内忧外患，非常之多，自顾不暇了，所以只能将台湾这些事情暂且放下。……’”

1927年，鲁迅在为“广东台湾革命青年团”成员张秀哲（张月澄，1905—?）翻译的《劳动问题》写序时提到了这件事，同时强调他因此而非常肯定台湾青年的祖国情怀，他认为“正在受苦中的台湾青年，却不将中国的事情暂且放下。他们常望中国革命的成功，赞助中国的改革，总想尽些力，于中国的现在和将来有所裨益，即使是自己还在做学生。”

以上这些具体的历史事实在在说明了海峡两岸知识分子血脉相连的真挚深情。

1928年4月，在大陆的台籍中共党员和留学日本的共产主义者，在中国共产党的帮助下，于上海成立了台湾的共产党组织——日本共产党台湾民族支部。

1939年日本台湾总督府警务局编《台湾总督府警察沿革志》第二篇《领台以后的治安状况》中卷，别题为《台湾社会运动史》的内部机密数据载明，从1913至1936年，台湾人民反日运动的两大思想特质是中华民族意识与反帝社会主义。

1937年7月7日，日本帝国主义发动卢沟桥事变，全面侵略中国。中华民族到了最危险的时刻而展开全面抗战。台湾人民的抗日民族解放运动也纳入国共两党重新合作的中国抗日民族统一战线，并且成为世界反法西斯统一战线的一个组成部分。台湾人民看到了光复的希望；许多爱国的台湾青年决心洗雪旧耻，光复家园，将宝岛解放寄托于祖国抗战的最后胜利，于是纷纷冒着生命危险，间关万里，潜回大陆，寻找重庆或延安的抗日根据地，积极投入抗日战争的行列。据说，先后归返大陆，参加祖国抗日行列，与大陆同胞并肩作战的台湾爱国志士高达5万多人。

例如：

文学运动家张深切（1904—1965）在1961年12月出版的回忆录《里程碑》写道：

"我想我们如果救不了祖国，台湾便会真正灭亡，我们的希望只系在祖国的复兴，祖国一亡，我们不但阻遏不了殖民化，连我们自己也会被新皇民消灭的！"

抗日青年雷灿南（1924—1945）的日记写道：

"余之理想要渡海回大陆。台北二中毕业后再读高商，然后整理家业，作为在台的最后一名日本人，领导本岛民族，大力展开活动。"

1940年4月10日，盐分地带文学家吴新荣（1907—1967）的《日记》写道：

"最后希望埋骨于大陆，为达成此理想，该有实际行动。"

1945年，放弃还差半年就毕业的东京日本女子牙科医学院学位，回国参加抗战，最终成为八路军女战士的台湾女青年杨美华说：

"我是中国人，连中国话都不会说，祖国是什么样子都没见过，只要能踏上祖国的土地，为祖国母亲尽微薄之力，就是死了也心甘情愿。"

随着日本帝国主义南进政策的推动，阴霾笼罩着台湾，苦难浸泡着台湾；日本侵略者不仅在政治上残酷统治，更在文化上进行奴役，强力推行所谓的皇民化运动。他们不准台湾人拜祖先，读汉书；强迫台湾人穿日本和服，说日本语言，改中国姓氏，取日本名字；力图把台湾人民变成日本的忠臣良民，从精神文化上断了中华民族的根。但是，侵略者的所谓"皇民化运动"引发了台湾人民的强烈反抗。他们始终香火不改，坚持祭祀祖先，学习汉语，对日本侵略者推行的改姓名运动坚持抵制。在他们心中祖国意识和民族意识始终未泯。台湾的文学青年也写下了他们对祖国的呼唤。

例如，巫永福（1913—2008）的诗《祖国》写道：

未曾见过的祖国

隔着海似近似远
梦见的，在书上看见的祖国
流过几千年在我血液里
住在我胸脯里的影子
在我心里反响
啊！是祖国唤我呢
或是我唤祖国

灿烂的历史
祖国该有荣耀的强盛
孕育优异的文化
祖国是卓越的
啊！祖国哟醒来！
祖国哟醒来！

国家贪睡就病弱
病弱就会有耻辱
人多土地大的
祖国哟！咆哮一声
祖国哟！咆哮一声

民族的尊严在自立
无自立便无自主
不平等隐藏有不幸
祖国哟！站起来
祖国哟！举起手

战败了就送我们去寄养
要我们付起这一罪恶
有祖国不能唤祖国的罪恶
祖国不觉羞耻吗
祖国在祖国的那边
祖国在眼眸里

风俗习惯语言都不同
异族统治下的一视同仁

显然就是虚伪的语言
虚伪多了便会有苦闷
还给我们祖国啊！
向海叫喊还我们祖国啊！
还我们祖国啊！

文学家叶荣锺（1900—1978）在1977年出版的《小屋大车集》写道：

“我们的祖国观念和民族意识，毋宁说是由日人歧视（当时叫做差别待遇）与欺凌压迫激发出来的。他们的歧视使台人明白所谓一视同仁的同化主义，完全是骗人的谎言，他们的欺凌压迫，使我们对祖国发生强烈的向心力，正像小孩子被人欺负时会自然而然地哭叫母亲一样。

“日人千方百计，想把台人同化，其实真正同化，变成十足的日本人，他们也未必一定欢喜。他们只是要台人忘却祖国，而做比他们所谓‘母国人’次一等的殖民就是了。

“他们政府的政策和个人行为完全背道而驰，但是他们的歧视和欺侮，无异给台人的祖国观念与民族意识的幼苗，灌输最有效的化学肥料一样，使他滋长茁壮而至于不可动摇。不过像我这样在日本据台以后出生的人，对于祖国只有漠然的观念，因为它是手摸不到、脚踏不着的存在，没有切实的感觉。所以我们的内心深处常有一种期待，期待有朝一日能够触到祖国的实体。”

吴浊流在《无花果》中也指出：

“眼不见的祖国爱，固然只是观念，但是却非常微妙，经常像引力一样吸引着我的心。正如离开了父母的孤儿思慕并不认识的父母一样，那父母是怎样的父母，是不去计较的。只是以怀恋的心情爱慕着，而自以为只要在父母的膝下便能过温暖的生活。以一种近似本能的感情，爱恋着祖国，思慕着祖国。这种感情，是只有知道的人才知道，恐怕除非受过外族的统治的殖民地人民，是无法了解的吧。”

1943年12月1日，中、美、英三国共同签署发表《开罗宣言》，根据历史的事实规定：“日本所窃取于中国之领土，例如满洲、台湾、澎湖列岛等，归还中国”。

1945年7月26日，中、美、英三国，后又有苏联参加签署的《波茨坦宣言》重申：“开罗宣言之条件必将实施”。8月15日，日本宣布接受《波茨坦宣言》中的条款，宣布“无条件投降”。

叶荣锺通过题为《八月十五日》的诗表达了当时的社会气氛：

忍辱包羞五十年，
今朝光复转凄然；
三军解甲悲刀折，
万众开颜庆瓦全。

10月10日，日据时期作家王白渊（1902—1965）在《台湾新报》发表了一首题为《光复》的诗写道：

小儿离开了母亲
夜里不断的哭着
儿在险暗残暴里
慈母为儿断心肠
求不得见不得
暗中相呼五十年
夜来风雨而已散
一阳来复到光明
啊！
光复　我父母之邦

10月17日，第一批国军终于在台湾同胞“等待复等待”中从基隆登陆。吴新荣为此写了诗《祖国军来了》：

旗风飘城市，鼓声覆天地。
祖国军来了，来得何迟迟！
半世黑暗面，今始见朝曦。
大地欢声高，同胞意气昂。
祖国军来了，来得何堂堂！
半世为奴隶，今而喜欲狂。
自恃黄帝裔，又矜明朝节。
祖国军来了，来得何烈烈！
半生破衣冠，今尚染碧血。
今始能拜祖，今始能归族。

吴浊流的回忆录也写道：

“全岛六百万的同胞都斋戒沐浴，诚心诚意去迎接。……范将军、谢将军、唢呐、南管、北管，十多年来隐藏起来的中国色彩的东西接二连三地出笼了。至于那五十年间的皇民运动，仅只一天就被吹走了。”

10 月 25 日，中国战区台湾省受降仪式在台北市公会堂举行；受降主官代表中国政府庄严宣布：“从即日起，台湾及澎湖列岛已正式重入中国版图，所有一切土地、国民、政事皆置于中国主权之下。”这样，台湾人民坚持了 50 年奋勇抗战，付出了 65 万人的生命代价，终于让宝岛台湾重新归回祖国母亲的怀抱，正式结束了台湾同胞蒙受日本帝国主义奴役的屈辱的历史。这一天便被定为台湾光复节。

台湾人民虽然迎接了盼望已久的复归祖国，但祖国却仍然处在半殖民地、半封建的政治混乱中。法理上的祖国复归，并不意味着政治上的国民复归，更不曾导致经济解放；一切日据时代的官民营、日籍独占产业，悉数被接收政府全数点收，归国家独占经营，而不是交给本地的爱国工商业去发展。由于当时来台接收的各级官僚大部分是无知愚蠢、恣意贪污的腐化官僚，终于造成了台湾政治、经济的混乱与恶化。

因此，吴浊流有感而发地写下了《光复时》这样的诗：

酒地花天光复时，
海风尽管吹牛皮；
桃花巷口黄昏候，
满载汽车轻薄儿。

于是，台湾人民光复解放的狂喜却因为接收官员的贪污腐败而幻灭，迅速转成不满和怨愤。后来，台湾民间竟然流传着所谓“狗去猪来”的说法；所谓“狗”指的是日本人，而所谓“猪”指的就是那些从大陆来的、贪污腐败的接收官员。（李登辉上台以后这样的历史情绪又在政客的播弄下变为一般“外省人”的蔑称：“中国猪”。）

1946 年 7 月，依附于美国的国民党政府在祖国大陆发动了全国规模的反共内战。在全国民主革命的高潮下，1947 年 2 月 27 日晚上，对国民党接收政权已经彻底失望的台湾人民，在台北市延平路缉烟警察的一声枪响之后，点燃了反贪腐的起义烽火。这时，对台湾人来说，祖国不见了。

诚如臧克家的诗《表现》所云：

五百天，五百天的日子，还没有过完。
祖国，祖国啊，独裁者强迫我们，
把对你的爱，换上武器和红血来表现！

“二·二八”事变的爆发和镇压，付出了整整一代台湾人对中国和民族事务的挫伤、抑忿、幻灭、噤默与离心，以及无以数计民众的死伤，和死伤者家属内心长期的怨悱……这些昂贵的代价长期伤害了光复后台湾内部的民族团结。

事变后，广大的台湾知识青年大多对“白色祖国”绝望，他们一度陷于思想无出路的苦闷当中；开始苦苦地思索着台湾往何处去的问题。在一时的“祖国否定”中，有识之士如叶荣锺还是谆谆告诫说：

莫因惨史疑光复，
颇信天堂奏凯歌；
举国舆情都愤激，
茫茫恨海几时填。

终于，通过对内战中国政局的进一步认识，与新的历史、社会理论的探索，他们建立了明确的社会阶级立场，转而拥护“红色祖国”，肯定中国大陆上的新民主主义革命运动；同时迅速投入了以全中国的民族解放为志向的台湾左翼思想和组织，在台湾社会各阶层中，广泛而紧密地展开反帝、反内战、反腐败运动。

1949 年 10 月 1 日，全国人民在中国共产党的领导下，推翻了国民党政府，新中国宣告诞生。中国历史从此进入一个新纪元。然而，在祖国大陆解放的前夕，蒋介石以及国民党的部分军政人员却逃到台湾，建立流亡政权——台北国府。在大陆内战中全面溃败的蒋介石政权，针对正在全岛各地蓬勃展开的新民主主义革命运动各条战线上的爱国人士，积极开展了一场秘密而广泛的政治大逮捕。

1950 年 6 月 25 日，朝鲜战争爆发。6 月 28 日，美国基于本身反共战略利益的考虑，派遣第七舰队驶入台湾海峡，阻止解放军渡海。历史因而随着世界两极对立结构的形成而改变了它的轨道。

面对前所未有的变局，6 月 29 日，吴新荣的《日记》写道：

“深恐台湾将来的命运，对祖国有严重的影响，我们永久主张台湾是台湾人的台湾，也是中国人的台湾了，为此主张我愿意牺牲我一生。”

然而，重新获得美国有条件（不准“反攻大陆”）支持的蒋介石政权却在美国的庇护与默许下展开彻底的清共、肃共行动；于是，一整个世代投入新民主主义革命运动的台湾青年、知识分子与工人、农民，仆倒于马场町刑场。其他幸存者只能通过在押房里唱着《安息歌》给赴义者送行，并且把未能完成的理想延续下去：

安息吧！
死难的同志，
别再为祖国担忧，

你流的血照亮的路，

我们继续向前走！

蒋介石政权随后通过对内高压统治，在台湾维持了长期偏安的局面，使得台湾与祖国大陆再度处于长期的分裂状态之中。

根据解密的美国档案，从1949年开始，美国就策谋使台湾与中国分断，阻止大陆对台湾的流亡潮，扶植亲美、反共的所谓“台湾自主分子”；或由美国直接占领台湾；或经国府同意以联合国名义占领台湾，交给联合国托管，并且在这些条件下，由美国在军事上和经济上援助台湾。美国第七舰队封锁台湾海峡，使得台湾与大陆在短暂五年的复合之后，再度和祖国分断，民族再度分裂。美帝为了确保它在西太平洋反苏反共前哨线的台湾，当然想尽各种威胁、利诱的方法，以防止台湾与大陆的统一。1951年，它在两岸中国均未获邀参加的情况下签订了《旧金山对日合约》，采取刻意模糊的态度处理台湾主权归属问题，制造所谓“台湾地位未定”的谬论。1952年，在美日威胁之下，台北国府接受了以这样一个帝国主义条款为基础的《中日合约》。1954年，台北国府与美国签订所谓的“中美协防条约”。台湾从此成为美国全球反共战略体系的一枚棋子，至此，台湾与大陆国土与民族的分断，也因为美国霸权的干涉而固定化与长久化。随着日据以来反帝、反资、追求国家统一的台湾爱国主义的光荣传统（进步的思想、哲学、文学、艺术与社会运动）、理想主义与良知正义被彻底肃清，从而造成以台湾资产阶级为主导的反共亲美的意识形态成为台湾社会的主流价值。在严厉的反共政策的控制下，台湾人历来的祖国意识被刻意淡化了，真正的祖国像也因此逐渐被扭曲终于失落了。

1979年，全国人大常委会发表《告台湾同胞书》。两岸封断以来的两岸经贸关系自此重新以间接贸易的形式逐步展开。“和平统一、一国两制”的对台政策也使得两岸统一问题日形突出。

自1985年下半年以后，在国际局势日渐缓和，岛内反专制、争民主的斗争空前高涨的背景下，面临越来越大的挑战的国民党当局采取了包括“调整大陆政策”在内的一系列变革措施，海峡两岸关系也由紧张对峙转趋缓和松动。也就在这样的客观背景下，晚年的蒋经国在1987年开放大陆探亲。封断了近四十年的两岸人民重新得以单向往来。

据统计，1979年，两岸的间接贸易额不及0.8亿美元；到了1990年却增加到40.43亿美元，增长了超过50倍。从1990年起，祖国大陆已经开始成为台湾最大出超来源地区。两岸的经贸发展，使得台湾不少中小企业得以渡过由于台币升值和美国保护主义冲击而引起的企业倒闭危机。这也具体说明：撇开政治歧见，合作发展两岸经济，是台湾经济的出路，台湾的经济前途才会有更进一步的发展。经济如此，政治上何尝不是如此呢！

然而，现实的政客却丝毫没有体念天下苍生的仁者胸怀！

针对“日本殖民有功论”的批判

十几年来，我们不幸地看到，恰恰是那段饱含民族分裂悲剧的历史所形成的所谓“台湾人的悲情”（孤儿意识），竟然在岛内少数主张分离主义的政客、文人刻意播弄下，成为“去中国化”的错误的“台湾意识”的感情基础。

1987年，岛内台独派政治团体借着纪念“二·二八”四十周年的名义公开展开了台独历史解释权的斗争。

1988年1月13日，蒋经国去世。李登辉以台湾本省籍人士身份首次执掌台湾党政大权。台湾政局从此进入一段长达十二年的“李登辉时代”。基于内外形势的发展变化和现实需要，李登辉继续推行蒋经国的“革新”路线和政策并加以调整和突破。面对党内、朝野和两岸互相纠结的三大矛盾，他首先通过党内斗争使得国民党上层权力结构“非蒋化”、“多元化”、“本土化”和“年轻化”；同时，通过与在野党合作推动的终止“动员戡乱时期”、废除“临时条款”、回归宪法等“宪政体制改革”，使台湾政权向“实体化”方向演变；最后，确立以“一国两府”的构思，作为处理两岸关系和发展对外关系的政策基点，刻意谋求台湾的独立政治实体地位。它的作法是：一方面继续缓和两岸关系、逐步松动“三不政策”；一方面却加强政治渗透，“以通促变”，并大力推行“弹性务实外交”，逐步推动与中国渐行渐远的分离政策，争取以美、日为主的国际势力支持，达到法理上脱离中国成为独立国家的目的。因此，1995年6月，他以所谓“私人身份”访美，并在康乃尔大学发表一篇“鼓吹分裂的自白”，逼使北京不得不对台发动威慑性军演；1996年，他又提出所谓“戒急用忍”的大陆政策。1999年7月，他更进一步发表所谓“两国论”。这样，原本平稳进展的两岸关系不但大为倒退，海峡两岸甚至濒临战争边缘。

2000年3月，向来主张“台湾独立”的民进党陈水扁成为台湾地区新的领导人，从上台时的“四不一没有”发展到下台前的“公投入联”。台湾的政局一直处在极不稳定的内战边缘时期。

与此同时，部分不肖的皇民学者大肆宣传着所谓“日本殖民有功论”；他们瞎说日本帝国主义据台时期采用“糖饴与鞭”的两手策略的殖民长官后藤新平（1857—1929）是“台湾现代化之父”，等等。日本右派漫画家小林善纪的《台湾论》据以批判日本自省史观为“自虐史观”。李登辉密友何既明医师甚至告诉小林：“如果要接受中国殖民的话，还不如当奴隶快活些!”这里，台湾人的“弃儿”意识竟而在近亲憎恨的情结作祟下恶性发展为奴才意识了。

因此，关于台湾的治水历史，他们刻意强调的是日本帝国主义据台时期为了把台湾作为侵略中国大陆和南洋的基地而不得不整建的灌溉水圳；对于有清以来为台湾的水利建设打下现代化基础的民族水圳却视而不见。

事实上，日本帝国主义为了弥补本土资源的匮乏，确保军事侵略扩张的需求，对台湾岛上丰富的资源进行了长达半个世纪的疯狂掠夺；他们修筑铁路和公路，如同抽血一样地榨取着岛上的资源。据不完全统计，日本侵略者五十年间共掠夺了台湾总产量55%以上的稻米和90%以上的蔗糖，以及超过千万立方米的木材；贪得无厌，罄竹难书，何来“殖民有功”可言！

在台湾历史被严重扭曲的当下，我于是决定选择被誉为“台湾水利鼻祖”的清朝道光年间（1821—1850）凤山知县曹谨（1789—1849）开凿“曹公圳”的历史，作为《中国治水史诗》的台湾一页；因为治水有功，一直到今天，河南人曹谨仍然被善良的台湾南部民众当作神来膜拜。

这样的历史事实告诉我们，两岸人民终究是一家人！两岸同胞传承着祖先的香火，浅浅的海峡隔不开世世代代的亲情。台湾的命运一直都和祖国大陆紧紧地连在一起。实现祖国的完全统一是海内外中华儿女共同的心愿！因此，从两岸分隔长达一百年的历史来看，包括台湾的治水篇章在内的《中国治水史诗》在此时此刻的出版就有了文学、史料价值之外的更为深刻的意义了。

谨向杨程两先生致以最高的敬意

程贤章先生一再强调，《中国治水史诗》的问世，源自于梅雁水电股份有限公司董事长、总经理杨钦欢先生的策划。据悉，杨钦欢是全国劳动模范，也是世界生产率科学院终身院士，他掌舵的梅雁水电集团坚持以治水为公司主业，为治水投入了巨大资金，名播两广以及深沪等地。他认为，中国的历史就是一部治水史，但是，自北魏郦道元《水经注》以来，尚无一部较完整理想的治水史书，编写一部中国治水史书于是就成为杨钦欢先生的愿望了！

如果说身处南北分裂时代的郦道元作《水经注》隐含着祖国能够统一的内心愿望，我相信，杨钦欢先生策划，程贤章先生与何建明先生主编的《中国治水史诗》也隐含着同样的内心愿望；所以他们没有忘记台湾，并且坚持要把尚未真正回到祖国大家庭的台湾的治水史编进本书。

我想，这恐怕是一个台湾作家所能感受到的《中国治水史诗》的诸多贡献中最最重要的一点吧！

最后，谨向杨钦欢、程贤章两位客家先生致以最高的敬意！

2011 年 5 月 20 日

别一项庞大的“治水”工程

——读《中国治水史诗》

潘凯雄

水，这个由 H_2O 组成的物质与人类的关系实在是太奇妙，人们时而以万般柔情来赞美它，时而用肆虐无情来诅咒它；人类离开了水无以生存，人类又常因水而流离失所甚至失去生命；缺水的千方百计找它，水大了又得想方设法治它……围绕着这一“找”一“治”，古今中外几千年的人类文明史上出现了多少宏伟而悲壮的水利工程，而这一个个水利工程的连缀就从一个特定的角度谱就了一部人与自然寻求和谐共处的人类文明史。

几千年来的这部人类文明史延绵不绝地以物化的形式静静地存在于大江南北，她们或因年代的久远而消失而残破，或因工程的壮观和旖丽而变异为一种景观。人类是多么需要一部由文字记录下来的这段人与水交流的文明发展史，这种真实的文字记录将不因岁月的流逝而消失，也不会因自然的变异而发生功能的转移。这样一部文字的历史将永恒而深刻地镌刻下这样一个鲜明的主题：人与自然当如何友好地和谐共处！

现在我们终于读到了这样一部厚重的历史，不仅是史，同时也是一首悲壮的诗，她就是由叶选平先生任总顾问、杨钦欢先生任总策划、何建明和程贤章先生主编、全国众多作家联袂完成的《中国治水史诗》。

有意思的是本书的总策划杨钦欢先生既非水利专家也不是史学家，而只是广东梅雁水电股份有限公司的董事长和总经理，一位实实在在的企业家，尽管梅雁确以治水为公司主业，但企业也罢、企业家也好，主业应该都与修史无关，而杨先生之所以执著于此，确因为他自身的认识，且听他的夫子自道：“从某种意义上说，中国的历史就是一部治水史，从三皇五帝到现在，哪个明君不以治水而获万民拥戴？夏禹的传说、都江堰和灵渠，都记载着当时明君名臣名人的千秋功业。我想，今天讲发展，我们在用水、治水的同时，还要给子孙留下绿水。然而，我们呼唤的声音还不够强大，常常被市场讨价还价声给淹没了。我想求助于我们的历史，弘扬华夏千百年来的治水文化，会不会唤起某些人对历史与未来的良知呢？这就是我要策划此书的初衷。”黑字白纸，一个企业家的社会良知与社会责任跃然纸上。

同样有意思的还有本书的主编之一程贤章先生，论他个人专长，著小说写纪实没的说，但于水利则着实谈不上工于此，且又年近八旬，但这位老人在听到杨钦欢先生的设想后，竟不顾自己的专业与年事已高等种种客观不利条件，不仅主动“接招”，而且还是真接实接，那架势颇有点拼了老命的味道，带着一两位年轻的助手，迎酷暑、战严寒，上天山、闯关东，足迹踏遍祖国的名川大河和著名的治水工程，不辞辛劳、不厌其烦地找全国各地的一流作家组稿。如此之“痴”，似乎也找不出别的什么解释，唯有作家的良知与社会责任使然。

就这样，一位企业家与一位老作家的心有灵犀，全国众多位作家的志同道合，这本洋洋250万字的《中国治水史诗》应运而生。比之于遍布于祖国各地那大大小小的治水工程，这又何尝不是别一项庞大的“治水”工程。

这部《中国治水史诗》分黄淮、长江、珠江、海河、松辽、西部和东南七卷，举凡中国重要的江河湖泊和驰名的水利工程以及历史上特别是新中国成立以来一些重大的抗洪抗旱的战役尽入囊中，名川大河设专卷，次之者以区域涵盖，除去不多的篇什着力于华夏治水文化的回眸与追思外，其余莫不立足于当下，因此这部《中国治水史诗》更是一部新中国的治水史诗。收入其中众多作家的73篇作品，尽管角度各不相同，文字长短有别，但一一读来，却不约而同地将我们引入一个共同的思考方向：即人与自然当如何友好地和谐共处？

曾几何时，国人更多地为一种思维所缠绕，那就是人定胜天，诸如与天斗其乐无穷，与地斗其乐无穷，改造自然战胜自然，喝令三山五岳改道……不能说这样的思维就一无是处。当老天爷长时间滴水不掉，大地干涸、植物枯萎、人畜断饮，你不想方设法地找水打井又能咋办？当大水一次次袭来，良田被淹、房屋坍塌、人畜冲走，你不千方百计地筑堤修坝还能咋办？特别是我们毕竟拥有960万平方公里的广袤大地，东边日头西边雨、今夕旱完明朝涝的情形比比皆是，更是加剧了国人的这种思维，人定胜天，总是意欲找到一个一劳永逸的办法，让大自然臣服于我。

还有，我们曾经以自己身处一个地大物博的环境而自豪，但有一天我们终于发现物虽博却架不住人均，地虽大却经不起平衡，能源的紧缺无可避免地凸显出来：缺水、缺电、缺油、缺煤……于是，就想办法让水变电、让煤变电、让水变油……如此挪来倒去，终究还是改变不了能源总量短缺的窘迫。

于是，对自然过度开发过度索取的一幕幕在“人定胜天”的思维指导下就不可避免地轮番上演。平时口头上一再以辩证法为真经的我们此时却忘了，人有时可能能够胜天但未必能够永远胜天，在这种条件下能够胜天但在另一种条件下又未必可以胜天，自然可以为人类所开发与索取但也需要人类的呵护与滋养，对自然一味地开发与索取则必然要遭到它的报复与惩罚。现在我们不时要遭遇到的水土流失、风沙肆虐等所谓自然灾难有的的确可以归咎于自然，有的又掺夹着多少人祸呢？

《中国治水史诗》中所再现的一项又一项水利工程，无论是找水的还是治水的；所展示的一条条名川大河，无论是治堵的还是拓宽的，目的功能虽各不相同，但有一点却殊途同归，那就是但凡遵循科学适度的就顺利就成功，反之则曲折则失败。这个道理用科学的、严谨的专业语言来讲固然更准确更周密，但一般人则未必能看懂，而《中国治水史诗》则以文学的形式予以生动形象地再现和展示，所能产生的影响与作用或许更能达及大众。这也是该书书名中的那个“诗”字所独有的功效而使之不同于一般的“史”。

作为这则小文的结束，我还想特别强调一点，《中国治水史诗》的出版可谓生逢其时正逢其时。众所周知，当前全国人民正在为建设小康社会而共同奋斗，和谐发展、环境友好、绿色生存、节能减排、低碳消费等一系列科学发展的新理念新观念正逐渐地植入民心，而这些科学发展的新观念在某种意义上又何尝不是人类在与大自然“搏斗”了几十年几百年甚至是几千年后所换来的血的教训，以往那条不尊重科学、不敬畏自然，先建设后治理、先发展后治理的老路再也走不下去走不通走不得了。然而，遗憾的是并不是所有人都能够理解并接受这样的科学发展观，特别是一些单纯的“为政绩”者更是还在顽固地走着畸形“发展”的老路，我们几乎每天都可以看到或听到种种悖离科学的野蛮“发展”的事实。从这个意义上说，《中国治水史诗》也可谓是对科学发展理念一次实在的践行，一次生动形象的推广与普及，这对造福人类惠及后世功莫大焉，为此，我们尤应向杨钦欢与程贤章两位致以特别的敬意。

黄河落尽走东海，万里写入襟怀间

——评杨钦欢总策划，何建明、程贤章主编的《中国治水史诗》

孟繁华

如果在晴朗的天空从北京乘飞机到乌鲁木齐，俯瞰大地时我们会看到什么？我们看到的是北中国广袤无垠赤裸的大地——到处是水的形状，但除了黄河游丝般地流淌外再没有多少像样的水系。在所有的资源危机中，水危机已经成为中国、特别是北方最大的危机。2011 年的春天，北方又一次持续干旱，有些地方的无有效降水时间创了历史新高。北京入冬以来连续三个月没有有效降水，成为一个名实相符的“无雪的冬天”。但是，对于普通民众而言，旱情的焦虑远不及房价或股市的沉浮更敏感。这更从另一个层面反映了我们的危机：水资源危机意识的匮乏。一方面是持续的干旱，缺水；一方面是突如其来的洪水灾害、水污染、水浪费。在某种意义上可以说，从古至今，一个“水”字，成了我们这个民族最大的隐忧。历史上，平均每两年就发生一次较大水灾或严重干旱。干旱缺水、洪涝灾害、水污染和水土流失等四大水问题仍然是制约中国社会、经济可持续发展的突出瓶颈，除水害、兴水利，始终是中国现代化进程中的一项重大战略任务。因此，治水历来是治国安邦、兴国富民的大事。大概也正是缘于这一因由，杨钦欢担任总策划，何建明、程贤章两位著名作家联袂主编了这部规模宏大、气势雄伟的《中国治水史诗》。当代文坛近百名作家参与了写作。因此，这又是一部“兵团”式的集体写作。它是“宏大叙事”，但这个宏大叙事与我们每个人有关。在我看来，这部宏伟著作的价值起码可以从以下几个方面认识：

一、家国关怀与忧患意识

如果说治水是国家的水利工程，那么，《中国治水史诗》就是讲述国家古往今来治水的文化工程。《中国治水史诗》主编之一何建明在回答记者时说：《中国治水史诗》就是这样一个能够引发作家强烈冲动继而激发写作激情的好题材，所以出现了没有加入的作家想加入、已经参与的作家希望将文章写得更好的感人场面。除了独具深度、广度的好题材吸引作家外，身居梅州山区的两位“智者”也让众多作家折服——

一是广东梅雁水电集团创始人、董事长、总经理杨钦欢，二是老前辈、著名作家程贤章。在没有见到杨总之前，我和不少作家一样通常地认为他只是在经济上对这本书的编辑、出版给予支持，但通过深入交流我才发现，杨总更多的是从国家的“文化战略”和“文化理念”的更高层面去看待这件事，他以客家企业家独有的胸怀尊重作家，让作家的价值得到充分体现，从而赢得了大家鼎力相助、共襄文化盛举。程老虽然已年届八旬，但仍然满怀激情、不知疲倦地当起“空中飞人”，进汶川地震灾区、闯新疆火焰山、跳东北大冰窖，一年行程逾 5 万公里，为的是召唤更多的名家参与这项伟大的文化工程。他们用自己的实际行动感染和召唤着大家，让大家自觉为这项巨大的文化工程添砖加瓦。

无论主编还是具体参与的作家，他们巨大热情的背后，显然隐含着他们的家国关怀和忧患意识。作家陈桂棣在《淮河的警告》中，以忧郁的笔触记述了淮河水系被破坏的过程。淮河是中国最难治理的河流。新中国成立后，中国政府就决心“一定要把淮河修好”。但淮河的问题一言难尽。如果说自然的力量改变了淮河水系，使无数支流不能入淮、湖泊淤浅或荒废，那么“沿淮四省大张旗鼓‘关停并转’草浆造纸企业时，在灵璧，一个大上快上造纸厂的计划却在紧锣密鼓地实施”，则是人为的破坏。并最终导致了 1994 年 7 月那噩梦般的日子：

> 七月二十八日凌晨，被连天干旱和高温折磨得精疲力尽的盱眙人，一觉醒来，吓呆了：平日黄绿色的淮河，突然变成了酱油色；浑浊不堪的水面像涂抹了一层又厚又怪诞的油漆，浮荡着白花花的泡沫，奇腥恶臭；随处可见的死鱼无不翻瞪着恐怖的眼睛，像在怒问苍天。
>
> 这可是盱眙人民维系生命的唯一饮用水源啊！
>
> 尽管在这前一天，县政府发布了一个关于淮河遭受严重污染的通告，通知居民抓紧储水，县自来水公司供应的水将不能饮用，但大家并没有把这事放在心上。因为，进入八十年代以来，淮河水污染的事故就时有发生，十年间已相继出现过十几起。每次咬咬牙就过去了。但是，这一次，连发布通告的县政府官员们也大出意外：想不到“严重污染”竟“严重”到了这种程度！

淮河上游居然下泄了两亿立方米污水，在淮河下游形成了一个上自安徽五河、下至洪泽湖口的一百多公里长的污染团带。这是我国有史以来，在一条河流上出现的最长的一次污染团带。它造成的后果是：盱眙顷刻之间陷入灭顶之灾。“工厂停产。商店关门。夏秋两季农业绝收。靠打鱼为生的一万一千多渔民，由于网箱养殖全军覆没，债台高祖，场面凄惨。”这只是淮河悲惨景象的一个场景，苦难的水中国类似的悲剧不断上演。

黄河是中华民族的母亲河，她是中华民族的象征和图腾。她孕育了中华民族的古代文明，养育了无数中华民族的优秀儿女。同时，黄河也是一条充满了苦难的河流。

有记载的黄河史，从先秦到民国期间，黄河决口达1593次，改道26次。黄河的灾难还不仅是洪涝灾害。为了解决黄河决口问题，20世纪60年代初期，曾在山东博兴、垦利两县历时八年开展了一个“黄河南岸展宽”工程。将这一河段平均展宽3.5公里。“这是黄河人的大手笔，这来自于黄河人的眼界和气量，这样的工程在旧中国是无法想象的。打开工程用料记录册，我们可以看到如下记载：累计修做土方3189万立方米，石方7.89万立方米，耗钢材2216吨，木材6000立方米，水泥……这是一串长长的惊人数字，在这些数字背后包含了一个更惊人的用工数字。上个世纪60年代初，人民还没有解决温饱问题，在机械化程度极低的情况下，修建这样的大工程，其难度有多大不言自明。”这是张炜、李亦在《大河徙——黄河口笔记》中描述的情形。但是，人不一定胜天：“南展工程像人们在窄河道上撒开的一张大网，20多年来，连一条小鱼也没有逮到，更别说黄河这条大鱼。这项耗资巨大，费时、费力的大‘险工’，从上世纪70年代末建成至今，却一次也没有使用过。是黄河变乖了，还是她故意放松人们的警惕，择机再来一场更大的洪决？人们不得不重新审视这项工程，审视当初的选择。”当为了解决决口展宽河道时，黄河已经隔三差五地断流了。“此后28年里，黄河有22个年头出现断流，累计断流1079天，5000立方米/秒以上的流量少见，10000立方米/秒的流量几乎不见，20000立方米/秒的流量基本就是传说了。”类似的情形还有：黄河断流居然是三门峡水库直接导致的：“三门峡水库还将过去发生在下游的灾害提到了中上游，1968年渭河在陕西华县决口，造成大面积淹没。渭河也成了地上悬河，对关中平原造成严重威胁，灾难直逼西安。2003年8、9月间，陕西渭河流域普降大雨，导致渭河洪水倒灌南山支流，造成多出决口，使渭南市的直接经济损失达23亿元，约57万人受灾，损失惨重。”就是这样一条让人喜忧参半的母亲河，她的变数也让人无措手足：任其流淌，不知何时就决口，防患未然展宽河道，她又断流了。这也诚如作者所说，即便在没有灾害的年景：“几十年的平安，对于黄河来说只是瞬间休眠，等她从休眠中睁开双眼，她还会精神百倍地发动各种决溢事件，让人们措手不及。回顾过去的各种应急工程，大都治标不治本，着眼长远，使母亲河永久平安才是黄河人的当务之急。”

这就是中国作家的家国关怀与忧患意识。已过古稀之年的报告文学作家李林樱，在本书中写有《天下奇功都江堰》一文。她对“作为真正的世界奇迹”的都江堰，给予了没有保留的赞颂讴歌。这是一篇报告文学，同时也是一篇总结都江堰建造、功能、管理经验的综合的科学论文。事实上，李林樱在赞颂都江堰之前，写有多部与现实生活密切相关的报告文学作品。特别是她的《生存与毁灭——长江上游及三江源地区生态环境考察纪实》，以翔实的材料和振聋发聩的笔触，描述了三江源地区的生态危机，那是一部真正的盛世危言。《生存与毁灭》表达的主题，与《中国治水史诗》一脉相承。书中记录和提出的问题，对于环境的污染和破坏，我们已经在各种传媒的报告中耳熟能详。残破的草场、沙化的土地、干涸的河流等，在现实生活中被兑换为扬尘天气、沙尘风暴和用水短缺等切实的体验。这来源相同的信息，使我们对生存状况的焦虑感和危机感与日俱增。但是当李林樱教授将她的《生存与毁灭——长江上游及三江源地区生态环境考察纪实》展现在我们面前的时候，我们还是为书中所记录的内容深深震动——“生存与毁灭”，这不是犹豫的丹麦王子的台词，不是可供我们良久思忖之后再做出选择的提示；它是一声危机的呐喊，是一面声音的旗帜。

这虽然是一部命题作文，但也可以看作是身怀使命的和“临危受命”的一次写作，是长江上游及三江源地区的生态环境危在旦夕时候的一次亲历和写作。作者行程数万里，考察了100多个县，而且完全是自费行为。在这个时代，仅凭作者的这种精神，就足以感人至深。当然，更让我们震惊的，还是作者对典型事件和普遍现象的描述：一切入作品，惊心动魄便扑面而来——被称为人间仙境、神话世界的九寨沟，也曾险象环生危在旦夕，离毁灭只有一步之遥。在向“现代”迈进的过程中，似乎所有资源都仅仅具有使用价值。“沟内森林资源丰富，可建一个大型森工局进行采伐”的勘探报告，险些葬送了今日的九寨沟。但这种国家行为还不是事情的全部，更严重的还有来自民间的盲目砍伐和采掘。这个地区也因其富饶为自己招引了杀身之祸：森林、黄金、虫草、野生动物，都是满足“现代”生活的珍贵物资资源，于是，各路有组织和自发的采掘和猎杀大军不期而至。人和机械过后，如盗贼掠过一片狼藉：“这里已经一个多月没有下雨，‘九河’两岸昔日绿草茵茵的地方已经全部变成黄沙漫漫的沙化区。朔风卷过，黄沙陡起，遮天蔽日。全县草地1/4已经退化，昔日每亩可产鲜草600至800公斤，但现在只能产100至200公斤，甚至连100公斤也找不到，一只羊要养两三年、一头牛要养五六年才能出栏。”这是作家到青海至多县描述的情形。这是青海省唯一没有照明电的县城，它的“黑暗”似乎也成了一种隐喻：过去这是“三江源”的中心地带和“中华水塔”的核心，湖泊密布河流纵横水草肥美。但时至今日，作家目光所及却如上述。

青海全多一个县的环境遭到的巨大破坏，已经令人触目惊心，但事情远没结束，作家所到之处几乎无不如此：“江河源头第一县”的曲麻莱县城在闹“水荒”，街头拥挤着等待取水的长长队伍；玉树州50多万亩草地被彻底破坏，变成寸草不生的沙滩；玛多县扎陵湖第四牧业社390万亩草场中，95%已经退化和沦为黑土滩……当这些数字集中起来的时候，说我们感到惊恐万状绝对不是夸张。在“恶性循环”一章中，作家以真实的数据集中描述了世界范围内环境恶化的状况，耕地在减少、森林在减少、水土在流失、污染在加剧、酸雨在肆虐、湖泊在萎缩、河流在干涸……而这一切，在中国几乎都是最严重的。当然。这一切如果都归于人为的破坏，也是耸人听闻，自然带来的灾害和人为破坏构成了真正的“恶性循环”。人类的生存环境已经不再令人乐观。另一方面，《生存与毁灭》也为我们描述了另一种情形，这就是来自各方面拯救环境的努力，政府和民间，有组织的绿化、退耕还林、退耕还草、减少放牧以及环保自愿者队伍的组建，为我们因荒漠而未定的惊魂，带来了些许宽慰。但我们仍然不免忧心忡忡不寒而栗。《生存与毁灭》，是新兴起的环保题材创作的翘楚之作，它的忧患意识和富有说服力的内容，恰似危机的呐喊、声音的旗帜。

感时忧国是中国知识分子的传统。特别是百年来，现代中国的历史命运更加培育了这个群体的忧患感。即便在盛世他们仍有危言。这当然不是这个群体没事找事杞人忧天。事实表明，就在当下中国取得了举世瞩目的伟大成就，中国从来没有像今天这样强大的时代，我们仍然有必要居安思危警钟长鸣。《中国治水史诗》就是这样一部体现中国知识分子忧患传统的大书。

二、史学价值与民族精神

《中国治水史诗》之所以冠以“史诗”，就在于它不止是对当下中国生态环境和水利状况的描述和分析，也不止是揭示这一领域的问题、矛盾或弊端。用策划者杨钦欢先生在序言中的话说：“从某种意义说，中国的历史就是一部治水史，从三皇五帝到现在，哪个明君不以治水而获万民拥戴？夏禹的传说、都江堰和灵渠，都记载着当时明君名臣的千秋功业。我想，今天我们讲发展，我们在用水、治水的同时，还要给子孙留下绿水。然而，我们呼唤的声音还不够强大，常常被市场的讨价还价声给淹没了。我想求助我们的历史，弘扬华夏千百年来的治水文化，会不会唤起某些人对历史与未来的良知呢?”这里，“治水文化”是关键词。从古至今的治水史，形成了中华民族的“治水文化”。将这个“治水文化”书写出来，就是《中国治水史诗》。

大禹，是中国治水最早的传奇人物。关于大禹的传奇，熊育群在《大禹治水回望》中说：“中国治水最早最古老的篇章，在神话色彩浓郁的氛围里呈现。大禹作为中国历史上第一个治水成功的人物，中华民族最古老的治水英雄，他治水的故事家喻户晓，几千年也不曾磨损，他头上的光环照耀了神州大地4000多年！治水让他获得了万民拥戴，治水使他拥有了建立一个国家的威望，是治水让他万古流芳！让他从一个人变成了一个神。”神话传说是一个民族精神的投射和写照，它将民族的愿望或理想用想象或夸张方式表达出来，用以激励鼓舞民族的精神和斗志。因此，神话对一个民族来说是火炬、灯塔，照耀或昭示着方向。4000多年来，大禹的传说表达和延续了中华民族深切的向往。

历史上，成功的治水人物和经验，都会传之后世并且久远。如果说大禹还是一个神话、传说的话，那么李冰父子修建的都江堰，则实实在在地造福于天府之国，使成都平原的千里沃野“水旱从人，不知饥馑，时无荒年，谓之天府”。“正因为有了都江堰，四川才能以占全国耕地面积十六分之一的土地，生产占全国十分之一的粮食，而且每年还能向全国提供相当于数10亿斤粮食转化的肉、油、酒等各类食品和工业原料。”都江堰的成功建造，体现了秦昭王时代的治水理念和科学水平。值得感念的是，这个“天下第一奇功”不仅在汉代“灌田万顷”，2260多年后，灌溉面积逐渐由成都平原引向川中丘陵，已达1370万亩，成为世界上特大灌溉工程。这是真正的人间奇迹。有趣的是，李冰的功绩同样演绎为神话传说。李林樱在《天下奇功都江堰》中记述了这一神话的片段：

在二王庙大殿东侧的茶楼里，爱国诗人陆游曾写下了《神君歌》、《视筑堤》和《观孙太古画英惠王像》等诗篇。写这几首诗时陆游正被贬为蜀州通判，传说有一天他到都江堰探觅胜迹，缅怀李冰的英雄业绩，走进伏龙观，看到画家孙太古所作李冰画像，诗人心有所感，对着画像顿首九拜。当天下午，诗人来到了茶楼上，模仿孙太古的笔法，也画了一幅李冰像……忽然一阵清风拂面，一只仙鹤盘旋而下，衔起画稿腾空飞去，这时，万里晴空漂浮着朵朵祥云，李冰飘飘然自天而降，诗人拱手相迎，高声叫道："神君，陆游在此拜见!"陡然惊醒，却是南柯一梦。在惊喜交织中，诗人文思奔涌，便一气呵成写出了古风诗《观孙太古画英惠王像》，歌颂了李冰治水的伟大功绩，并发泄了对南宋王朝奸臣当道、扼杀人才的愤懑。

这些文字并非闲笔。它用梦境和想象的方式，表达了诗人或民间对李冰建造都江堰丰功伟绩的由衷缅怀和礼赞。这样的细节描绘，也强化了报告文学的文学性。

都江堰、郑国渠等水利工程我们已经耳熟能详。但南国的灵渠并不是所有人都熟悉的。黄伟林先生的《北有长城　南有灵渠》一文，以翔实的史料、严整的文字叙述了灵渠在始皇时代建造的缘由和过程。在秦代，李冰在四川修建的都江堰、郑国在陕西修建的郑国渠，使秦代拥有了丰富的水利工程经验。公元前219年，始皇为完成岭南统一大业，疏通粮道，于是下令开凿灵渠。"灵渠是一个系统工程，包括了分水、引水、泄水、通航等子工程。其中，拦河坝起分水作用，南渠道起引水入漓江作用，北渠道起保证湘江与漓江通航作用，泄水天平起分洪泄水作用，陡门起通航作用。各个子工程各司其职，缺一不可，保证了灵渠的正常通航和安全运行。"这些史料普及了中国古代治水知识，讲述了中国久远的治水历史。因此具有珍贵的史料价值。

另一方面，在治水过程中，发生了无数我们今天难以想象的事件。妇孺皆知的大禹治水三过家门而不入，塑造了一个民族治水英雄无私的形象；李冰翻山越岭走遍岷江两岸，观山势察水情，精心设计，亲临现场，体现了一个朝廷命臣和治水专家严谨的作风和勤政精神。但是，在修建灵渠时，兴安民间世代流传的却是三个将军开凿灵渠这样的故事：秦始皇下令开凿灵渠后，"第一位张将军率领兵士日夜劳作，终于在限定时间完工，可是，通水时渠道却塌了。秦始皇怒而把将军在渠岸当众斩首。第二位刘将军经过千辛万苦好不容易完成了工程，但在通水时再遭塌陷，又被秦始皇斩首于渠边。第三位李将军汲取前两位将军的经验教训，圆满完成了任务，秦始皇因此赐他荣华富贵。可是，这位将军没有领秦始皇的情，而是跪倒在前两位将军的殉难处拔剑自刎了"。这是一个传说，但这个传说却从一个方面表达了灵渠修建过程中的惨烈和壮烈。这位李将军最后处理自己的方式意味深长：他没有功成名就享受荣华富贵，也没有功成身退颐养天年。他选择了自刎，显然与张、刘两将军的命运有关。类似细节的加入，使中国治水历史的讲述更加生动，因此也更具可读性。

当然，《中国治水史》不是一部系统书写中国治水历史的学术专著。但是，通过不同篇章的描摹记述，我们可以用文学的方式连缀起中华民族的治水历史。而且在这个治水历史中，透露出的是我们民族修建水利的智慧和因此建构起的民族精神。这种民族精神不仅体现在兴修水利的科学精神上，同时也与民众的参与和牺牲精神密不可分。与治水有关的突出问题和矛盾，还有移民问题。著名报告文学作家何建明先生在他的《百年梦想——几代伟人与三峡工程》中说：水利工程在给我们带来巨大效益的同时，也要牺牲某些局部利益，其中移民就是最重要和关键的一项。他统计了具体的数字：目前世界上排在最前列的大型水电站有巴西、巴拉圭合建的伊泰普水电站，其移民数仅为 4 万人；非洲的加纳沃尔塔枢纽，移民为 8 万人；印度的萨塔萨洛瓦水库，移民数为 10 万人。中国人太多，中国人又习惯随江河而居。在新中国建设的数以万计的水库中，移民共超过 1800 万人。超过 30 万移民的就好几个，他们是新安江水库，移民 30 万人；丹江口水库，移民 38 万人；三门峡水库，移民 40 万人……在中国，故土难离是普遍的民众心理。所谓家园，就是故土。当库区需要转移移民时，库区民众的痛苦心情可想而知。当三峡工程决定修建时，“西方国家不止有十个百个的权威曾经预言：中国也许有能力建起世界上最宏伟的水利大坝，却无法解决百万移民的难题。”移民的难，移的不单单是世代积累的物资大山，不单单是人的挪移，还有“望不到尾的精神列车”、“欲望之海”、“思想、愿望和扯不断的顾虑与怀旧情结”。但是，在中国这一切都做到了。除了组织者的精心筹划、妥善安置外，中国百姓真是深明大义。

何建明在他的文章中讲述了长江村的故事：长江村在一次山体滑坡中惨遭横祸。304 户村民中 290 户的房屋被推入江中，他们一夜间全部成了难民。他们因此提前成了三峡移民：“因为是在新的滑坡上建设家园，因为有刚刚失去家园的切肤之痛，长江村村民们投入了前所未有的干劲与热情、智慧与技能。……长江村人先用板车或拖拉机将土运至滑坡体边缘，再用人拉肩扛一担一担地往山上运土，然后一撮一撮地填到坑内。日复一日，月复一月，年复一年……长江村人用了整整五年时间，硬是在废墟上造出了 600 余亩梯田。当长江村人第一次在这些岩体上收获长出的金黄色柑橘时，北京传来三峡工程即将上马的消息。他们一边欢呼，一边叹息：三峡水库一建，就意味着长江村人用 5 年心血造就的新地又要被江水淹没。他们又要重新拾起扁担和簸箕，进行新的家园建设。”这一状况用文字叙述并不难，但是，如果身临其境置身其间，那该是一种怎样的心情！后来，长江村人重新在三峡工程确定淹没的水位线，在新的岩体上以当年同样的精神同样的方法，开垦出了 400 多亩新地。时任“三峡省筹备组组长”的李伯宁高度评价了长江村的精神：“长江村精神是真金！”这仅是各个库区移民精神的一个片段。但从这个片段中反映了我们民族在重大事务面前、在国家民族整体利益面前的坚忍、顽强和不屈不挠、不可战胜的意志与伟力。在《中国治水史诗》中，作家们类似的文字比比皆是：三峡边上与治水大军为伴的王作秀，海河水灾中被水围困几乎致死的张连璧、叶道纶，沱沱河上一军一民的两家守望，镇长葛木初九死一生的水中历险，科技工作者赖纯久舍富贵从水电的坚定，基层干部戴业成、李守义严正的淮河警告，还有抗洪抢险中那些不知名的解放军官兵、武警战士，等等，共同谱写了民族精神的壮美诗篇。他们同样是《中国治水史诗》中的英雄和主角。

作家雪漠参加了本书的写作，后来他在《从中国治水史诗谈文学的不朽》中说："我想，真正的文学，除了文学价值本身的追求之外，还应该做到以下三点：一是文学要在无常和变化中寻找永恒。我们的肉体可以消失，我们的精神却可以依托文学传承下去。我们希望能多创造几次像《中国治水史诗》这样让个体介入人类存在的机会。第二，文学要在虚无中建立存在。我们经历的一切都成了记忆。而记忆的消失，像风尘中逃跑的一条黄狗，我们很难追上它。但我们却可以利用文学，在虚无之中，建立一种岁月毁不了的存在。《中国治水史诗》留给世界的，就是一种被文学定格的存在。第三，文学要在虚幻中实现不朽。大自然可以毁灭一个城市，一场战火可以毁灭许多建筑，一场地震也可以毁坏无数的水利设施，但这世上，还会有一种岁月毁不了的东西，这便是《中国治水史诗》中承载的某种精神。"他说得很好。

三、当代性与文学性

"史诗"原本是在历史叙述中的英雄颂歌。比如《荷马史诗》、《格萨尔王传》等。《中国治水史诗》当然做到了这一点。但任何历史的书写，都着眼于当代，所谓"以史为鉴"正是这个意思。因此，《中国治水史诗》的真正价值还在于它的当代性，在于它对国计民生的深谋远虑。我们有过无数的治水英雄，从高官到平民，这些本书有甚为翔实的书写。但是，另一方面，无论历史还是当代，水患成了我们民族的心头大患，我们因一个水字吃了太多的亏。在我看来，这部大书的真正意义，不止是治水英雄的赞美诗，不止是华夏水利业绩的英雄谱。它的真正意义更在于当下和未来的国计民生；另一方面，如前所述，《中国治水史诗》毕竟不是一部专述中国治水史的学术专著，它是一部文学作品。文学作品就要有文学性，只有具有文学性，它才会更具感染力和情感力量。如果是这样的话，那么，《中国治水史诗》的价值我们又可以从这样几个方面谈论：

第一，对水危机意识缺乏的揭示。人尽皆知的是，我国是一个干旱缺水严重的国家。资料表明：我国的淡水资源总量为28000亿立方米，占全球水资源的6%，仅次于巴西、俄罗斯和加拿大，名列世界第四位。但是，我国的人均水资源量只有2300立方米，仅为世界平均水平的1/4，是全球人均水资源最贫乏的国家之一。然而，中国又是世界上用水量最多的国家。仅2002年，全国淡水取用量达到5497亿立方米，大约占世界年取用量的13%，是美国1995年淡水供应量4700亿立方米的约1.2倍。中国从20世纪70年代以来就开始闹水荒，80年代以来，中国的水荒由局部逐渐蔓延至全国，情势越来越严重，对农业和国民经济已经带来了严重影响。这种情况对某些局部省区来说更为严峻。焦祖尧在《大河走高原——引黄入晋工程素描》中报告：山西十年九旱，天下共知。"山西水资源的主要补给来源是降雨。河川径流量与降水直接有关。全省平均年降水量仅有534毫米。天上降下的这点雨，山西人能用了也好，实际上大部分都流入了黄河。从南到北的一千余公里中，有偏关的偏关河、汾河等13条干流河道入注黄河。山西降雨大都集中在七、八、九三个月，雨后洪水挟带大量黄土流入黄河，每年流入黄河的泥土达5.4亿吨。”山西只有超采地下水，于是便发生了恶性循环。一方面是水的紧缺，一方面是没有节制的浪费。在这篇文章中，焦祖尧引用了这样一个材料：世界银行对引黄工程进行考察期间，引黄指挥部编印了多期《每日快报》，其中有一则报道，标题是《库切尔幽了山西人一默》。大意是某日下午，世行专家库切尔在谈罢山西在水资源紧缺的状态下如何尽快解决这个问题之后，他讲了一个小故事。他们下榻在山西大酒店，房间里卫生间的抽水马桶一天到晚都漏水。作为房客，他们只需交房费就行了，耗水多少与他们无关；这不同于打电话和用餐，打电话以分钟和距离计价，用餐以菜的品种和数量计价，房间里耗水多少都不会与他们算账。“可是先生们……”。这也可能是一则笑话，但它却从一个方面反映了我们水资源严重浪费的程度，这种不负责任的现象肯定不是个别的。责任不止是制订大政方针，它更在细枝末节的落实上。因此，强化全民的水危机意识好节约用水，应该比找水治水更为迫切。在《中国治水史诗》中，对水危机意识匮乏的揭示比比皆是。因为这个危机比水危机本身更可怕。

还有，张炜和李亦在《大河徙——黄河口笔记》中报告说：在黄河入海口的“孤岛”上，曾有一大片野生树林，经过不断地人工植树，在海边上形成了近20万亩规模的大林场。这林场对入海口的生态影响巨大，她不仅养育了万匹良马，还有效地阻止了海潮的侵蚀，是海口地区阻挡海风的大屏障，也是百万人的天然氧吧。经济大潮袭来时，杨、柳、槐、榆等没有多少经济价值的树就得靠边站了。它们被连根拔起弃之河滩，取而代之的是桃、梨、杏、苹果、核桃、山楂等所谓的经济树，经济树并没有带来经济效果，而“孤岛”上的这片绿色却慢慢消失了。无奈，又建起了酿酒厂，曾经芳香四溢的林场，就只有刺鼻的酒糟味了。这个报告说明的是环境危机意识的匮乏。水资源的保护，最重要的就是生态环境的保护。但是，在那些愚蠢做法面前，眼前利益就这样将环境毁掉了。

就在我写这篇评论的时候，2011年3月31日，中央电视台晚间新闻联播节目报道了温家宝总理主持召开国务院常务会议，讨论通过《青藏高原区域生态建设与环境保护规划（2011—2030年）》。会议强调：

> 力争到2030年，使青藏高原自然生态系统趋于良性循环，城乡环境清洁优美，人与自然和谐相处。为此，一要根据不同地区的地理特征、自然条件和资源环境承载力，将青藏高原划分为生态安全保育区、城镇环境安全维护区、农牧业环境安全保障区、资源区和预留区等其他地区，并制定实施相应的管理措施。二要以三江源、祁连山等10个重点生态功能区为重点，强化草地、湿地、森林和生物多样性保护，推进沙化土地和水土流失治理，加强土

地整治和地质灾害防治，提高自然保护区管护水平。三要加大环境污染防治力度。优先实施饮用水水源地保护与治理，全力保障城乡饮水安全。四要提高生态环境监管和科研能力。建设气候变化和生态环境监测评估预警体系。完善法规标准，加强生态环境管理执法能力建设，严格执法监督。五要发展环境友好型产业。积极稳妥地推进游牧民定居工程，实施传统能源替代。

这篇报道振奋人心。国家的具体规划和文学家的生动揭示，一定会改变我们水资源危机意识匮乏的现状。

文学性，是决定这部“史诗”是否是文学作品、是否能传之久远的前提。参加写作的作家均为我国著名或知名的文学家。他们的文学功力决定了这部大书的形象和生动。即便上述我从其他角度评论这部作品的时候，那些具体的引证也从不同方面证实了《中国治水史诗》文学性的无处不在。限于篇幅，我不再具体分析。读者自会从中读出它的文学体会。

黄河落尽走东海，万里写入襟怀间。《中国治水史诗》的出版，是一件惠及当代、利在千秋的盛事。同时，这部作品的出版，也从一个方面证实，中国文学与我们的现实生活没有失去联系。中国作家的热血与良知，就这样激荡在他们的襟怀间。

（本文作者为：沈阳师范大学特聘教授，中国社科院、吉林大学博士生导师，中国当代文学研究会副会长、北京文艺批评家协会副主席。）

浩瀚的史诗：悲歌与画卷

——评由杨钦欢总策划的《中国治水史诗》

陈晓明　林　品

当今时代，环境遭遇前所未有的严峻考验，地震灾难频繁，干旱无情，洪水泛滥，我们当然没有理由说，这都是人类走向现代发展带来的后果，但到今天为止，人类远没有征服自然环境，而是遭受着自然环境灾害更严重的威胁。气候变暖导致的后果，在今天并非难以预料，而是人类根本没有勇气也没有能力面对这样的后果。

于是，在这样的境遇面前，读到《中国治水史诗》厚重宏大二百多万字的二卷本著作，就让我们心情难以平静。这部大书，书写的是中国数千年的治水历史，思考的则是当下中国人乃至于是全人类与自然环境的关系，其着力处就在于为建设中国的生态文明修史立言。其精神可嘉，其功夫可敬，其价值可贵，其意义深远，功德无量矣！

这部书的策划动议源自于梅雁集团董事长杨钦欢先生与广东著名作家程贤章老先生的交谈，二位贤达十分有社会责任感，基于水电工程建设可能也会对当地的生态与社会产生负面影响的忧虑，他们产生了要编写一部涵盖古今、纵横南北的治水史的想法。贤章老德高望重，是一位极重情义的文坛前辈，在文坛一呼百应，因而能够动员这么多的作家参与这项伟大的工程，也实在是一项创举。贤章老显然是有备而来，他对治水史有非常独到的思考。他在后记里写道："中国自北魏郦道元写的《水经注》以来，尚无一本完整理想的治水书。从严格意义上说，《水经注》其实写的都是山水文章，虽也文采风流，但极少写治水的文章。"编写这部《中国治水史诗》，正是意在开治水史之先河，弘扬华夏千百年来的治水文化，它既是弥补历史空白的学术贡献，对中国当代的现实意义也非同小可，于了解水文现状、因地制宜地选择治水方案等等都具有不容低估的参考价值。

这部大作博采众长，匠心独运，既传承了中国古代群贤修史的传统，又呼应了当下最新的历史学动向。说它传承了中国古代群贤修史的传统，是因为有唐以来，设史馆、修国史已成为盛世的象征。如魏征监修的《隋书》，广邀经史大师颜师古、孔颖达、许敬宗、于志宁等博学之士群策群力，更以文人修史著称，不拘一格，文采斐然。《中国治水史诗》也是能人牵头，聚群贤而著书，根据程老的回忆，他们收到的治水文章，90%以上都是全国最优秀作家的手笔，无怪乎书成之后，漫卷才气扑面而来。

如果说群贤修史正沿袭了自古盛世修史的传统，那么，“史诗”的形式恰也暗合了历史学的前沿发展——让历史回归故事。意大利文艺批评家、历史学家克罗齐曾经论断：“没有叙事，就没有历史学。”从古希腊的希罗多德和中国的左丘明开始，历史著作就是以讲述故事作为其基本特征的。“史家之绝唱，无韵之离骚”是鲁迅对太史公的《史记》之史学价值与文学价值的双重高度评价。写就不朽巨著《罗马帝国衰亡史》的大师爱德华·吉本也曾经骄傲地宣称“每个女子的梳妆台都摆上自己的著作”。但是近代以来，随着社会科学的迅猛发展，历史学在经历学科化的过程中也被塑造成了以“分析”为重的社会科学，经济学、社会学、人类学、心理学、人口学、统计学等方法被援引进入历史研究中，寻得历史普遍规律成为了治史的主要目的，历史成了社会科学的大杂烩。所幸的是，“讲故事”的历史写作并未随着历史学的发展而销声匿迹，反而在今天重新展现了它的魅力，并且得到了人们的重视，通过叙事，历史过程再一次回到了自身。勒华拉杜里的《蒙塔尤》对14世纪初法国农村的社会、经济、宗教生活进行了栩栩如生的展示。娜塔莉·戴维斯的《马丁·盖尔归来》也作为畅销书进入了寻常百姓家。当我们观望着西方史学界“叙事的复兴”之时，回头一看，恍然发现《中国治水史诗》这样一部史诗性的著作，竟不自觉地呼应了西方历史叙事的当代潮流，以文学的历史叙事展现了中华民族治水的浩瀚画卷；也使中国文学在历史反思与现实关怀的交合处迸发出巨大的能量。

一、纵横：讲述中国治水的宏大历史

《中国治水史诗》开卷就能感觉到气势不凡，纵横古今，穿越时间的长河，治水的历史从久远的古代流向当代，给人以强烈的历史整体性的震撼。这里面记录着中华民族几千年来，对水的观察、思考，与水的互动、共生，这部书里叙述的历史，生动地体现了对水的感受与治水的历史，如此深刻地影响着中国人民族精神的生成。

在中华文明的悠久历史中，与水有关的哲言警句可谓比比皆是，先贤们在水的启迪下、于水的意象上构筑了无尽哲思。孔子曰：“仁者乐山，智者乐水。”老子云：“上善若水。水善利万物而不争，处众人之所恶，故几于道。”魏征谏：“求木之长者，必固其根本；欲流之远者，必浚其泉源。思国之安者，必积其德义。”历代的文人骚客也是喜欢临渊而发，写下了许多流芳千古的诗篇，白居易“春来江水绿如蓝”的怀恋，李太白“君不见黄河之水天上来，奔流到海不复回”的慷慨，李后主“问君能有几多愁，恰似一江春水向东流”的怅然，都如那自远古就浸润着黄土地的江水，始终流淌在中国人历史记忆的血管里。

中国自古以来论及水的史书也可谓不胜枚举，若论正史，自西汉司马迁的《史记》、东汉班固的《汉书》开始，到《宋史》、《金史》、《明史》、《清史稿》，都收录有“河渠志”，详细介绍当朝乃至前朝的河流概况与沿岸风俗。若论地理类史著，也有《山海经》、《尚书·禹贡》、《元和郡县志》、《太平寰宇记》、《读史方舆纪要》，等等。但正如程老所言，中国“尚无一本完整理想的治水书”。而《中国治水史诗》这部大作名曰“史诗”，无疑透露了编者纵横四野贯通古今的雄心壮志，他们以水道为经、以时间作纬，梳理了华夏有史以来关于治水的文献及传说，走访并实录了祖国大江南北不断涌现的治水事迹，70多位作家每人以约3万字的篇幅为读者展开了一轴宏大的历史画卷。

读这部治水史诗，可以看到中国民族如何在治水的历史中生存发展。作为一个农业文明的国家，数千年来以农立国，水利当然是农业的命脉，河渠一事自然牢牢关系着国计民生。《中国治水史诗》记叙的诸多史实都证明了治水与治国的深刻关联。从某种程度上说，治水的历史就是一部浓缩的中国政治经济史，故一部关于治水的史诗也是一部涵盖中华文明演进历程的民族史诗。早在春秋时期，齐国名相管仲便有言曰：“善为国者，必先除其五害。”在这“五害”中，“水最为大”。而西汉时期的《韩诗外传》则从正面论述了治水与治国安邦的良性关系：“天地以成，群物以生，国家以宁，万事所平。”正如韩婴所言，治水事业总是与国家的有效治理紧密相连，自夏王朝的创始人大禹治水起，始皇帝开凿灵渠疏通粮道，秦皇汉武移民实边在河套地区引黄灌溉，京杭大运河“为后世开万世之利”，西夏依赖农田水利割据一方，直到新中国的黄河大坝、南水北调工程、长江三峡工程为广大人民群众带来福利。

除了关注黄淮、长江、珠江、海河、松辽等大江大河的治理历史，这本书还收录了关于西部与东部一些相对较小的水域，包括港澳台地区的治水史的作品。从这里倒是勾画了中华民族治水更为丰富生动的历史侧面。董生龙的《三江源》追溯了4000年来西藏治水的历史，作为古老华夏大地母亲河——黄河、长江、澜沧江的源头，三江源的治水历程经历了远古的神话色彩、古代的曲折、民国的艰难与共和国时期的辉煌。熊育群则以游记的形式，在《雅鲁藏布江　圣水长流》中描绘了一幅藏区圣水的自然人文画卷。董立勃的《英雄多壮志　荒漠变绿洲》首先简要回顾了新疆自从西汉政权将其纳入大中华版图以来历代官兵在此屯垦戍边的历史，继而详述了新疆兵团人远离故乡，在祖国边陲开辟荒原、屯垦治水，利用膜下滴灌技术成功解决西部供水问题的传奇故事。李霁宇、杨红昆的《滇池图》回望了滇池的远古之美，记叙了滇池这汪昆明的母亲湖在贪婪而愚昧的人类野蛮无知的过度开发下所经历过的惨痛劫难和环保困局，以及面对困局昆明政府与人民走过的艰巨而漫长的治理之路，并在生态复苏、水质改善的形势下展望了滇池涅槃重生、美景重现的未来。南翔的《香港澳门供水、治水（治污）、填海造地侧记》则记叙了香港从一味填海以追求经济效益，到投入巨资治理保护海港的转变，以及香港澳门解决供水问题、治理水源污染的历史源流。

这部“治水史诗”以极为丰富的史料，以作家特有的敏锐，书写了中华民族浴水奋斗的漫长而卓绝的历史，这无论对于我们理解历史，还是面对今天的水患水荒，都是一部宝贵的借鉴。

二、铭刻：记录中国治水的艰难历程

中国虽是水利大国，却也久经旱涝之灾。因而，在《中国治水史诗》这部讲述中国治水宏大历史的巨著中，自然灾害与对抗灾害的主题始终贯穿其中。正是在这一点上，中国当代作家们是以饱含苦痛与同情的笔墨，去书写中华民族走过的艰难的生存道路。正是在大河上下，中华民族与水的抗争，书写着自己民族特有的生存悲歌，因为这样的悲歌，从古唱到今，让我们今天要严肃去思考环境的问题，思考中华民族生存的使命。

黄河作为中国的母亲河，其美丽丰饶在书中得到了详细的描绘，而它的险要也在作家的笔下得到了深入的书写。张炜与李亦的《大河徙——黄河口笔记》记录道，从先秦至民国期间，黄河共决口 1593 次，改道 26 次，频繁的改道让身处中下游的人们苦不堪言。进入 20 世纪中期，生态环境的恶化更是让黄河一次次频繁而愤怒地决口，黄河两岸的人民在不断挫折与不断抗灾中艰难地推进着历史。1947 年堵复花园口没有给黄河口带来长久太平，改道刁口河又导致河口水位上升，最终总算找到了清水沟作为相对入海口。给人印象深刻的还有“险工”一词，它指的是建立在黄河事故多发地带的工程，正如作者所言：“几乎每段‘险工’上都有悲惨的故事。‘险工’凝聚着河口人的血和泪。‘险工’这个词在黄河人那里从不敢轻易提起，这个词就是河口人伤口上结的痂，讲一遍伤口都会疼。”

在荆歌的《天堂水》中，我们看到了即使是平静温婉的苏州水，也会突露狰狞，仅在宋元的近 400 年间，就有 30 多次关于大水灾的记录。明代到解放后的史料中更是屡见水患记录，荆歌将这些史料细心地组织陈列下来，似乎不带感情色彩的地点、时间、数字，却都坚硬而沉重地敲打着记述者与阅读者的内心。

珠江在全国众江河中，算是脾气不大的了，但是沈仁康的《山高水长花珠江》告诉我们，珠江的自然灾祸也不少：洪水、干旱、台风、咸潮，风不调雨不顺的年头绝非罕见。尤以鸦片战争到新中国那段时期为甚，仿佛在国家积贫积弱、民不聊生的年代灾难也跟着起哄，在民国四年更是发生了有历史记载以来的最大洪水。水灾之后又往往是干旱，田地龟裂、禾稼失收、淡水缺乏，若遇天文大潮，海水倒灌，饮水都成问题。北江作为珠江的第二大水系，当然遭遇了 1915 年的特大洪水，李钟声与刘迪生在《涛声如歌——北江治水纪事》中叙写了广州市区因此遭受的空前水灾，全城三分之二受淹，“死人塌屋”情况严重，加上十三行商民午炊失慎，酿成火灾，市民就这么处在了前遇洪水，后遭火灾的困境之中。1915 年之后，北江流域又经历了诸如 1994 年 6 月、2005 年 6 月等多次严重水患，但在新中国成立以来建设的“红色防线”北江大堤的庇护下，凭着中国人民解放军这支有着光荣传统的部队英勇无畏的抗洪抢险斗争，沿岸居民的受灾程度得到了有力的控制。

《中国治水史诗》对当今国家在治水事业上取得的伟大成就作了全方位介绍，同时也用客观的纪实点出了缺陷所在。我国在预防水患的同时，还发展了灌溉、发电、旅游等事业。然而，水污染的问题也在现代化的进程中日益严重。针对这个问题，赵丽宏在《为了上海母亲河的清澈》一文中提出了“水伦理”这个概念，它涉及的是人与水的关系：“从水伦理的角度看，人类要承认水的价值和权力，认识到水的生命主体地位和道德地位，将水作为道德关怀的对象，对水资源直接担负起伦理责任和义务。”20 世纪初由于工业化的发展而变得黑臭的苏州河、太湖等河道，在 20 世纪末得到了重视与关怀，人们开始截污、建闸，并动用了大量的科技力量和行政力量。随着人们环保意识的日益提高和政府对环保事业的高度重视，相信越来越多一度污浊的河流将如苏州河一般重新恢复清澈。

三、写意：展现中国治水的英雄气概

华夏大地上水旱灾害屡见不鲜，给治水事业带来了诸多艰辛，却也由此更衬托出了治水过程中涌现的英雄传奇。《中国治水史诗》的作者们用饱含敬意的笔触，将英雄事迹娓娓道来，惊险处让人屏息，挫折处让人扼腕，高潮处让人拍案。

《中国治水史诗》这部鸿篇巨制以“黄淮卷”起首，又以熊育群先生的《大禹治水回望》作为“黄淮卷”的开端，无疑用意深刻。大禹之名可谓妇孺皆知，在后人眼中，大禹因为治水功业而兼具神性与悲剧性，然而熊育群以扎实的史料做基础，在有声有色而又有理有据地讲述故事的同时，也让大禹的形象从天上落回了人间。在作者笔下，一个立下丰功伟绩而又富有人性的大禹形象被成功地塑造了出来，这也可以说是书中治水英雄的共同特征。

《中国治水史诗》对英雄事迹的讲述，还包含了对治水理论的观照。治水英雄们不仅在治水的实践上卓有成绩，在治水的理论上也作出了杰出的贡献。如大禹的“疏川导滞”，王璟的“分泄、疏斫、减淤、筑堤并用”，刘彝的“福寿沟”、“石狮爪”，贾鲁的“疏浚、塞并行”，潘季驯的“以堤束水，借水攻沙”，等等，都是富有创新精神的治水理论。李林樱的《天下奇功都江堰》详细介绍了战国时期秦国的蜀郡守李冰主持修建都江堰的过程。都江堰的鱼嘴分水堤是李冰的创举，“凹岸取水，凸岸排沙”，把岷江分成了内江和外江，使成都平原水网密集，既有通航之变，又有灌溉之利，同时还达到了排沙的目的。李冰巧妙的治水技术克服了蜀地的水患，打造出了福荫百代的“天府之国”。李冰不但发明了鱼嘴分水堤，还从治水的实践中总结出了“深淘滩，低作堰”的六字诀。《中国治水史诗》对这些理论的详细记述是对古人智慧的一种尊重，对文明传承的自觉承担，而且，相信其中的不少理论对于今天的水利工程也是具有不可小觑的参考价值的。

一般的“史诗”往往会将历史的进步归结到一个个神化了的个体身上，正如熊育群在《大禹治水回望》中所言，“民间对于特殊的人物，在口口相传中，根据自己的心理与意愿，会进行夸张与创造，等到传得远了，早已经大大变样了。人变成神大概与这样的心理与集体的创造分不开”。《中国治水史诗》中的文章并没有落此窠臼，而是将视角更多地投向治水的集体。书中出现了许多在治水过程中发明、改良的专用工具，如用于地形测量的刻度标杆、视距尺，用于装石护岸的竹笼，用于疏浚河道的铁龙爪扬泥车，用于测定水位的“水则”等等，都显示了中国人民在漫漫历史长河中对抗大灾大难时集体智慧的累积，就像珍珠贝面对沙粒的侵入，分泌出的层层珍珠质，最后结晶出光彩夺目的珍宝。《中国治水史诗》一书不但高度褒扬了那些名垂青史的治水英雄，如上古先王夏禹、都江堰二王庙供奉至今的李冰父子、写作不朽著作《水经注》的地理学家郦道元、元代开通大都运河的科学家郭守敬、明代治理黄河的水利专家潘季驯等等；也精心打磨了有可能为历史巨浪所磨蚀的治水群像，对屯垦开荒的建设兵团、抗洪救灾的武警官兵、兴修水利的工程队伍等治水团队都予以了细致的刻画。

好多作家不约而同地将笔头对准了1998年。这一年，洪涝灾害在多个流域一齐爆发，“水位之高、持续时间之长、出现的险情之多，以及投入防守抢险的军民之众”，在人类数千年的治水史上，书写了浓重的一笔。谢克强的《这也是一场战争——1998年长江抗洪救灾纪实》、郭海燕的《不尽长江滚滚来——大江大搏浪略笔》、陈世旭的《天地英雄气　赣鄱云水间——江西治水三章》等作品都围绕那一年的长江洪水，对抗洪抢险中涌现的英雄事迹进行了不同角度的叙写。

在阅读过程中，我不仅仅被作家们生动的描写与细致的刻画所打动，谢克强满怀敬意地将牌洲湾大堤溃口中献身的19名士兵的生平简介记录下来的段落更是让我印象深刻：

> “高建成，湖南湘阴人，1965年10月生，1984年9月入伍，1988年5月入党，时为空军高炮5团225营一连上尉指导员；
>
> 田华，湖南攸县人，1974年1月生，1992年12月入伍，1998年3月入党，时为空军高炮5团225营一连上尉见习排长；
>
> 朱盛堂……”

这些名字、籍贯、年份，以一种静默的力量，一个一个烙在书上，也烙在读者的心上。

谢克强用他的笔墨铭刻下了战斗在第一线的部队官兵。郭海燕的《不尽长江滚滚来——大江大搏浪略笔》则是主要刻画了凭借科学技术与灾害作战的科研工作者们。在洪水面前，中国的水利专家们凭着科学家的良心和强者的姿态，承担着可能背负千古骂名的风险，坚持不分洪的主张，最终让大坝安然无恙地渡过危险。正如作者所说：“这是现代科技和水电工程面对大自然洪灾的范例之战！是人类对于世界第三大河流的一次成功科学对话与历史性和解！”

陈世旭在《天地英雄气　赣鄱云水间——江西治水三章》中，循着时间线索翔实地记录下持续加剧的险情，不断上升的水位、不断出现的决口、堤坝上的灾民棚、淹没在水面下的城镇，一次人与自然的鏖战就此展开，而承担抗洪抢险任务的战士们经过六个昼夜的无休无眠、六个昼夜的殊死搏击，终于创造了极短时间内长江大堤决而复堵的奇迹！

“京广线保住了！

大京九保住了！

长江干堤保住了！”

每一个惊叹号，都是人类在捍卫自己的家园时，一声富有力度的呐喊。

除了抗击洪水，《中国治水史诗》还涵盖了大量对抗旱灾的英雄事迹。谭谈与纪红建合写的《湘中大血脉——韶山灌区纪事》，沿着三十多年前曾经采访过的足迹，走进了作为湖南省最大引水灌溉工程的韶山灌区，重新书写了上世纪六十年代湖南人民排除万难兴修水渠的那一段激动人心的治水历程。陈世旭在《天地英雄气　赣鄱云水间——江西治水三章》中叙述了面对鄱阳湖的缺水之痛，人们力图以科学方法实现治标又治本的求索历程，经过一系列的考察与实践，最终形成了“调枯不调洪”、“江湖两利”的科学方案。

杨克在《河源水传奇》中写道：“传奇是一个模糊的名词，没有人知道他们牺牲了多少，没有人知道他们贡献了多少。”除了正面应对水患、兴修水利的人们，那些为水利工程的建设作出牺牲、奉献出自己看似绵薄却又必不可少的一份力量的普通百姓也在这部治水史诗中得到了应有的重视。何建明在《百年梦想——中国几代伟人与三峡工程》中，就专门写到了因为三峡工程而被迫移民的百姓。一百多万人要搬出自己祖祖辈辈生于斯养于斯的故土，到陌生的地方去生存，与此同时，那些城镇乡村、工矿企业、学校医院则不得不被滔滔江水所淹没。为了三峡工程能够造福更大多数的人民群众，有多少库区百姓作出了牺牲？杨克在《河源水传奇》中也写到了新丰江水库建设之时，移民作出的巨大牺牲，1959 年，历时 9 个月的清库运动结束，共拆除房屋 18.45 万间，猪牛栏、厕所 4.22 万间；清除坟墓 13.95 万座；清山 20.81 万亩，砍树 10.71 万立方米……10 万人的人生轨迹发生了剧烈的变化。“河源的水传奇，拨开那些光鲜华丽的颂词，也有灰暗心酸的一面，城与水的纠结与折磨在这一刻展现得触目惊心。”

四、诗性：描绘治水的自然与人文之美

相信每一位阅读《中国治水史诗》的读者，都不仅会被书中展现的英雄气概所震撼，也会为治水的自然与人文之美所打动，为人与水的唇齿相依的关系所打动，而这一切，都因为有那么多的文章饱含诗意的笔调，而使历史人文与自然山水之美跃然纸上。

书中许多文章，都以其生花妙笔，描绘了祖国各个水域旖旎的自然风光，让久居

都市的读者享受了心灵的涤荡。我于日渐转暖的春日午后坐在万柳庄的家中，将《中国治水史诗》置于案前，细细品读，领略从宛如色彩缤纷的巨幅地毯一般的黄河三角洲，到高峻苍凉而神圣清洁的三江源，从雪域腹地的“蓝色哈达”拉萨河到热带雨林中汇涓成流的万泉河的自然胜景，联想到北大校园中水光潋滟晴方好的未名湖，不由得生出到湖边散散步的念头。

自然景观之外，书中所描写的人文景观也给读者带来震撼，自然之水与人文之水浑然交融，在我心头不禁荡漾开来。彭建明的《遍地明珠》，将分布在边远山区、民族地区和革命老区的小水电站比作散落在山间的颗颗明珠，可谓绝妙，读着他的文字，眼前仿佛就出现了夜晚天上的点点星光与山坳的颗颗明珠交相呼应的画面。荆歌的《天堂之水》，将苏州的“水文化”娓娓道来，在碧水环绕的苏州城中家喻户晓的“水八仙”之“鸡头米”，状如江南女子水汪汪的眼睛，飘出专属于一个时令一个地域的独特气味，令人心向往之。张炜与李亦的《大河徙——黄河口笔记》中写到了一群“赶黄河”的人，他们是顺着黄河留下的肥沃淤地进行开垦的人。最初的赶黄河的人，每天天还没亮，就带着一顿午饭、一葫芦凉水到“大洼”开荒种地，到太阳落山了才回家。后来，黄河一再东进，赶黄河的人们也跟着黄河跑，一个“赶”字道出了黄河人的闯劲，实为一道独特的人文景观。陈世旭的《天地英雄气　赣鄱云水间——江西治水三章》对民风的介绍写得尤其美：“湖上汊汊有人家。到夜晚，远远近近、大大小小的村落里，纷纷亮起灯火，跟漫天的星斗互相照应，让你明明白白地入了梦境，分不清是星斗落进了湖里，还是灯火点在了天上。湖上诸岛，家家开门临水，村民淳朴，古风犹存……”同时，鄱阳湖作为“白鹤世界”、“珍禽王国”，拥有“飞时遮尽云和月，落时不见湖边草”的壮丽自然风光，让人读来着实神往，希望能和作者一道“依靠着帆在风云间行走，张开双臂，投入鄱阳湖的怀抱，去享受最纯净的美”。

水之美，让与水唇齿相依的人对其产生了无法割舍的感情。面对不再清澈的母亲河，赵丽宏曾经发出“把我填没吧，把我填没/……哪怕为我装上盖子/让我成为一条地下之河”这般痛心疾首的慨叹。而当母亲河恢复清澈时，他又唱出了“是一个梦想，一个童话”，我们的时代是“一个能把梦想变成现实的时代”的赞歌。由这些发自肺腑的抒情，可见他对母亲河的感情之深。陈应松在《天堑与通途——武汉长江大桥》中，提到仅汉阳一个辖区就有 15 人名叫“汉桥”、25 人名叫“建桥”。与桥相关的名字是武汉市的一个标志，表明这些人肯定出生在 1955 年到 1957 年兴建长江大桥的那段日子，关于桥的记忆就这么铭刻在了人们身上。

孩童与江水的结合，让叶兆言的《水上的文章》在众多文章显得独树一帜。他以散文诗般的笔调描写了江苏的桥与水。写了秦淮河，写了大运河，写了范公堤烟雨，写了苏州城。孩童时期的叶兆言，曾经为了证实“不过桥就到不了夫子庙”的论断而逃学，花了一天时间踩遍了所有的路；也会因为光着屁股到河里游泳而不好意思；还曾经随着潮涨潮落朦胧地见识了大人们的爱情。现代文学的大家，喜欢从孩子的纯真视角来观察世界，这种清水出芙蓉、天然去雕饰的视角，为水乡赋予了独特的趣味。

张笑天的文章虽然短小，却从哲学命题——“上善若水”出发，置身鱼嘴、飞沙堰、安澜索桥等水文名胜之上，豪迈地评点文人诗词、史家论述，探讨环境与人的关系，也不失为一种思想之美。

毋庸讳言，中国的治水还有很长的路要走。李林樱的《堰塞湖泄洪纪事》将关注焦点投射到距今并不久远的2008年“5·12”汶川大地震上，地震所造成的山体滑坡阻断河流后形成的堰塞湖，随时可能溃堤酿成洪灾，成为高悬在灾区人民头上的达摩克利斯之剑。堰塞湖之战的关键一战——唐家山堰塞湖抢救，经历了重重危机与波折，终于成功。但是，防灾抢险依然任重道远。2009年以来，在地震灾区仍时有地质灾害、桥梁断裂、道路被阻、山洪暴发等发生。

易渡的《洞庭湖，蓝色的问号》叙写了洞庭湖遭遇的洪灾和旱灾，并面对洞庭湖令人担忧的现状提出了这样发人深省的问题：“当河流变成了负累，当渔镇变成了死港，当水乡变成了陵陆，与水相伴的生存究竟会怎样改变?”“不管是洪汛还是枯竭，与水相伴的生存，都已成为我们的恐惧，我们将去往哪里？又有哪里，能承载我们日益衰败的灵魂?”这一个个问题，一个个沉重的问号，让我们在自豪地回望治水历程时，又多了许多深思。李林樱在《堰塞湖泄洪纪事》的末尾说，我们都应当记住《叠溪地震六十周年祭》一文中所写的那段话：“往者不谏，来者可追，天灾莫测，人事宜工。愿吾辈护生态，开富源……”这也正是《中国治水史诗》对读者提出的紧迫问题、为读者留下的未竟使命吧。

当然，这部书约请这么多大牌作家写作治水，每个作家显然都使出浑身解数，拿出他们的才情智慧作文，才会有如此多的妙文奇文令人目不暇接。当然，文字方面能做得如此出色，显然在审稿和编辑打磨方面也下了不少工夫。前有《水经注》题诗在前，当代中国的作家文豪当然不敢怠慢。文人治史，历来都因其文采而得欣赏，却也因肆意不羁而受诟病。这个潜在的缺点为本书的编者与作者所察觉，并得到了很大程度的改进。贤章老在后记中有补记云：“评定一项工程的成败得失，是一个非常复杂的命题。它不是一个经济效益就可以评定的，还要看它与自然生态的协调、对一个地区经济结构乃至民生等诸多方面的影响，而这往往需要经受时间的检验才能最终定论。本书执笔作家，可以说没有一位水利专家，纰漏甚至错误势必在所难免。”这种自省的态度颇具大家风范。也因为如此虔敬与虚心，如此大的文字工程，却还是做得相当到位。其中编辑和统稿人员付出的艰辛劳苦，笔者亦有耳闻，那些故事这里无法一一道来，但二大卷著作无疑是经得起历史检验的。雄心、匠心与诚心的交融，让这厚厚两卷书拥有了震撼人心的力量。

总而言之，这部治水史诗，从历史上的治水神话写到今天英勇献身的英雄，中华民族特有的顽强意志和视死如归的品格，流宕在一部浩瀚的治水的史诗中。这些文字写得回肠荡气而气惯长虹，这不只是为历史做证，为英雄立碑，也是为后人立榜样。读来让人感奋，催人奋发，可以说是建设中国当代生态文明的发愤之作，也是传统文化和爱国主义教育的一部精彩的教科书。

2011 年 4 月 6 日

（陈晓明，北京大学中文系教授，博士生导师；

林品，北京大学中文系研究生）

中国江河将会永远铭记

——写在《中国治水史诗》出版以后

李钟声

春节刚过，程贤章的助手勇芳发来短信，约请我为故乡再写一篇文章，那是一年多前完成《中国治水史诗》后的总结，“希望从评论家的角度去审视该书出版的意义、价值”，“你是这本书组织和整个写作过程的亲历者和参加者，又是评论家，请你来评判总结这本书，老程认为最合适”。本来，《中国治水史诗》自去年夏天由作家出版社出版之后，在北京人民大会堂举行了首发式，《文艺报》、《南方日报》、《羊城晚报》等发了许多文章，得到了高度的赞扬和良好的评价。为此，我常常为自己能参与这本书的写作而欣慰。为故乡写作，写故乡梅江60年治水的壮歌，这是多么有意义有价值的事。自己前半生写作过许多报告文学，而2010年的故乡治水篇章，说实话，是人生写作生涯中最难忘的两篇。

想想吧，自解放60年来，我家乡有哪本书进人民大会堂首发呢？又有哪本书能触动全国当代最著名的五六十位作家的神经，为着一个延续了数千年的美好梦想，围绕华夏江河治水的话题，作着如此真切动人的多角度和全景式的描绘呢，而这行动不亚于一次大战役。它的计划、蓝图是由故乡梅县的一家民营企业和一位民营企业家最早提出和制订的，它的指挥中心是在故乡梅江河畔的客都大酒店由客家文化人实施的。这是中国当代文化建设的一项大工程。这项工程，在当地政府的关心下，在全国众多作家的参与努力下，终于在一年内完成。我对这本书的主编程贤章说，这是你人生中一本最有份量最值得纪念的书，也是梅州文化建设中最有价值的书之一。中国的大江大河将会永远铭记：从2009年至2010年，由杨钦欢总策划程贤章实施、中国众多最优秀的作家参与完成的《中国治水史诗》，终于以上下两卷240多万字的鸿篇巨著呈现在读者眼前，显出沉甸甸的分量！

当然，我们今日回顾这些，不仅仅是赞美，更多的是总结，是反思，希望留下关于写作这本书的背景资料，供后人思考。

一

谈这本书，首先要谈的是策划。因为策划是灵魂，是决定作品形态的主导思想。

“从某种意义说，中国的历史就是一部治水史，从三皇五帝到现在，哪个明君不以治水而获万民拥戴?”“我们今天讲发展，我们在用水、治水的同时，还要给子孙后代留下绿水。然而，我们呼唤的声音还不够强大，常常被市场的讨价还价声给淹没了。我想求助于我们的历史，弘扬华夏千百年来的治水文化，会不会唤起某些人对历史与未来的良知呢？这就是我要策划此书的初衷。”本书总策划杨钦欢老总的这番话，说得多么到位和深刻。它概括了几千年中国文明发展史。更一针见血地申明出版这本书的目的和动机。

关于杨钦欢老总的总体策划，是与文化人、作家程贤章在偶然的一次“闲谈”中表述的。这是对华夏数千年文明史的精辟论述，是对中华民族生存命脉中与水关系的深刻阐发。随着人类文明的进步，现代高度工业化和城市化的发展，人类对大自然的索取变得更多更贪婪，我们的生存环境以及与水的关系问题变得更突出。杨总以其深邃的眼光看到这一点。

笔者要强调的是，杨总这一观点的提出，并不是偶然的，而是他长期实践中得出的深刻感受。改革开放30多年来，作为从叶帅故乡雁洋涌现的民营企业家，从梅江河畔出发，他创建出梅州地区第一家股票上市公司。他奋斗了几十年，打拼了几十年，一直都离不开梅江离不开水：他的公司命名为“梅雁水电集团股份有限公司”，主业是做水电业务，从梅江和它的支流石窟河一直做到广西；笔者在20世纪90年代采访他的时候，他正在为故乡修筑江堤，而且至今一直没有停止过，以梅县城为中心，上至水车镇、梅南一线，下达西洋、丙村，百公里江堤固若金汤，加上历年整治许多山塘水库，为此，治水总投资达20多亿元！为写作治水史诗中梅江的篇章，笔者在相隔10多年后的去年采访他时，见他仍然是话很少，烟却一根接一根。他头发花白了，目光却更加深沉，思考也更加成熟。他提出了治水应包含水利和植被、治害和导引等等一系列新理念，治水的目的在于与水和谐相处、科学保护环境，使人民从中受益。20年前，他赚了钱第一个是想到家乡，建水厂花巨资引雁洋水库的水，使家乡村镇农民喝上了自来水。在当地传为佳话。为了封山育林涵养水源，他拿出一笔钱，作为当地山民放弃上山砍柴的补贴，以求育林封山创造一片绿色。总之，看见梅州的山就会想起杨总的身影，看见梅州的水就会想起杨总的性格。水的性格实在是融进了杨总的性格里。他像水一样平和淡泊，润物无声，为家乡默默地付出，作着贡献而悄无声息。这一切，当他在与作家程贤章一次无意聊天时，长期实践的体会睿智的总结与作家灵感的碰撞，终于迸发出智慧之光理论的火花，得出那有力度的深刻的高度概括。

这就是这本书产生的整个背景和立意，是杨钦欢老总的策划思想。

在这一高屋建瓴的立意指挥下，才有布局如此开阔视野如此宽广的构思和选题：

从中原的“黄淮卷”、“长江卷”，到北方的“松辽卷”、“海河卷”；从南方形胜的“珠江卷”、“东南卷”，到三江之源的“西部卷”。目光所及，几乎涵盖了华夏的所有江河。新疆沙漠变绿洲、西藏的拉萨河、中俄边境的黑龙江，五指山腹地的万泉河，就连港澳台湾，都在入编之列。时间跨度上下几千年：从大禹治水的传说，到都江堰的不朽工程；从隋炀帝的大运河到充满中华儿女智慧的吐鲁番坎儿井；从深烙“文革”印记的韶山灌渠到最新的汶川堰塞湖，都有丰满动人的描绘。这内中处处洋溢着策划者和主编的深邃眼光、宽广的视野和为中国江河立传写史的精神。

杨总的策划智慧还体现在整个运作成书过程中。他要求写了一辈子文章的程贤章，不要埋头自己写而要组织作家写，要经营文化，要做组织者运作者策划者。要举全国优秀作家之力，做排炮式系列式的大文章。后来的成书也证明，内容如此浩繁巨大包罗960万平方公里涉猎大小百条江河的七卷之作，只有依靠集体的力量集体的智慧才能完成，单靠作家个体是根本无法完成的。

从史诗运作的具体过程中，我们看到了一个企业家经营文化的过程。杨总是一个有思想有见地的企业家，这么浩繁地策划这么大的选题，他却举重若轻，交由程贤章和他的助手勇芳、小罗去完成。他投入巨资不求短期的回报。他明白，能够在水利史和文学史上填补两个空白，这种投入很值得。他说，我们今天做的事，要由后人去评说。他了解文化人，了解作家采访的艰辛和写作的甘苦。成书过程中，主编程贤章告诉笔者：对重点稿件，杨总总是亲自审阅，送一篇，看一篇，并要求编辑部对来稿三天内必回复，决定采用即付稿费。对于因为各种原因没有采用的个别约稿，还一再交代要向作者讲明原因，照发稿费。他这种尊重作家劳动，办事利落的风格，给人印象极深。难怪乎有许多作家很忙，也乐意为治水史诗出力，为其写稿。

二

作为写了一辈子文章的作家，程贤章没有亲自操刀，去负责哪条江河的写作，开初他也许认为有点遗憾，有点舍不得。我们也许认为这与他的性格与风格不符。但今日回头来看，杨总的建议是多么正确：一下子就将一个作家从具体写作，转换成组织、指挥作家群体写作。即从一个单兵作战的个体，上升到统领全局、协调全局的位置。

为此，程贤章作了一回“巡回大使”。2009年“5·12”汶川地震一周年，他踏着灾痕考察映秀和都江堰。面对屹立在滔滔江水中的“鱼嘴”发问：2000多年前建堰何以不倒？李冰父子有何绝招？他在疆独分子乌鲁木齐制造骚乱的大暑天，飞行了4000公里，闯新疆火焰山去考察坎儿井，沉思“在浩渺无边的大沙漠前，高耸入云的雪山下”，“令我向往令我震撼的葡萄园”；他还马不停蹄地走访齐鲁大地，看古运河，看落日中的黄河出海口湿地；他北上长春，足迹遍及哈尔滨、沈阳、大连，踏访黑龙江鸭绿江。他每到一地，用记者的眼和作家的心去观察、体验、感受当地的水土风情，感受生活。他每到一地，还忙着同当地的作家交流、联谊，宣传编“治水史”的目的和设想。力图让杨总的意图为作家们所领会所理解。人行一路，友谊一路，收获一路。新疆的刘亮程，山东的张炜，长春的张笑天，哈尔滨的阿成，沈阳的刘兆林，等等，他们组成强大的写作方阵，给《治水史诗》出了许多主意。在首都北京，他们找到了靠山取得更大的收获：中国作协党组书记、作家出版社社长何建明，答应和程贤章一起，出任《中国治水史诗》主编，并商定该书由作家出版社出版。

想想吧，程贤章和他的两个助手勇芳、小罗，这一路做了多少工作啊！流了多少汗水啊！一个79岁老人，带着两个徒弟和对山水大地的拳拳之心，冒着酷暑和严寒，踏访全国各地的江河。有人说，整个行程的艰辛、考察的严谨可以媲美当年写《水经注》的郦道元。程贤章不愧为一个作家外交家。考察一路组稿一路势如破竹。创造了围绕一个大主题选编一本书的“程贤章模式”。这种模式，程贤章所以能够实施得游刃有余，得益于他年轻时办过报纸副刊做过长期的记者而后又长期做专业作家。即是他有时是“记者型的作家”、有时又是“作家型的记者”，在这中间能够适时的灵巧地转换。作为记者，他熟悉采访熟悉纪实的运作还熟悉公关；作为作家，他会要求组织的文章更有深度更注重细节更有文采更深入人物的内心世界。而所有这一切，都来源于他的深情投入，来源于他是用心在写作。近80岁的程贤章不会用电脑写作，一辈子习惯用笔杆写作。可以说，笔杆下流淌的是他的心血啊！

三

这部史诗诞生于梅州，并不是偶然的。梅州是文化之乡，崇文重教，人杰地灵。居住在粤东山区的客家人，世代与山水打交道中有多少苦乐郁积胸中，总要喷发！

为了《中国治水史诗》的写作，笔者曾四赴故乡梅州采访，完成了《梅江在我心上流》和《绿水为弦谱新曲》等篇章。程贤章亲自陪同笔者采访。我们沿着百里梅江，看了许多江堤和水利设施，访问过周章新等县委书记、市、县水利局长和许多普通劳动者，深刻地体会到“中国的历史就是一部治水史”是一条简明扼要的真理。感谢治水史编辑部、感谢杨总、程贤章给了我一次很好的学习机会，使我得以在40年后用全新的视角重新审视故乡：带着游子深情的爱，带着17岁前一个学童的记忆，围绕着治水的主题。感谢故乡的父母官和日夜奋战在风雨第一线的水利工作者们。是他们挥彩笔写出了故乡山水的变化和自然界文明的进步，使一个穷乡僻壤的粤东山区县变成林业部的绿化造林模范县，水利部的全国农村改水现场会在这里召开。我在文章里说了，梅江，只是中国江河中的小弟妹。但她确实是中国江河变化的缩影，治水的缩影。我前半生写过不少的报告文学，但是，梅江治水和梅县保水、涵养水源这两篇，是怀着一种特殊的真挚的虔诚的感情来完成的。就如同一位人物画家，曾为世人画过千百幅画，而今却要为母亲画一幅肖像一样，当然是全情投入非比寻常的。所以，我在文末情不自禁地写道：“是的。梅州和梅州山水，是联结海内外游子和客家母亲的脐带。游子不论走到哪里，都会记挂母亲，关注梅州山水。故乡送我的《梅州水利志》

放在枕边，将夜夜伴我入眠。”情不自禁地呼唤：“梅江在我心上流！”

举这个例子，是要说明这本书创造的一个经验：编辑部从一开初就定下一个原则，就近组织最著名的作家写身边的江河，是熟悉的母亲河。作家布点的合理，不但大大缩短了写作时间，减少了采访费用，使原定三年完成的书最后一年完成，更重要的是保证了写作质量。

由最熟悉的作家去写他身边最熟悉的江河，正如江西省作协主席陈世旭说的：“我写的是江西的治水。自己当年插队时就在长江中下游，连年抗洪。九八抗洪时，我亲身去过第一线。今日写江西治水，感受是很深刻也很真切的。”因而，他的《天地英雄气　赣鄱云水间——江西治水三章》就写得视野开阔气势恢宏史料翔实真切动人，笔墨点染于数千年时空和一江（长江）五河（赣江、抚河、信河、饶河、修水）注入湖（鄱阳湖）的壮观水系，使作品更真实更立体更亲切更感人。

其他如天津的蒋子龙写海河（《海河水系的沧桑》），上海的赵丽宏写上海（《为了上海母亲河的清澈》），山西的作家焦祖尧写引黄入晋工程（《大河来高原》），西北的作家雪漠写塞上（《石羊河与大凉州》），黑龙江省的阿成写中俄界河黑龙江（《气壮山河的黑龙江》），长期生活在雪山高原的部队作家王宗仁写长江源（《长江源头记》），等等。可以说，90%以上的作品，都是贯彻了“组织最著名的作家写身边最熟悉的江河”这一原则。

四

作品出版了，孩子出生了。在北京举行了隆重的首发式。

这部作品的问世，是2010年中国出版界的重大事件。从文化积累的角度看，有填补文学史和治水史空白的意义：只要我们系统地读内中的文章，就会觉得，我们从前读过的有关水的历史大都零碎，而《中国治水史诗》在囊括地域的广度和几千年时间的纵深度方面，也都填补了此前的空白。

这是中国作家的一次前沿的集体大写作。他们围绕着一个很有价值的主题：表现中华民族不同地域几千年的治水。可以想象，在其中可以表现的空间是多么大。古人说“仁者乐山，智者乐水”。作家的最大特点是作品以情动人。如果是自然科学家来写这部治水史，也许会把过程平铺直叙一点不漏地写下来。也许会变成枯燥的流水账，内中没有动人的故事，缺乏现场的描写，当然，那也会成为有价值的重要的记事，但肯定不动人。这次程贤章组织的是作家写作，选题气势磅礴，作品富有感情，有故事，有文采。以“长江卷”中的主要篇章《百年梦想——中国几代伟人与长江三峡》为例，可看出这部史诗的特点和分量：这篇作品，时间跨度极长，从公元前五、六亿年造山运动生成长江，到一个世纪前孙中山把目光定格三峡，蒋介石、毛泽东、周恩来、邓小平、王震、江泽民、李鹏如何关注长江、关注三峡；涉及的历史事件和人物众多：从孙中山的《建国方略》到萨凡奇的《扬子江三峡计划初步报告》，到1958年的南宁会议毛泽东第一次提出建设三峡工程问题，再到1979年文革后第一次三峡选坝址工作会议在河北廊坊召开……内中的决策，多么漫长，多么繁复。这些历史，每一段都是一个严肃的课题，需要何建明付出多少精力去调研、权衡、比对，才能拂去历史的风尘，还其本来面目。何建明不愧为驾驭大题材的高手。他用翔实的史料，丰满的事实，形象生动的描写，写出了百年三峡的发展历程，写出了孙中山、毛泽东、邓小平、江泽民等领袖人物，在三峡筹划建设过程中的谋略，可以从中看到决策者的音容笑貌，看到重大建设项目的发展英姿。像这样的有分量写作难度高的好文章，在其他如"黄淮卷"、"珠江卷"、"海河卷"、"松辽卷"、"西部卷"和"东南卷"中，都能看到。

这部作品除了抓住诸如长江三峡、黄河变清、治淮工程、珠江北江治理、松辽嫩江的变迁、三江五湖、韶山灌区红旗渠、千岛湖填池等著名的大工程骨干工程外，还注意抓了从化的广蓄发电、梅县的植被保护、北疆荒原找水、新丰江万绿湖的保护供水等一系列新领域新课题，宣传了治水的新理念。内中有一篇《堰塞湖泄洪纪实》，是在汶川大地震发生一周年后，组织作家赶写的。这篇纪实，详尽地记录了灾区人民在党中央领导下，决战唐家山，排险泄洪的艰苦卓绝的30个日夜。从胡锦涛、温家宝到省长总指挥，从水电部队、成都空军官兵到现场民工，各种排险方案，各种险情，水在上涨，坝体又管涌，挖土机、推土机争分夺秒，奋战了一个月，终于泄洪成功。这是"中国式的胜利!"这篇纪实的意义在于，它不光以难得的最快的时间最快的速度，真切详尽地记录了汶川抗震救灾堰塞湖排险泄洪这一大事件，再现了处理堰塞湖的千辛万险。同时还有力地说明，中华民族是优秀的在困难面前富有智慧能找到解决办法的民族，中国人民是伟大的人民。她能在经历无数次的历史灾难中锻炼成长。

《中国治水史诗》，在"中国的历史就是一部治水史"的观点统率下，时间跨度极长，题材和选题都开挖得很深，全书每一卷都洋溢着浓郁的"治水文化"的气息。内中有一篇写灵渠的作品《北有长城　南有灵渠》，主编的选题、组稿独具匠心，写得有深度。灵渠，这是2000多年前秦皇朝贯通南北水道的力作，为当年秦兵进军岭南、统一岭南作出过贡献。今日编者不因其完成了历史使命而遗忘它，也不因为被现代南北铁路开通取代失去经济作用而冷落它，相反，作者用历史唯物主义的眼光，向我们详细报告了当年为什么要开凿灵渠；开凿灵渠在当年的艰巨地理条件和技术条件；介绍灵渠的重点工程铧嘴和大小天平；详述了引水工程南渠和秦堤；开凿灵渠的人物；灵渠在今日的价值，等等。为我们勾画出"世界上最古老的船闸、最古老的运河、运行时间最久仍完好无损的大坝"。"是世界水利史上独一无二的。"这被郭沫若称之为可以同长城比肩的工程，《治水史诗》又怎么能忽略它呢？像这一类文章，体现出编者和作者慧眼，大大丰富了中华治水文化的内涵和分量，也丰富了《中国治水史诗》的内涵和分量。

五

《中国治水史诗》是由众多作家集体完成的一部史诗式作品。出版一年来，评论界多只注意到她的文学价值，而忽略了她“史”的价值。笔者认为，这是万万不能忽略的。这也正是笔者在文章的开头，说她填补了两个领域的空白的意思：文学上的空白和治水史料上的空白。只要我们认真读过全书，读过每一卷每一篇章，每条江河的来历、起源；历史上的记载，民间的传说；水文记录，流量，山洪暴发，枯水期；洪旱灾害，历朝历代的建设修浚资料，重大事件，等等。一个个数据点缀其间，翔实而又丰满。其中不乏史料价值和历史价值。这是作家们注重追寻历史从故纸堆中梳理在民间寻找挖掘的收获，表现出作家严谨治史的态度，灌注着作家的大量心血。

我们以写都江堰的《天下奇功都江堰》、写北京的《北京的水》为例，看看作家们给我们提供了多少历史材料，解说世界闻名的工程多么细致多么通俗易懂和深入浅出：描述都江堰，涉及了岷江和成都城的生成来历；成都平原的来历；都江堰的巨大作用，灌溉的州县面积；围绕着这一世界闻名的水利工程和非物质文化遗产，光引述的论著和资料就包括《史记》、《尚书》、《汉书》、《唐书》、《华阳国志·蜀志》、《蜀王本纪》、《水经》、《山海经》等经典，查证和引用的地方志包括了《四川通志》、《蜀中名胜志》、《金堂县志》、《舆地纪胜》等不下数十部。有的是一本经典反复引用多次，不同材料，信手拈来，作者似有熟读翻烂的感觉。让我们从中看到都江堰深厚的人文积淀和丰富的史料价值。《北京的水》也一样，作家徐坤从历史纵深开掘，写出了作为皇城的北京五大水系的来源，历史上特别是作为帝都后的水利状况，以及解放后水利事业的发展。库容、蓄水量、用水量、缺水差距以及南水北调工程进度等，娓娓道来，数据确凿，十分难得。

从这点来说，《中国治水史诗》的贡献在于，内中的许多篇章，作家们不但为我们了解中国江河湖库，提供了情感上阅读上的审美愉悦，同时，也给我们认识中国江河湖库，提供了系统的庞大的历史数据。每一篇作品，都留下一条江河湖库的详尽的系统的档案资料，留给子孙后代作研究参考。特别高明的是，作家们引用的史料和大量数据，通常都埋藏在他们生动的描写和巧妙的布局里，读来不会觉得枯燥和乏味，而感到有更厚重的史实感。在更加重视环境更加重视水的今天，她不但是我们从事文学的人和宣传工作者、领导干部要读的书，而且有必要号召更多的历史地理学家和水文历史工作者，都来研究这本书，也肯定能从中获益。

关于文学家修史的问题，历史上有过先例，也有过争论。著名的司马迁的《史记》，是文学作品还是记史呢？是审美价值文学价值重要，还是历史价值重要呢？我们认为，凡是历史上留得下来的经典，都应该是二者的统一，历史学家和文学家都反复引用她。也许，文学家太看重作品的生动性而忽略了历史的严谨，而史学家因强调严谨的纪实而无法解决生动问题。我觉得，《中国治水史诗》中最优秀的篇章（这在每一卷里都有），已经在这方面作了很有益的尝试，解决了这一问题。对于他们，无疑都具有文学价值和史料价值，是两者高度的融合和统一。

2011 年 4 月至 5 月 10 日于广州，病后。

（李钟声，资深报人，高级编辑，国务院特殊津贴专家，中国作家协会会员。曾任《南方日报》副总编辑兼南方日报出版社总编辑，现任《报告文学》顾问，广东文化学会副会长。）

新世纪的“水经注”
——评杨钦欢总策划，何建明、程贤章主编《中国治水史诗》

黄伟林

杨钦欢先生是一位企业家，他掌舵的梅雁水电集团是一个以治水为主业的上市公司。在多年的治水事业中，他形成了许多关于水的思考。在他看来，“中国的历史就是一部治水史”。作为一个成功的企业家，杨钦欢先生比一般的企业家有更广阔的胸怀和战略的眼光，他认识到，“水电工程建设在对地区经济发展有促进作用的同时，对当地经济也可能产生负面影响”。“在所谓水电局开发的双赢决策中，较大的赢方是经济发达地区，而不是落后地区。特别是，征服自然的代价是昂贵的、缺乏效益和损害社会与生态环境的。”基于这样的思考，他希望，“我们在用水、治水的同时，还要给子孙留下绿水”。他深知，他的这种想法，或者说，他传达这种想法的声音还不够大，“常常被市场的讨价还价声给淹没了”。于是，他期望“求助于我们的历史，弘扬华夏千百年来的治水文化”,① 为了实现这个愿望，他策划了《中国治水史诗》这部大书。

程贤章先生是一位记者、作家，上世纪 50 年代开始文学创作，著有 10 部长篇小说、多部中短篇小说、大量散文和报告文学，被誉为广东文学界的一棵常青树，广东文学事业发展的一个标杆、广东文学工作者的一面旗帜。他被杨钦欢先生的眼光和胸怀感动，以 79 岁的高龄，毅然接下了主编《中国治水史诗》的任务。那一年，是 2009 年，5 月 12 日，程贤章先生在汶川地震一周年纪念日，奔赴成都，考察了映秀和都江堰。从四川返回广东的途中，程贤章先生又专门到广西叩拜了秦始皇修建的灵渠。7 月，在新疆“7·5”事件发生不久，程贤章先生又不顾个人安危，奔赴新疆考察了坎儿井、天池。之后，程贤章先生先后到北京、山东、上海、浙江、吉林、黑龙江、辽宁，实地考察了古运河济宁段、东营黄河出海口、钱塘江、京杭大运河、黄浦江、鸭绿江、松花江等著名江河，约见各地著名作家，讨论治水史诗的写作方案，形成了

① 上述引文见杨钦欢总策划、何建明、程贤章主编《中国治水史诗》的序和后记，《中国治水史诗》，作家出版社 2010 年 5 月出版。

《中国治水史诗》的总体构架，组建了由众多中国著名作家组成的撰稿阵容，其中包括4位中国作家协会副主席、10多位中国作家协会主席团成员或全委会委员、30多位各省作协主席、文学院院长，以及一批全国重要文学刊物和重要媒体的主编。

2010年5月，《中国治水史诗》由作家出版社出版。全书249万字，分为黄淮、长江、珠江、海河、松辽、西部、东南七卷，从古代公元前3世纪的都江堰、灵渠到公元21世纪三峡工程等古今著名的水利工程，从新疆的坎儿井、西藏的雅鲁藏布江到台湾的曹公治水，从东北黑龙江到海南岛南渡江，《中国治水史诗》无不囊括其间，记述了中国所有大的江河水系和部分地方水域的治水历史和水资源现状。这是一部真正意义的大书，程树榛、李存葆、蒋子龙、谭谈、张笑天、叶延滨、陈世旭、赵丽宏、张炜、何建明、刘兆林、叶兆言、徐坤、关仁山、何申、董立勃、阿成、邓刚、陈应松、冯艺、熊育群、杨克等一批在中国文坛具有重要影响力的作家为这部大书奉献了他们的锦绣华章。

美国学者魏特夫在他那部影响甚大的著作《东方专制主义》中将中国理解为治水社会。他认为，东西方社会是两个完全不同的社会形态，东方社会的形成和发展与治水是分不开的。由于大规模修建水利工程和有效地管理这些工程的需要，必须建立一个遍及全国至少是遍及全国人口中心的组织，“因此，控制这一组织的人总是巧妙地准备行使最高统治权力”，于是便产生了专制君主和东方专制主义。在他看来，“治水社会”可以划分为核心地区、边缘地区和次边缘地区，而中国正是这样一个“核心地区”，“治水社会”的一切本质特征在中国便得到集中而充分的体现。

虽然魏特夫这部著作曾经引起中国学术界较大规模的批评，但他的观点并不孤立。因为《万历十五年》而在中国内地产生很大影响的历史学家黄仁宇在他的《中国大历史》一书中，就表达过与魏特夫相似的观点，他是这样表述的：

> 黄河经常有淤塞河床、引起堤防溃决泛滥，造成大量生命与财产损失的可能。这河流的水量在洪水期间和枯水期间幅度的变化又大，更使潜在的危机经常恶化。按理说来，有一个最好坐落于上游的中央集权，又有威望动员所有的资源，也能指挥有关的人众，才可以在黄河经常的威胁之下，给予应有的安全。当周王不能达成这种任务时，环境上即产生极大的压力，务使中枢权力再度出现。所以中国的团结出于自然力量的驱使。
>
> ……《孟子》一书中提到治水的有11次之多，可见其重要性。其中一段更直接指责当时人以洪水冲刷邻国的不道。我们不难从中看出洪水与黄河暨黄土地带牵连一贯的关系。孟子所说天下之“定于一”，也就是只有一统，才有安定。由此看来，地理条件和历史的发展极有关系，尤其是当我们把地

理的范围放宽，历史的眼光延长时，更是如此。①

不论是否同意他们的观点，但治水对中国的重要性已经不言而喻。在汉语词汇中，江山成为国家的代名词。大禹治水的典故不仅让我们认识到大禹是一个治水的英雄，而且，大禹正是因为治水有功，从而结束了禅让制度，开创了中国的君主世袭制度，建立了中国第一个王朝夏朝。老子的“上善若水”将最高境界的善的品性赋予了水。中国最有为的君主之一唐太宗，更是将“水能载舟，亦能覆舟”奉为治国的座右铭。甚至“治”这个字，本义就是一条河流的名字，因此偏旁从水，后来引申为治理之义，才有政治、治国、治本、治病的含义。显而易见，在中国，从词源学上看，治国是与治水意义攸关的。

由此可见，治水对于中国意义多么重大，而承载了如此重大意义的《中国治水史诗》，它的价值自然非同寻常。

《中国治水史诗》的总策划杨钦欢和主编程贤章有一个共识，即中国自北魏郦道元《水经注》以后，尚无一部完整理想的治水书。显然，杨钦欢和程贤章在策划《中国治水史诗》的时候，是有一个明确的模范的，这就是《水经注》。郦道元的《水经注》作于公元6世纪，距今正好15个世纪。1500年过去，《中国治水史诗》出版，我们不妨看看，这部以《水经注》为模范的大书，哪些方面对《水经注》有所继承和突破。

《中国治水史诗》对《水经注》的第一个继承，是它坚持了实地考察中国江河湖泊、水利工程的原则。郦道元做《水经注》，为了获得真实的地理信息，到过许多地方考察，足迹踏遍长城以南、秦岭以东的中原大地，积累了大量的实践经验和地理资料。前文已述，程贤章先生为了构思《中国治水史诗》全书大纲，以80岁的高龄，实地考察了中国西北、西南、东北、东南的河流状况，获得了对中国水资源的总体认识。同样，《中国治水史诗》的众多作者，无不对自己的撰写对象进行了实地考察。熊育群为了写雅鲁藏布江，几乎把雅鲁藏布江从头走到尾，这可能是整个《中国治水史诗》最艰难的一段行程，人迹罕至，许多地方只能步行，沿途不仅要爬山，还得涉水，除了高原反应之外，一路上还要经历泥石流、地震的威胁，由于这片广袤的区域地形复杂，生态凶险，连专业人员都很少进入，以至于熊育群一路上经历的许多地方都是无名区，他甚至发现了许多地图上找不到踪影的大湖泊，穿越了不久前才正式宣布的世界第一大峡谷，甚至是在他离开墨脱后的第四天，中国国务院才正式给这条峡谷命名为雅鲁藏布大峡谷。然而，正是因为有这样的实地考察作为基础，《中国治水史诗》才能为我们提供关于雅鲁藏布江丰富的地理与人文信息，为我们揭开了这条神秘的大江的神秘的面纱。董生龙为了写黄河，“曾考察黄河多次，几乎走遍了整个黄河流域。

① 黄仁宇著《中国大历史》22－23页，生活·读书·新知三联书店1997年5月第1版。

其上游源头到过黄河源头第一县的玛多，在黄河沿的草原上徜徉，在吐蕃王松赞干布迎接大唐文成公主并联姻之处的柏海——今鄂陵湖、扎陵湖、星宿湖的广阔雪域行走；到过黄河中游的内蒙古河套地区及山陕交界的龙门、壶口、禹门口南下潼关；从河南省郑州北邻的北邙山，最后直走山东东营市的黄河入海口。曾参观采访过建立在青海省境内黄河大峡谷中的龙羊峡、拉西瓦、李家峡、公伯峡等大型水电站，游览过刘家峡（甘肃）、青铜峡（宁夏）、三门峡（河南）等水库风景区”。实地考察的结果是作者掌握了大量有关黄河的第一手材料，才能将黄河这条中华民族的母亲河的来龙去脉说得清楚明白。

《中国治水史诗》对《水经注》的第二个继承，是它超越了单纯的技术视角，建构了水文地理的历史、人文视角。现代以来，我国曾出现过郑肇经的《中国水利史》、冀朝鼎的《中国历史上的基本经济区与水利事业的发展》、姚汉源先生的《中国水利史纲要》和中国水利水电科学研究院水利史研究室编校的《再续行水金鉴》，然而，这些著作基本没有脱出以水利工程和技术为主的框架，缺少了能够与更多读者沟通的人文内容。相比之下，《水经注》内容丰富，包括自然地理、人文地理、山川胜景、历史沿革、风俗习惯、人物掌故、神话故事，被认为是一部中国6世纪的地理百科全书。侯仁之先生称之为“赋予地理描写以时间的深度，又给予许多历史事件以具体的空间的真实感。”在这一点上，《中国治水史诗》紧随其后，甚至有过之而无不及，从政治、经济、文化全方位揭示中国水文地理状况，阐发治水历史与治水现实的意义。何建明的《百年梦想——中国几代伟人与三峡工程》从1919年三峡水闸构想写起，一直写到1997年重庆直辖市的设立，既写到了孙中山的《建国方略》，也写到了美国水利专家的《萨凡奇计划》。在这漫长的岁月里，孙中山、蒋介石、毛泽东、周恩来、邓小平、江泽民、李鹏几代国家领导人都对三峡战略倾注了心血，章鸿钊、丁文江、翁文灏、钱昌照、张光斗、林一山等更是对三峡地质水利用尽了心思。读完作者长达6万字的华章，人们可以对这一世纪工程的来龙去脉和它所涉及的政治、经济、文化、科技等多元问题有一个综合的了解。

《中国治水史诗》对《水经注》的第三个继承，是它采用了文学的表述方式。《水经注》研究已经成了一门学问，即“郦学”。1500年来，郦学形成三大学派，分别是考据学派、词章学派和地理学派。其中，词章学派就是因为《水经注》文字优美，张岱曾经评论：“古人记山水，太上郦道元，其次柳子厚，近时则袁中郎”，可见《水经注》具有很高的文学审美价值。《中国治水史诗》由众多中国著名作家撰稿，文学性自然是这部大书的一个重要诉求。看叶兆言《水上的文章》写秦淮河：

> 不妨想象一下，河水不流，又会怎么样。壤非壤不高，水非水不流。流水不腐，秦淮河要是不流动，早就不复存在。正是因为有了秦淮河，我们才可能在它的淤泥里，重温历史，抚摸过去。这些年来，人们都在抱怨秦淮河水太臭，污染是原因，水流得不畅更是原因。流水是江南繁华的根本，流水

落花春去也，看似无情，却是有情。是流水成全了锦绣春色，江南众多的河道，犹如人躯体上的毛细血管，有了流水，江南也就有了生命，就有了无穷无尽的活力。

再看叶兆言笔下的南京：

南京又被称为吴头楚尾，或许长江天堑的缘故，江南的最初碰撞，应该是东和西之间的较量，而南京的秦淮河，恰巧就是这么一个衔接点。追溯到吴王夫差和越王勾践时代，卧薪尝胆的越国胜利了，接管吴国的地盘，为了与更强大的楚国对抗，把秦淮河畔的冶城扩建成越城。冶城和越城就是南京城的雏形。很快，强大的楚国灭了越，越城改名为金陵邑。关于金陵二字有很多说法，最流行的是楚王觉得此地有“王者”之气，必须要改造它，于是在周围埋了一些金，以图镇住王气。到了秦始皇南巡，风水先生认定金陵的王气仍然存在，为保子孙永世为帝，秦始皇下令凿断了此地的龙脉，并改金陵为秣陵。这一改，再次体现出汉字的趣味，金木水火土，金乃五行之首，太贵，秣是牲口的饲料，差不多就是最贱的了。

成也王气，败也王气。金陵帝王州，秦淮佳丽地，南京的繁华不是胜利带来的，恰恰相反，它的欣欣向荣是因为失败。失败的江南有着太多的不堪记忆，只要想想“南下”和“北伐”这两个不同的词组，就知道南人和北人内心深处的强弱。南方要想打回北方去，风萧萧兮易水寒，不知道要费多大的力气，要闻鸡起舞，要卧薪尝胆，要悬梁刺股；而北方要想打来南方，却如严冬的寒流一样，想杀过来，立刻势不可挡，转眼就是百万雄师过大江。

当年的项羽何等英雄，率了八千子弟渡江，所向披靡，到最后四面楚歌，仓皇别姬。历史证明，谁能在中原称雄，谁就可以控制中华。逐鹿中原的潜台词，是角逐对大一统中国的最终控制权。说到底，一个国家只能有一个中心，如果说真存在着什么黄河文化和长江文化，那么处在中心位置的，从来就是黄河流域。谁占有了中原，谁就可以君临天下，雄视江南。黄河既是我们的母亲，也是我们的爹。胜败兵家事不期，包羞忍耻是男儿，江东子弟多才俊，卷土重来未可知。事实上，在南方和北方的对峙中，南方根本就不是对手，一直处在失败的境地，企图卷土重来，多数是书生之见，不过是纸上谈兵，说着玩玩而已。

品读这样的文字，的确能深深感受到词章之美。作者以浓郁的人文情调点染江苏的水文地理，哲思的内蕴、历史的神秘、情致的深婉、词章的流利，铺陈的恰恰是一篇“水样的文章”。

阅读《中国治水史诗》，看到它对《水经注》的继承，固然欣赏；意识到它对

《水经注》的突破，更是欣喜。

《中国治水史诗》对《水经注》的第一个突破，是水文地理记述范围的突破。

首先是中国江河水系范围的突破。按今天的地理视野看，《水经注》40卷30万字，共记述了1252条大小河流，范围基本为黄河、长江、海河、珠江四大流域所覆盖，其中，对黄河水系记述尤详，对长江水系虽有涉及，但记述明显单薄。郦道元为北魏人，为写《水经注》，他的足迹遍及长城以南、秦岭以东的中原大地，这在1500年前，已是奇迹。然而，1500年后的今天，郦道元的实地考察范围及其《水经注》的河流记述范围都已经被突破。《中国治水史诗》共7卷249万字，不仅记述了黄河、淮河、长江、珠江、海河、辽河、松花江传统意义上的七大水系，还包括了西部与东南江河水系，记述范围远远大于《水经注》。显而易见，辽河、松花江、西部和东南江河水系基本不在《水经注》水文地理的记述范围，《中国治水史诗》对这些水系的记述，是对《水经注》水文地理记述范围的明显突破。

其次是各个江河流域范围的突破。具体而言，即便在《水经注》已经覆盖的水系，由于现代科学技术的支持，《中国治水史诗》的记述范围也有了巨大的突破。以长江为例，战国末期《禹贡》关于长江有这样的记述："岷山导江，东别为沱。"认为长江的上源在四川岷江。西汉初期《山海经·海内经》关于长江的上源已经上溯到金沙江。东汉时期《汉书·地理志》关于长江的记述则推进到岷江与金沙江的汇合处。北魏郦道元《水经注》大大突破了《汉书·地理志》的范围，虽然它仍然把岷江作为长江的正源，但却记述了金沙江的上流淹水、中流泸水和下流马湖江，"实际上已经把长江上游的干支流分布记载清楚了"。①《中国治水史诗》显然有了进一步的推进，王宗仁曾经上百次到过长江源头，他对长江源头的记述是这样的：

> 长江正源沱沱河出于青海省西隅唐古拉山脉主峰各拉丹冬山西南侧姜根迪如冰川，……各拉丹冬是一片起伏连绵的雪山群，主峰海拔6621米，为巨大深厚的冰川覆盖，雪线海拔5820米，冰川末端海拔5400米。源头以冰雪融水补给为主。主流由南向北两侧先后汇入30多条融水，形成源头段纳钦曲。纳钦曲经过冰川槽谷，出峡11公里与源于各拉丹东雪山北麓的切苏美曲汇流后称沱沱河。这便是长江的正源。还有南源当曲和北源楚玛尔河，它们组成了江源区。
>
> 我上百次到过长江源头，主要就是指沱沱河、当曲和楚玛尔河。这三条源头河呈扇形分布在唐古拉山下。我的双脚踏踩过或听说过的它们的主要支流有解普勒节曲、北麓河、英曲、牙哥曲、科欠曲等。"曲"在藏语里即河的意思。

---

① 郦道元著、陈桥驿、叶光庭、叶杨译注《水经注全译》（修订版）828页，贵州人民出版社2008年9月第1版。

显然，郦道元关于长江的记述基本还局限在四川境内，王宗仁关于长江的记述已经延伸到青海境内，对长江做了一个彻底的正本清源。

再次是水的范围的突破。《水经注》所记水文地理主要是陆地之水，主要是江、河、湖泊，包括泉、井、伏流、瀑布等，较少涉及海洋之水和冰川之水。《中国治水史诗》则专门写了海洋之水和冰川之水。张炜、李亦的《大河徙——黄河口笔记》、沈仁康的《山高水长话珠江》、刘兆林的《辽河入海水轻清》、谢富强的《钱塘东去》都因为河流入海而涉及海洋之水。南翔的《香港澳门供水、治水（治污）、填海造地侧记》、蓝博洲的《曹公治水——一个河南人在台湾成神的传说》、商震的《正说南渡江》、刘钦伟的《万泉河：一端是五指山，一端是博鳌港》则直接写中国海岛香港、澳门、台湾、海南岛之水。此外，主编程贤章还专门约请邓刚写《面对大洋之水》。1983年邓刚以中篇小说《迷人的海》一举成名，不仅获得了当年度全国优秀中篇小说奖，而且，从此成为当代中国作家在海洋题材小说写作方面的高峰。以中国最好的海洋题材作家写海洋治水文章，真正是好钢用到了刀刃上。文章中，他放眼世界，孟加拉国、菲律宾的热带风暴、中美洲的米奇“飓风”、印度洋的大海啸、美国的“卡特里娜”飓风都在其视野范围；他胸怀祖国，中国自鸭绿江口至北仑河口1.8万公里的陆地海岸线和1.4万公里的岛屿海岸线尽收其眼底。以这样的视野写风暴潮、海啸、海水倒灌等海洋灾害，写江河之水与大洋之水的殊死决斗，程贤章先生称邓刚这篇文章是“大气魄，大手笔，文采飞扬”。诚哉斯言。

《中国治水史诗》对《水经注》的第二个突破，是以治水作为全书的核心主题。《水经注》就其本质而言是一部水文地理著作，《中国治水史诗》才是真正的治水书。

首先，《中国治水史诗》将写作的重心与焦点放在对中国历史和现实产生了重要影响的治水工程。从古代四川的都江堰、广西的灵渠、贯通南北中国的京杭大运河、江苏的范公堤、台湾的曹公圳、新疆的坎儿井到当代河南的红旗渠、重庆的三峡工程、改变中国南北水资源格局的南水北调工程、广西的红水河梯级电站，可以说，《中国治水史诗》努力将中国从古到今的重要治水工程几乎一网打尽。

其次，《中国治水史诗》对中国当代一系列治水行为进行了特别的关注。如1998年长江抗洪救灾、20世纪50年代的黄河大移民、20世纪90年代的三峡大移民。治水工程是人类改造自然留下的物质文化遗产，它将长时段地留存于中国大地，看得见摸得着。治水行为则是人类改造自然的行为过程，当行为过程结束，就无法观看和触摸。正是在这个意义上，治水行为的记录变得十分重要，它将留下一份人类改造自然的精神遗产。今天，我们恰恰是从谢克强的《这也是一场战争——1998年长江抗洪救灾纪实》和阿成的《大江作证——松花江抗洪纪事》中看到了已经时过境迁成为过眼烟云的1998年长江、松花江大水的历史记录。随着时间的推移，这份记录将变得越来越珍贵。因为，大自然的一次任性的行为，必然包含着它的秘密。当人们还不能真正破解的时候，诚实的记录尤其重要，它有可能为人类最终破解自然的密码进行有效的积累。

同样，读冷梦的《中国梦幻：黄河水清——黄河大坝与黄河大移民》，则可以看到中国作家对黄河治水历史执著的探究，许多问题也许无法在现实中找到答案。然而，历史，或长或短的时间，往往会给人类必须面对的回答。这里面的功与过，幸与不幸，欣慰与疼痛、正确与错误，总会有其承担者。而如果没有这样的记录与思考，人类又怎么能够积累经验和教训，健康地前进？

再次，《中国治水史诗》对那些具有跨时代、超越了漫长历史时段局限的治水行为和治水著作给予了特别的关注。我这里说的是置于卷首的熊育群的《大禹治水回望》和置于卷末夏汉宁的《〈水经注〉，一部举世无双的地理巨著》。主编以这样两篇特稿分置前后，构成了极具意味的首尾呼应。前者写大禹，中国第一个治水英雄，神，受命于天；后者写郦道元，中国最伟大的水文地理巨著《水经注》的作者，人，立足于地。首尾圆合，前后呼应，神人沟通，天人合一。《中国治水史诗》策划人与主编者的良苦用心正是在这种极具张力的大书结构中昭然若揭。

《中国治水史诗》对《水经注》的第三个突破，是呈现了人类在治水、用水和人水关系理念上的演进。

这种演进，原因在于人类面临的水问题越来越复杂、越来越多样。在西方基督教的大洪水传说和中国的大禹治水传说中，洪水是人类面临的最为严峻的水问题。在《水经注》里，郦道元记述过洪水泛滥、以水代兵、缺水致亡等水问题。如今，人类面临的水问题早已超过了郦道元生活的时代。在《中国治水史诗》中，我们可以看到各种各样水问题的记述。

如果说洪水是人类童年时代的水灾记忆，那么，缺水则是今日人类面临的最严峻的问题。

陈桂棣在《淮河的警告》中转述了《沂蒙九章》关于缺水的描述：

> 水成了沂蒙山缺水乡村珍贵的礼物，山民走亲探友时带的是水，干部下乡扶贫车屁股上驮的是水，解放军进山支农汽车上拉的是水；沂南县王山村有个老支农模范，耕田时，渴疯了的黄牛狼奔豕突，竟把老人活活拖死；沂水县大崮村刘老汉，筲里的水洒在了地上，他居然扒下棉袄在地上浸了又浸，然后拧出水喂猪；高山子村会计挑一年水走的路，正好能去一趟哈尔滨，全村一百户，一年挑水的路程差不多围着地球绕一圈儿……

这种缺水并不是因为自然的原因，因为沂蒙有大小河流两千多条，可采淡水资源为山东之最。沂蒙成为缺水地区是因为乡镇企业的超常发展，对水资源的恶性开采，导致地面河流趋于枯竭，地下水位日渐下降。陈桂棣写的虽然只是沂蒙，但沂蒙是整个中国的缩影，中国比沂蒙更加缺水的地方比比皆是。

河水断流使缺水现象达到了登峰造极的程度。邓刚记述 1997 年的黄河全年断流高达 7 个多月，“断流河段从沿海河口一度回延至河南开封，山东境内黄河全线干涸。被称作‘中华民族摇篮’的大河，5000 年来一直桀骜不驯的大河，就这样叹息一声蜷进了内陆”。

水污染是现代最令人类困扰的水问题之一。陆永基、管毓鹏《太湖——水鉴》专门写了建国以来最受国内国际关注也最有震撼力的水污染事件——2007 年 5 月太湖大面积暴发蓝藻。《淮河的警告》回顾了 1994 年 7 月 28 日江苏盱眙县遇到的淮河污染情景：

> 七月二十八日凌晨，被连天干旱和高温折磨得筋疲力尽的盱眙人，一觉醒来，吓呆了：平日黄绿色的盱眙，突然变成了酱油色；浑浊不堪的水面像涂沫了一层又厚又怪诞的油漆，浮荡着白花花的泡沫，奇腥恶臭；随处可见的死鱼无不翻瞪着恐怖的眼睛，像在怒问苍天。

作者陈桂棣告诉我们：我国已经成为世界上污水排放量最多的国家之一，排放总量每年高达 340 亿吨，这个数字还不包括密如繁星稠如树叶的乡镇企业。而黄河平均径流量才 187 亿吨，这意味着我国每年有超过两条黄河的污水泄向江河湖海。

咸潮以及陆地的沙漠化和盐碱化同样令现代人头痛不已。沈仁康的《天高水长话珠江》写咸潮袭击珠江三角洲，城乡人民饮用水的含盐量高出一倍。邓刚在《面对大洋之水》中专门写道：“21 世纪初，大连四大海水倒灌区已危及城市上亿立方米的地下库存水……一旦苦咸的海水贯通地下水库，将污染上亿立方米库存水，‘灾难性地逆转水资源生态平衡，使受灾面积加速扩展’。盐碱化的土地使良田变成赤地，庄稼根枯叶黄，粮食颗粒不收。一些地方，老百姓已经不能直接喝从井里打上来的水……”。

越来越严重、越来越复杂的水问题，导致了人水关系理念的变化。导致了人们治水、用水观念的变化。赵丽宏在《为了上海母亲河的清澈》中告诉我们：

> 中国是全球人均水资源最贫乏的国家之一，人均淡水资源不足世界平均水平的四分之一，在世界上名列 110 位，已被联合国列为 13 个贫水国家之一。……中国多数城市地下水已经受到一定程度污染，并且有逐年加重的趋势。日趋严重的水污染不仅降低了水体的使用功能，进一步加剧了水资源短缺的矛盾，而且还严重威胁到城市居民的饮水安全和健康。中国的江河湖泊成了倾倒有毒废水的下水道，全国目前有 3.2 亿农村人口喝不上符合标准的饮用水，其中，因水污染造成 9000 多万人饮用水不安全，中国的水污染事件层出不穷，触目惊心，中华水污染逼近危险临界……

严重的水问题造就了现代的水伦理。水伦理涉及的正是人与水的关系。邓刚在《面对大洋之水》中说：“如果说过去治黄的首要目标是防洪水、防决口，那么今天，‘维持黄河健康生命’已成为科学治黄、依法治黄、和谐治黄的新目标。”李钟声的

《梅江在我心中流——梅州儿女治水壮歌》专门叙述了梅州治水观念的大飞跃："从过去几十年水利建设的拦水、堵水，变为导水、亲水。"梅州人提出了建设"生态水利、民生水利、活力水利"的水利发展新路子，强调科学治水、人水和谐，把生态水利作为水利建设发展的最高目标。那么，什么是生态水利，李钟声在文章中有很好的表述：

> 搞"生态水利"既要考虑到水利与生态系统的关系；又要密切关注水资源开发与利用对生态环境的影响，处理好水利工程建设与生态系统演变的关系。在水资源开发、利用、保护和配置中，在提高水资源的有效利用水平、节约用水的条件下，保证生态系统的自我恢复和良性发展的途径和措施。因此，生态水利是把人和水体作为整个生态系统的要素来考虑，照顾到人和自然对水利的共同需求，通过建立有利于促进生态水利工程规划、设计、施工和维护的运作机制，达到水生态系统改善、优化，人与自然和谐，水资源可持续利用、社会可持续发展的目的。

水，对于人类的重要性不言而喻。每个人的身体都需要大量的水，水对于人体的重要性甚至超过了食物。水可以饮用，水可以灌溉，水可以交通，水可以洗涤，水可以发电，水可以审美。一句话，人类离不开水。

千百年来，人类饮水、用水、治水，但是，有多少人想到爱护水、珍惜水，想到水也是大自然的一种生命存在，想到水的终结，也就意味着人类的终结？

程贤章先生走遍中国东西南北、大江大河，他发出了一声沉重的叹息："无论南方北方，所有江河都进入了苍老期。"

正是基于这样的认识这样的情感，程贤章先生才能从杨钦欢先生关于水的谈论中感受到忧虑和责任，才能焕发起"国家有难，匹夫有责"、"老骥伏枥，志在千里"的激情和勇气，以 80 岁的高龄，足行万里，走遍万水千山；思接千年，以郦道元著《水经注》为楷模，主编了《中国治水史诗》这部大书，这部新世纪中国的《水经注》。

中国治水史诗的伟大开篇

——《中国治水史诗》首发式致辞

何建明

今天这个会比较简单，但是也非常特殊和隆重。大家知道这个厅是人民大会堂常务委员会的会议厅，在这里曾经发生过很多影响中国历史和我们每个人的生存与发展的大事件；中国的法律和中国政府的很多组成成员都是从这里诞生的。我们今天在这里开会，一起见证由近百名中国作家参与的一部大书，其本身也很特殊、很有意义，这部大书就是《中国治水史诗》。这厚厚的两大本，200 多万字，如此精美的装帧和印刷，再看看它的内容，从远古的中华民族祖先的神话般的治水传说，到当代英雄辈出的建设和改造长江、黄河、三峡工程、南水北调等伟大工程。这部书，由党和国家领导人叶选平题词和亲笔书写书名并担任总顾问；再看看作者的名字，有著名作家李存葆、蒋子龙、谭谈、张笑天、焦祖尧、王宗仁、程树榛、韩作荣、冯艺、刘兆林、陈世旭、张炜、阿成、何申、关仁山、叶兆言、邓刚、叶延滨、徐坤、彭见明、李林樱、杨克、董立勃、荆歌、缪俊杰、陈应松、冷梦、陈桂棣、雪漠、董生龙、蓝博洲、商震、李钟声、梁平等国内著名作家撰写的文章，一部鲜活治水诗、今日满家闻。

如此一部了不起的大书，如此众多中国名家创作，这在中国水利史上是空前的，在中国文学史上也是罕见的。我们为什么写这部书？为什么写这部治水史诗？在杨钦欢先生写的开篇序言中其实已经说得非常清楚。用杨先生的话说："中华民族的五千年文明史，其实是一部伟大的治水诗。"水孕育了我们人类的生命，水推动了中华民族文明史，水使我们现代化的进程更加风起云涌、波澜壮阔，水让我们所有参与创作的作家们感动并产生灵感，水又让我们懂得了昨天和今天，也明白了未来，更明白了在人类社会高速发展的今天，我们应该如何清醒理性地认识治水和保护水资源的重要性。一部治水诗的完成，不仅使我们对中华民族五千年文明史作了一个新的诠释，也让我们在畅游五千年江河之中得到一次灵魂和精神上的洗礼。而一部治水诗的完成，让我重新认识了一群新朋友和老朋友，令我特别感动的是我们尊敬的长者、老学者、老作家程贤章先生，我们所有参与创作的每一个作家心里都明白，假如没有程老先生的那种热忱、真诚和干劲，我们这些生活在各个地方，各有自己繁忙工作和其他创作任务的作家们是万不可能在很短的时间内完成一个我们并不熟悉的命题。我们就是因为在不同情形下，被程老先生的精神所感召，而会聚在了一起，共同张开了想象和创作的翅膀，索性被它所吸引和征服。许多人也许并不知道今天程贤章老先生为什么不能站起来，就是因为他为了这部书而经历了一场生与死的考验，差一点失去了宝贵的生命。

《中国治水史诗》是我们共同创作的成果，是程贤章先生用生命完成的一部他自己的生命之歌和生命史诗，为此，让我们一起对领导我们完成这部大书的程贤章先生致以最崇高的敬意。我们祝福程老先生身体健康、晚年幸福。

这部大书的完成，如果缺了另外一个人也是很难完成的。他就是著名企业家、全国劳动模范、广东梅雁水电股份有限公司董事长、总经理杨钦欢先生。我与杨先生认识源于这部书，以前我们多数作家不认识他，但现在我们大家对他都已经非常熟悉了，他是一位水利战线杰出的实业家，他对中国小水电站所作出的贡献全国闻名。令我特别敬佩的是，杨先生对中国治水历史知识的了解和见解。杨先生不仅在经济战线享有声望，同时对中国传统文化亦有很深的研究和造诣，尤其是他热爱祖国江河的那种赤诚之心，令人感动。

为了这部大书的出版和创作，杨先生不仅慷慨地在经济上给予全力的支持，而且亲自策划选题、审阅稿件、关心作家们的创作，表现出了一位实业家对知识分子的无比尊重和诚挚的感情。我认为《中国治水史诗》是杨先生对中国水利事业的又一重大贡献。我们向杨先生表示最崇高的敬意和感谢！

（本文作者系中国作家协会副主席、作家出版社社长）

人水和谐：我们共同的未来

杨钦欢

尊敬的领导、尊敬的来宾、女士们、先生们：

今天是一个盛会，由57位中国精英作家共同打造的《中国治水史诗》诞生了。

首先，我要感谢叶选平先生为本书题写书名并担纲总顾问。

感谢王蒙先生为本书题词。

感谢中国作家协会领导的关怀，中国作家协会副主席何建明先生，他身兼数职，百忙之中与程贤章先生共同担纲本书主编，为我们成书提出许多宝贵建议。从组稿、联系作家直到把书送到各位的手上，他的工作贯穿了整个出版流程。

感谢程贤章先生，在一年前，他对我说，他愿意实现我的这个想法——做一部中国治水的书，从此，这位80高龄的老人便走南闯北，寻访作家、征集稿件。他让我们看见了，什么是理想，什么是追求，什么是坚持，我向他表示深深的敬意和感激！

感谢参与此书写作的各位作家，我们这五十多位作家，满怀热情地完成了这部巨著，我看见了凝聚在一起的力量和民族情结。

翔实地把中国治水历史展示出来，这就是我策划并注资这部《中国治水史诗》的初衷。我有幸参与了改革开放30年中的水利建设，目睹了国家盛世修建的各类水利工程、国家的科学治水方略不断完善、传统水利向现代水利加快转变，水利改革发展取得新突破。一个个治水工程筑起了新中国一个又一个治水丰碑。

谢谢各位！

（杨钦欢董事长、总经理在北京人民大会堂
《中国治水史诗》首发式上的发言）

利在当代　功在千秋

——在《中国治水史诗》首发式和研讨会上的发言（摘录）

程贤章

我多次到北京开会，但像这次到世人仰望的北京人民大会堂人大常委会会议厅参加这样的盛会，还是第一次。我有幸参加这样的盛会，应该感谢三个方面的人。

第一，应该感谢世界生产率科学院终身院士、全国劳动模范、广东梅雁集团总经理杨钦欢先生。我在去年3月8日曾经向杨总提出我想写点东西，使晚年不至于太寂寞。杨总对我说，中国的历史就是一部治水史，你就写一部治水史，你看要多长时间？就这个时间问题，我对杨总说要3年，对何建明同志说要2年。杨总说1年，抓得越紧越好。杨总给了我这样一个平台，让我在这个平台尽情发挥，四面考察。《中国治水史诗》的成功出版，印证了杨总在治水史的知识层面上有着厚重的文化积淀，印证了杨总“运筹帷幄中，决胜千里外”的指挥才能，印证了杨总策划编写利在当代、功在千秋的《中国治水史诗》的远见卓识。

第二，应该感谢中国作协何建明同志。在编写此书之前，我不认识他，他也不认识我，我就这样闯进他的办公室，告诉他我到北京来的主要任务，是请他当主编。我的真诚感动了他，他答应了我的邀请。要说编写这部《史诗》我有什么业绩的话，那就是说我找到了一个很合适的好主编。因为有了这个好主编，才使《史诗》的组稿、编辑、出版进入快车道，才使《史诗》这一部鸿篇巨著在短短1年内闪亮面世。

第三，应该感谢热情加盟、鼎力相助的众多名家。众多名家的作品，从不同侧面、不同角度、不同层次对中国治水史作了详略得当、恰到好处的描述，使摆在读者面前的《史诗》亮点纷呈。可以说，正因为有了众多名家挤出宝贵的时间，辛勤的汗水撰写出来的200多万字的名作，才使“摘仙桃”的梦想变成现实，才使《史诗》的首发式、研讨会登上大雅之堂。

谢谢治水史诗的出版使我晚年过得充实。

谢谢参与这次盛会的首长们、朋友们。

谢谢。

从《中国治水史诗》谈文学的不朽

——在人民大会堂《中国治水史诗》首发式上的发言

雪　漠

我来自甘肃武威。温家宝总理曾说：决不能让民勤变成第二个罗布泊，那民勤，就是武威的一个县。它是我的长篇小说《大漠祭》、《猎原》、《白虎关》的背景和素材源头。我花了20年生命写这3本书，就是想描绘干旱缺水的西部大地上人类的存在。现在，腾格里大沙漠和巴丹吉林沙漠已经像张着大口的猛虎，扑向我的家乡。我的许多父老，已沦为生态难民，远去他乡。我无法预测家乡的未来——正如我无法预测人类的未来一样，但我们却可以依托文学来增加一份关爱。

在西部历史上，有过很多灾难，多跟水有关。我的祖先也有过无数次的自相残杀，起因同样是水。我在长篇小说《西夏咒》（作家出版社出版）中，就写了我所感受到的一种巨大的存在。在干旱缺水的大背景下，历史的梦魇、现实的挤压、灵魂的求索、终极的追问交织在一起，构成了无数的混沌、梦魇和魔咒。为了在争夺水的官司中获胜，人们不惜杀害年近八旬的母亲，为的是能够栽赃于对方，赢得多浇几天水的胜利。这是发生在我的家乡的真实故事，至今，仍被人们津津乐道。在小说《西夏咒》中，金刚家和明王家抢水的故事，就取材于凉州和民勤千年间的争水纠纷。

因为那儿水的奇缺，水便成为民间文化中的一个非常吉祥的意象。当地人认为，当你梦到水时，意味着你要发财。

缺水已成了西部土地千年的梦魇。那是无法摆脱的梦魇。西藏人管女神叫度母，凉州人则称为水母。凉州许多地方有水母崇拜。在《西夏咒》中，主人公一家遇到的最大灾难便是“丢水”。所谓“丢水”，就是家中的水会忽然不翼而飞。据说，要是找不到水，一家人便会得一种奇怪的病，都会因灵魂缺水而死亡。解除这灾难的唯一办法，便是去“找水”。那时候，全家人、全村人都会一起出动，去荒郊野外，八方寻觅。有时候，他们会在某个神秘的所在，找到一汪清凉的水。这时，“丢水”的灾难便相应地解除了。

我们可以将以上传说当成一种象征。可以说，西部人的历史，甚至中国人的历史，都是“找水”的历史。《中国治水史诗》其实是另一种意义上的“找水”，它可以帮我们找到另一种清凉，以解除我们灵魂的干渴。

在西部，许多东西都消失了。历史的显赫、百姓的灾难、人类的挣扎，以及无数美的丑的男人和女人，都叫岁月卷没了影儿。但一种东西却在干渴的土地上生了根，那便是关于水的一个个故事、关于水的一次次纠纷、关于水的许多文字，还有处理水纠纷的一块块石碑。它们记载着水的历史。无数的人与事物都化成了云烟和尘埃，但水却成为抹不去的记忆。

同样，现在的一切也会消失，无数的故事、无数的作品、无数的声名显赫的作家，都会随着历史的云烟，渐渐消失于无迹，会像破灭的水泡那样消失于亘古的暗夜。但我相信，今天首发的这部关于水的史诗，定然会成为一个文化丰碑。

虽然世上的一切终究会成为记忆，而记忆的本质相似于梦幻，但围绕这部治水史诗的感人故事，书中记录的存在，书中倡导的精神，却能给许多干旱的土地，带来看得见、摸得着的价值。这是一种生存意义和文化意义上都能触摸到的存在。当我们想到这存在时，会觉得非常温暖。是的，在这样一个追求功利的时代，竟然还有这样一个群体，花费了如此多的人才财力，叙写了一部虽不能马上带来眼前利益、但却功在当代益在千秋的史诗。

我相信，当我们的子孙想到这一事件时，他们也会被感动的。

时间在飞快地消逝着。人间的一切，都在不停息地变化着。我们留不住任何想留的东西。但我们今天在现场和不在现场的许多人，却想在这变化之中，留下一点消失不了的东西。

同样，无论是一个作家，还是一个民族，最想建立的，其实是一种岁月毁不掉的存在和价值。

这也是我常常思考的问题。我常常追问：我们作家，如何以文学的形式，建立种永恒。

当然，这不仅仅是中国作家面临的问题，也是人类所有伟大作家想解决的问题。托尔斯泰最大的精神危机便是他的追问："我便是成为但丁，成为莎士比亚，又怎么样？"因为当他追问到死亡、追问到地球的寿命时，一切意义都丧失了。

同样，我也有过精神危机，我也想追求永恒。我曾在一篇文章中说过："真正的孤独是智慧的觉醒，是感悟生命的易逝、世间的无常和作家想建立的永恒价值之间的矛盾和冲突。"

我们留不住生命，留不住青春，留不住我们想留的一切。我们的文字也会被信息的大海淹没。岁月会卷走一茬又一茬的读者，也会卷走一茬又一茬的图书。岁月会像秋风扫落叶一样，卷走一个个显赫在当下的名字。即使现在全世界的人类都知道你，那么当这一茬人类消失之后，你仍然是下一茬人类眼中的陌生。除非，你有一个叫下一茬人类也熟悉你的理由。

许多作家和作品，都像太阳下的露珠一样，被岁月蒸发了。搅天的信息要掩埋我们，岁月的沧桑要腐蚀我们，历史的潮水要冲刷我们。我们这一滴滴水，如何才能实现不朽和永恒？我想，几乎每一个有追求的作家，都会追问这个问题。

一代代的作家追问着文学的意义，都在寻找着那个文学存在的理由。

需要说明的是，历史上留下的那些关于水的文字，其实已经为我们提供了一种信息。它们是不朽的。在千年的历史长河中，它们沉淀了下来。显然，人类需要那些文字，是因为人类需要生存。当存在成为人类绕不过去的话题时，文学只能靠直面人类的存在而实现不朽。

历史的飓风将无数华美的文字吹得不知去向了，但我的家乡及许多作家的家乡，却留下了那么多的关于水的文字。它们虽然不一定多么精美，但因为它们将自己泼入了人类存在的大海，因此实现了相对的永恒。

无论你如何如履薄冰般守护一滴水，你都无法让它不趋向干涸。要想让这滴水实现相对的永恒，办法只有一个，将它泼入大海。

这大海，便是人类的存在。

当这滴水进入大海之后，就会跟大海融为一体。于是，托尔斯泰、陀思妥耶夫斯基、曹雪芹等伟大的作家，终于实现了相对的不朽。

翻开文学史，我们就会发现，任何时代的文学，总跟那个时代人类的生存密切相关。任何无视人类存在的文学，必将为时代淘汰。

《中国治水史诗》便为我们展示了一次不朽的可能。我相信，只要人类存在，只要中华民族存在，这部史诗蕴含的精神便会永恒。它承载的治水文化、它记录的某个群体的努力，它倡导的某种精神，便会依托文学这种形式流传下去。

我想，真正的文学，除了文学价值本身的追求之外，还应该做到以下三点：

一是文学要在无常和变化中寻找永恒。我们的肉体可以消失，我们的精神却可以依托文学传承下去。我们希望能多创造几次像《中国治水史诗》这样让个体介入人类存在的机会。第二，文学要在虚无中建立存在。我们经历的一切都成了记忆。而记忆的消失，像风尘中逃跑的一条黄狗，我们很难追上它。但我们却可以利用文学，在虚无之中，建立一种岁月毁不了的存在。《中国治水史诗》留给世界的，就是一种被文学定格的存在。第三，文学要在虚幻中实现不朽。大自然可以毁灭了一个城市，一场战火可以毁灭了许多建筑，一场地震也可以毁坏了无数的水利设施，但这世上，还会有一种岁月毁不了的东西，这便是《中国治水史诗》中承载的某种精神。

正是因为有了这种精神，人类才可能更快乐、更清凉、更明白、更自由。文学跟宗教、跟哲学、跟人类诸多的学科一样，其终极目的，便是能为人类的存在带来幸福、快乐和自由。离开了这个目的，文学将丧失其存在的意义。

我常说，岁月的飓风正在吹走我们的肉体，无论我们愿不愿意，都会很快地消融于巨大的虚空之中。我们可能留下的，也许只是文学独有的那点儿精神。

所以，我一直认为，除了文学价值的基本底线之外，好的文学还必须做到两点：一是这世上有它比没它好；二是人类读它比不读好。

今天首发的《中国治水史诗》，便做到了这两点。

承载文化　扬帆出航

——《中国治水史诗》读后

田珍颖

这是一部大书。上下两部的容量，240 万字的篇幅，几千年历史的实录，广阔的中华大地的覆盖，都使它具有大书的规模。

这是一本在出版和写作两方面都获得成功的大书，这样的成功，使它具有了大书的品格。

先从出版说起。这本书出版的时机，毫无例外地面对了出版界的困境。市场经济的挑战，使一向安稳的出版业，面临沉浮不定的走向。传统的“等米下锅”的被动式的出版，几乎是出版界多年不变的潜规则。但现在是“市场”咄咄逼人，进与退的选择，近乎关联着出版业的尊严。

《中国治水史诗》的出版过程，在转被动为主动的从业姿态上，堪称效仿之典范。它颠覆了出版业被动出版的潜规则，大刀阔斧地兴起了一项“工程”。这项工程，就其内质来说，它是一次由出版业主动地种植文化的行为。出版者调动了自身能量，又侧重于对社会资源的发现和整合，并逐步展开了一系列经营性的活动，摒除了以往那种“酒好不怕巷子深”的自我欣赏的矜持，大步踏入到市场经济的大环境中，历练自身。

开展这项工程，出版者首先认定了一个具有思想性的创意——中国治水史。这个创意，思绪延绵千年，视野扩展万里，它的厚重，足以让人动出版之心。

创意只是一张线条简略的蓝图。组织坚实的大规模的写作队伍，是这项“种文化”的出版工程最可宝贵的经验。对写作者本土化的选择，对写作队伍中领军人物的确定落实，彰显了这个出版工程的实施者们的智慧，更显示了他们清晰的经营思想。正是这个程序的扎实和缜密，铺就了这部书走向成功的关键性的一步。

接着的媒体造势、严格审稿编辑等过程，不可或缺地保证了这部书的出版畅行。

总结以上，这部书在出版业上树立成功范例的经验是：出版者不囿于原地，打开大门，走向社会，握住一切资源，从而突破转型期的困境，使出版之船扬帆出航。

但这仅是《中国治水史诗》出版成功的一个方面。如果把这部书的出版，置于“文化自觉”的平台上来考量，我们还能发现更加深远的意义。

“文化自觉”并不是一个陌生的概念。它是上个世纪九十年代，我国著名社会学家费孝通先生，穷尽自己一生学识经验提出的一个科学的文化观，“文化自觉”一经提出，受到各界学人的响应。它的前瞻性，更使它在当前和未来的时日里，具备了文化引导的作用。“文化自觉”提出的背景，是在经济全球一体化的前提下，世界各民族及国家之间的文化，所面临的不可避免的碰撞、交流、汇通和融合，所以，“文化自觉”是未来世界大同前奏中的一个乐章。略去“文化自觉”的许多广博深厚的内容不说，择其要点，是对本土文化的自知，即：我们应当了解自己民族文化的历史，它的来龙去脉、前世今生，它的优长短缺，它的发展趋势，以取得与世界文化对话的资格与资源。

《中国治水史诗》，以其所涉时间的悠长、空间的广大，沿治水史的线络，书写了中华民族的文明史，无疑，它是大文化的积淀。这正是我们民族向人类文化融汇所交出的一个可经世流传的文本。从这一点看，《中国治水史诗》的创造者们，又是“文化自觉”的先行者，其成功的意义，可谓高而深远。

再值得一说的，是这部书在文学创作上的成功——它是多种社会学科的成功的文学表述。

治水，无疑是社会学的大选题。水与社会的历史和现状，水利开发沿革，人与水形成的社会经济状况等，都是社会学家的研究专题。由于时间的延续，这些专题可扩展到历史学。

文学介入其他社会科学的范围，会使自身扩展视野，增深内涵。而文学的表述，又会为其他学科插上翅膀，送其飞翔。

确定以文学的史诗般的形式，表述治水史时，我们的编者、作家，首先凭仗的是对文学魅力的自信。因为我们有情、有形象，有对文字的千转百回的表现能力。

“感人心者，莫先于情。”作家们会用情感激活历史和现实，从而成文成诗。何况，他们要描述的滔滔之水，是他们的祖先、他们自己和他们的万代子孙的养育者。

情之已至，则“立像以尽意”。作家们舞动的是形象思维的长调，它灵动、幅散，并无比飞扬。正因此，在治水史的长河上，我们看到了人物形象，看到场景环境，乃至神来的细节。

这部堪称史诗的大书中，矗立着数不尽的鲜活的人物。

从先贤大禹，到李冰父子，从隋炀帝到后来的曹瑾、王炽等，在作家们追忆治水历史的过去岁月中，古代治水者的长袍大裾，永远飘扬着他们的坚韧。

在近代、当代的治水伟业中，作家们笔下出现了几代伟人的形象，孙中山、毛泽东、周恩来以及参与新中国治水的文臣武将，他们指点江山的雄图大略，永远是镌刻治水史的重笔所在。

本书最生动的人物形象，是一批胆识皆备的风云人物；立志在长江上“作文章”的章鸿钊；把一生系于长江水的张光斗；务实而不改其志的林一山，以及能有惊涛拍岸之势的李锐、黄万里，等等。这些人物在作家的文学表述中，都是挟治水史之风云，而成为千年不倒的形象。

本书涌现的草根人物的形象，让长长的治水史、艰难的治水历程，变得有声有色。三峡边的王作秀，带着几十年的盼望，与治水大军为伴；海河水灾中被水围困几乎致死的张连璧、叶道纶；沱沱河上一军一民的两家守望；淮河的警告声中有最基层的干部戴业成、李守义的严正声音；镇长葛木初的九死一生的水中历险；科技工作者赖纯久的舍富贵、从水电的坚定，等等。他们是治水史上的普通人，甚至没有奖章奖状，但在作家们的眼中，他们是推动治水大业的原动力，于是，最美的文笔，描绘着最普通的人。

在这部史诗中，人物形象的生动，是一道亮丽的文学风景，他们在作家们的文字表述中，尽显个性，尽显风采，尽显多舛命运，尽显风发意气。

这部作品的另一道文学风景，是场景和环境的描写。在作家眼中，所有的生态环境，都充满了勃勃的生命气息。

神秘、幽深甚至险峻的三江源，像和人类千年相随的巨人；源头呈秀丽端庄之状的松花江，到与黑龙江相汇之处，一高一低相拥入海的姿态，令人动心；千年黄河口的迁徙，作者用清水沟、赶河人、一棵树等场景连缀，甚至虚构的大海与黄河的对话，也容纳着历史的记载；南水北调的宏大场面，铺展千里，在北京西四环巨大的地下工程面前，作家说，那是“为历史准备一场盛大的典礼”，大水之灾，瞬间而来，那场面让人动容；抗洪的场面，人群矗立成屏障，军队形象、国家形象是激情、勇气的标志……这道用场景展现的风景，是用色彩、用声音、用光线编织而成，它特别展现了作家们写山山动、写水水流的文学功底。

行文至此，还应当提到这部史诗中，点缀于其间的细节描写，它们是作家们进行文学表述的神来之笔，是最能显现文学魅力的亮点；还有，作家们在不动声色中，对所描述事物的哲学提升，在无限的形象空间里，他们用诗性的哲学，引我们悟道。

其实，用文学的表述来传达其他社会科学的原理，我们的先辈学者们都曾试验过。但单文本的、个体的、仅限于文字的试验，未成气候。今天，读《中国治水史诗》，我们则看到一个大规模的、团队式的多文体多风格的文本试验，它把社会学、历史学，乃至哲学的专题，描写得如此生动，如此深刻。当我们将这本大书置于书案，一页页翻读时，它带给我们的阅读收益，是丰富而经久不衰的。

在《中国治水史诗》首发式上的发言

杨　克

今天是个难忘的日子，《中国治水史诗》首发式在人民大会堂这一庄严殿堂隆重举行，可谓替这部240万字的鸿篇巨著写上最浓重的压卷一笔。回顾主编和各位作家一年多来的奔走与写作，作为其中的一员，由衷感到欣慰。

文学大师沈从文说过："水和我的生命不可分，教育不可分，作品倾向不可分。"空气和水，是天下万类生灵赖以存活的最宝贵的自然物质。当我们推测地球之外的天体有无生命存在时，想到的首要环境条件就是液态水。人类文明发源地无不位于河畔和三角洲，千百年来村落、乡镇和都市的发展都需要在凿井、灌溉和造堤上花大力气。

我国以农为本，季风气候却使得降水时空分布不均衡，旱则赤地千里，涝则洪水泛滥，"治国必先治水"成了历代主政者的共识。尤其共和国诞生前的一个世纪，适逢外侮内乱，长江和黄河水系发生巨变，加剧了水患的频率和灾害程度，威胁了中华民族的生存基础。幸而新中国成立后，情况得以有力扭转，60年来国家先后投入上万亿元资金用于水利建设，专门成立"防洪抗旱总指挥部"，并多由时任国家副总理担任该部总指挥。可以说，中华民族的历史就是一部治水史。千百年来，人与水，既相互依存，又相互博弈。从华夏最早的大禹治水以疏导代堵塞的做法开始，到战国的都江堰、郑国渠、隋唐的京杭大运河，再到当代"高峡出平湖"的三峡大坝电站和仍在进行的"南水北调"系列工程。中国地大人多，江河流域纵横交错，而且海岸线长，许多重要城市和经济带都沿江沿海，治河、治湖、治海都是中国特别是新中国的治水内容。然而反映这一人类重大活动领域的文学作品，自北魏郦道元编的仅30万字《水经注》后，再没有一部完整的水利史典籍。这不能说不是一大遗憾！

因缘际会，我们有了这部云集名家、倾力打造的《中国治水史诗》。它由梅雁水电集团总经理杨钦欢先生任总策划、著名作家何建明任主编、客籍著名作家程贤章任执行主编。本书一经发起，反响热烈，最终由全国56位一线作家执笔完成，近80篇章节谱写了可歌可泣的治水史，赞颂了忧国惠民的历代水利功臣。全套流程由筹划、采访、创作乃至编辑、出版，仅仅用了一年时间，无愧当代文坛与民间合作的一个奇迹。

刚才何建明副主席已一一念出姓名的近70位来自全国各省市的作家，他们文学写作和行政公务本来就十分繁重，为什么都心甘情愿投身这次规模空前的写作？也许正是因为“中国治水史”命题所包含的历史底蕴和人文情怀，出于对大自然的敬畏、对国计民生的关切，以及作家内心的使命感，他们当中不少人就在江边水边长大，对瑰丽山河深情无限，创作激情油然而生。这一年来，我们奔走采访、苦思笔耕，却始终有着无可言喻的新鲜感和创作激情。

今天我们捧在手上的这套上下卷沉甸甸的书，既是包含重要资料的史学著作，又是极有分量和价值的文学著作，同时还是梅州文化软实力和梅雁水电集团的一项创举，真可谓三全其美！

最后，让我再次对梅雁水电集团和作家出版社表示由衷的感激，对何建明老师、程贤章老师付出的辛勤劳动表示无比的敬佩，对每一位参与本书采写的作家表示真诚的谢意！希望《中国治水史诗》受到广大读者的肯定和喜爱！

谢谢大家！

一部传奇　一部史诗　一部经典

丘　峰

一

这是一部厚重的书：《中国治水史诗》。

这是一部宏大的叙事史诗！

这是一部中华大地的赞歌！

就是这部《中国治水史诗》，流淌在炎黄子孙心灵的那股温暖，流淌在中国大地的血脉亲情，瞬间就是几千里，刹那便是几千年！

我阅读着这部描绘中国治水史诗的巨著时，禁不住赞叹起来，油然而生敬意。

历史与现实的巨大跨越，时间跟空间的激情碰撞；文学和史学的完美交融，叙事与结构的高度糅合；严谨的体例，周密的布局；漫长的跨越，宽阔的视野；一阕阕往事，一帧帧图景……萦绕着怀旧而真挚的情愫，铭刻着坚毅与执着的真诚，让人怦然心动，思绪翩跹。这是历史的长河奔流，这是国人的钢铁意志！全书展示着中国人民的昂扬斗志和坚硬如钢的信心！

二

汤汤江河，悠悠血脉。水，是上苍的恩赐；水，是大地的精灵；水，是人类的脉动！

中华文明的历程就是伴随着水而起，伴随着水而强，伴随着水而盛。从黄河流域到长江流域，从鸭绿江、松花江、渭河、钱塘江、珠江、湘江，到海河、淮河、辽河、京杭大运河、黄浦江，再到雅鲁藏布江、澜沧江、都江堰、灵渠、坎儿井……浩浩江河，盈盈江水，就像伸展的树叶脉络一样，滋润着中华文明，孕育着生命灵气。是水，给了生命的尊严；是水，提炼出中国人的情怀。人们膜拜的，是水的高度，水的圣洁，水的滋润和水的包容。大美的中华，从某种程度上说，就是大美的江河。

江河时而驯服，时而张扬，时而无情，时而乖巧，时而暴怒。它既滋润着广袤大地，又任凭着桀骜不驯的性格，冲破堤岸，损毁房屋，破坏庄稼，撕裂大地，令村庄萧条，民不聊生……

治水，是每一个时代所必须面对的严峻的话题，历代君王所必须面对的“政治”！治水，是与上至王侯将相，下至平民百姓利害与共、息息相关的。往事越千年，历代君王治水成则国泰民安，败则汹涌洪水肆虐。故而，每个时代，都有着每个时代的治水史，或者说，中国治水的历史，也折射出中国的沧桑、灿烂和辉煌。

因而，治水，也是国人面临的庞大复杂的课题。

因而，记载功在千秋的中国当代治水史，也就成为中国人不可回避的大事。

治水的历史绵绵不绝，但关于治水的系统历史记载却寥若星辰，继北魏郦道元《水经注》之后，中国就尚未有一部完整的水利史典籍。这是一种遗憾，也是一种无奈。当回溯中国的治水历史时，这一页页日子的记载是空白的，空白得让人心慌。

人们有理由期待当代中国文学创作中，能出现宏大的治水史诗！

而今，就有人勇敢地站了出来，抛开世俗之偏见，以一往无前的闯劲，以严谨的科学精神，风风火火地编写出两卷本巨著——《中国治水史诗》。

皇皇巨著《中国治水史诗》做到了！《中国治水史诗》勇敢而有魄力地做到了！这部由原全国政协副主席叶选平题写书名，由广东梅雁水电股份有限公司董事长杨钦欢总策划，由中国作家协会副主席、著名作家何建明和原广东省学院院长、著名作家程贤章主编的《中国治水史诗》做到了！

这部巨著的出版，填补了当代中国文学治水题材方面的空白，是一部有鲜明时代意义的史诗式的书典。在这个纷繁复杂、物欲横流的时代，有着越来越多的功利名望和物质金钱的诱惑，有的“文化”变成“快餐”，有的“创作”成为“商品”，深厚的文化积淀成为文化商人的“摇钱树”，而不急功近利，不为名利所诱惑，能沉下心来，踏踏实实去编写有文学价值、有社会效益的作家，实在少之又少，尤其是对于那些需要跋山涉水，去考察、调查水利工程，吃力不讨好去写“治水”这类冷门书的人，更为难能可贵。

《中国治水史诗》这部巨著，凝聚着许多不为人所知的众多作者和编者的精力和心血以及默默的耕耘，他们就是这样不计较名利，在寂寞而艰苦的道路上，奉献出自己的智慧和经验，为中国的水利事业，作出了不可磨灭的贡献。

三

《中国治水史诗》的成功出版，离不开广东梅雁水电股份有限公司董事长、总经理杨钦欢先生的智慧和谋略，是他率先构思了这部皇皇巨著的框架，又积极付诸实施，还在物质上和精神上给予鼎力支持。可以说，没有杨钦欢董事长的远见卓识，没有他的果断决策，就没有《中国治水史诗》的诞生！

杨钦欢是广东梅县雁洋人，全国人大代表、全国劳动模范，也是世界生产率科学院终身院士。他是我十分敬佩的企业家。上世纪80年代，改革开放使广东的乡镇企业风起云涌，把众多乡镇企业家推向时代经济潮头，杨钦欢就是时代的弄潮儿。

我至今还清楚地记得，1984年初，在广东省作协举办“80年代文艺走向研讨会”时，会后，时任中共广东省委常委、省委宣传部长杨应彬（笔名杨石，著名散文家）先生请我回广东工作。几经周折，1985年我终于从上海文艺出版社调到广州花城出版社任《花城》杂志负责人。次年春节，广东梅县市（即今梅州市）副市长谢强华（现为广东省人大副主任）、市委组织部长温华光以及著名作家程贤章邀请我回梅县过春节。这是我从上世纪60年代初到上海读书后首次回乡过年。

这次回乡过年，或许是一种缘分，就是我与杨钦欢认识与交往的开始。

在大年初一的早上，谢强华、温华光和程贤章到我下榻的江南大厦拜年，并邀请我到杨钦欢家里拜年。当时杨钦欢住在黄塘的一幢别墅里，热情地接待了我们。他平易近人，温和睿智，对人总是笑吟吟的，对生活永远充满期待。我记得，他曾说过颇具经典意味的一句话：“生活不一定对我微笑，但我会对生活永远微笑。”他就是这样微笑对待生活，微笑对待人生，微笑创造生活，微笑面向未来！

就这样，我和杨钦欢从相识到相知，至今已经整整25个年头了！在这25年中，我与杨钦欢可谓过从甚密，对他的为人做事了然于心。

杨钦欢是从叶帅家乡梅县雁洋镇起步的。雁洋镇人杰地灵，画山绣水，人才辈出，出现了许多著名的企业和企业家。杨钦欢和广东梅雁集团便是其中的佼佼者。杨钦欢在70年代初当过农民，在生产队做过仓管员，开过手扶拖拉机，烧过木炭，记过工分……真所谓田头地尾、灶头锅尾、针头线尾、家头窖尾，这“四头四尾”样样都行！他在人民公社建筑队当队长期间，什么都带头干，事必躬亲，攀高墙，爬楼层，专捡脏活重活危险活干；后来，他作为梅雁集团上市公司的老板，努力实践“梅雁效益，众人得益”的企业理念，这也是公司对股民的承诺；作为全国人大代表，他参政议政，代表民营企业向政府提出企业界最为关心的一些问题。杨钦欢领导的梅雁集团，在梅州开办了第一家星级宾馆、第一家民营运输公司、第一家超级市场、第一家上市公司，再到高科技产业，直到后来跨进的水电行业，成为全国著名的水电企业。杨钦欢和他的梅雁集团一步一个脚印，从小到大，从弱到强，走向全国，走向一流。

当年梅雁集团首席顾问李国豪院士这样评价杨钦欢：“杨总（他对杨钦欢总是用这样尊重的称呼）聪明过人，是很有胆识、很有智慧的企业家。”确实如此，我佩服杨钦欢的智慧和勇气。杨钦欢所组建的梅雁集团，是梅州市第一家经广东省政府批准进行股份制改造的乡镇企业，并于1992年10月改造成功。1993年，国家允许上海、深圳以外的企业向公众发行股票。广东省列出了16家首批备选上市的企业，梅雁集团就在这批名单中。16家企业中，只有“梅雁”是乡镇企业，其雄厚实力可见一斑。1994年9月12日，梅雁集团在上海证交所顺利上市。那天上午，我作为嘉宾，荣幸地参加了梅雁股份上海证交所的上市仪式。

李国豪院士对杨钦欢的赞赏和关爱给我留下了深深的印象。因为梅雁集团在上海证交所上市的缘故，杨钦欢与我联系就自然而然多起来。他积极联系上海梅州知识分子联谊会（即现今的上海客家联谊会），并慷慨捐款和提供办公场所。杨钦欢特别尊重上海客家知识界的老前辈，并与在沪梅州籍的世界著名桥梁专家、中国科学院资深院士和中国工程院资深院士李国豪建立了深厚的友谊。1994年秋，杨钦欢专程到上海拜访李国豪院士，聘请他为梅雁集团首席顾问。曾记得，在杨钦欢来上海之前，请乡贤程力之先生和我与李国豪院士联系，拟聘请他为梅雁集团首席顾问。我原以为李老会婉拒的，因为梅雁集团是粤东山区的乡镇企业，况且李老如果应允的话，会有说不清楚的经济上的“嫌疑”。再者，李老除了担任宝钢等国营大型企业顾问外，从没担任过其他企业的顾问，更不要说是民营企业了！如果李老答应当梅雁集团的首席顾问，将来不知还有多少企业会找上门来呢。我为李老担心。没料到，当李老听说杨钦欢聘请他担任梅雁集团首席顾问时，他欣然答应。事后，我问李老为什么答应？李老笑笑说，一来，是我家乡的企业，能为家乡人做点事情，我当然愿意；二来，杨总创业不易，梅县山区小地方的乡镇企业敢于到大上海闯荡，我也应该鼓励；三来，杨总才华横溢，视野开阔，就是客家山里人说的能“登高望远”，总揽全局。你想，从一个粤东山区小乡镇企业办成大集团公司，并且是梅州第一个到上海来上市的公司，没有胆识和眼光是不敢来的。我还记得在1996年8月18日，李老和夫人林凤棣以及江欢成院士和我一行四人，回到梅州参加嘉应大学“四项庆典活动”时，在宴会上，李老跟曾宪梓博士也谈到杨钦欢，称赞杨钦欢才智过人。曾宪梓博士也深以为然，夸奖“阿欢仔”（曾宪梓当时这样亲切称呼杨钦欢）是从山里走出来的大企业家。

还有一件趣事：有一次我到李老住的华山路家里拜访。闲聊中，李老谈到他购买了梅雁股份1000股。我当时顿觉得诧异，问他怎么也买股票？李老哈哈大笑说：“我怎么不能玩股票呢？”接着，他认真地跟我说：“我是梅雁集团的首席顾问，我买梅雁股票是相信梅雁，支持杨总、支持梅雁啊。”李老做事情就是这么认真，他对杨钦欢的信任和支持是这样真诚！当我把此事告诉杨钦欢，他也为李老的举动深受感动，说要好好干事业，报答李老的关爱。同时，李老出于对杨钦欢的信任，特地聘请他为上海梅州知识分子联谊会名誉会长。2005年，李老病逝，杨钦欢闻讯立即打电话给我，说他因公司紧急事情走不开，让我代表他和梅雁集团全体员工送特大鲜花花圈，并叮嘱我问候师母和家人。

杨钦欢不仅是著名企业家，也是博览群书的饱学之士。他每天再忙再累，晚上最少也要抽一个小时读书，几十年来从未间断。他读的书有企业管理、经营谋略方面的，也有文学名著，还有天文地理、历史哲学等著作。他说：“我没什么嗜好，不唱歌跳舞，不打麻将，拒绝纸醉金迷。最大的业余爱好就是看书、看电视。我总是向公司管理层强调学习，自己更要以身作则。我把读书视为每日的必修课，多一点文化和知识，则少一点烦恼和迷茫。我读书喜欢记笔记，听到看到好的随时随地记下来。”记得上世纪80年代时，我从广州回梅州办事，程贤章特地托我带一箱书给杨钦欢，里面有文学、哲学和管理方面的书。我当时十分好奇，觉得一个老板整天忙忙碌碌的，怎么还有时间读书呢？后来，我了解到杨钦欢是读书迷，自学成才。为此，我写了一篇《从杨钦欢读书谈起》的随笔，具体介绍了他读书的情况和对人生的思考，反响颇佳。

杨钦欢在事业上的成功，与他偏爱读书密不可分，所以更能站得高、看得远。梅雁集团在面临激烈竞争的形势下，及时果断地调整产业，在公司遇到筹集资金等困难面前，杨钦欢董事长义无反顾，排除万难，力排众议，坚持以搞水电为主业。为了把治水工程做大做强，公司投入了巨大资金，建设了许多水电站，名震“两广”以及深沪等地，取得了巨大的经济效益和社会效益。与此同时，杨钦欢还特别关注治水方面的文化建设。他说，悠悠华夏，泱泱大国，中国的历史就是一部治水史。从三皇五帝到现在，明君名臣都以治水而获万民拥戴。夏禹的传说、都江堰和灵渠，都记载着当时明君名臣名人的千秋功业。自北魏郦道元《水经注》以来，尚无一部完整理想的治水史书。从严格意义上说，《水经注》其实写的多是记述山水之情，虽也文采风流，但极少写治水的。由于中国缺少一部较完整的治水书典，《水经注》至今仍为许多治水者和迁客骚人视为治水经典。

编写一部中国治水史书成为杨钦欢的强烈愿望。

杨钦欢说，中国太需要一部治水史书了！

是呀，编写一部《中国治水史诗》势在必行！

正如李国豪院士所说的杨钦欢能“登高望远”。此刻，杨钦欢仿佛站在高山之巅，眺望着祖国的山山水水，心里在谋划着一项为世人所不知的重大工程。这重大工程不是他精心策划的梅雁水利工程，而是更大更具有深远影响的“中国治水史诗”伟大工程！

促成《中国治水史诗》这个选题的契机，是程贤章先生到梅雁水利股份有限公司拜访杨钦欢董事长时的一次偶然谈话。

那天是星期天，杨钦欢照例到办公室上班。熟悉他的人都知道，杨钦欢是没有节假日的，只不过他在节假日上班时，主要是在办公室里跟朋友、熟人约会，抽烟茗茶，交流情况，互通信息，当然也会处理一些公司的问题。

程贤章到了董事长办公室，老朋友见面，不用客套寒暄，便天南地北地聊起来。

杨钦欢若有所思地说：“在所谓水电开发的双赢决策中，较大的赢方是经济发达地区，而不是落后地区。特别是，征服自然的代价是昂贵的，缺乏经济效益和损害社会与生态环境的……”杨钦欢并不是仅仅从自己公司的经济利益上着想，而是从更为广阔的文化层面进行思考：在中国的治水历史潮流中，都有哪些功绩，哪些遗憾，哪些教训，哪些期望？

程贤章对杨钦欢所言极为赞赏。他觉得杨钦欢既从公司立场上着想，又从国家民族的角度来思考，很有见地。程贤章凭着作家的机敏，觉察到杨钦欢又有新的重要决策了。

不出所料，只见杨钦欢笑着说：“我想在治水方面做文章。”

程贤章深知杨钦欢说的“治水”，绝不是梅雁水利工程的“治水”，而是另有所指。

果然，杨钦欢和盘托出他想编一部“中国治水史诗”的计划。

程贤章情绪激动地连声称好。

此时此刻，两位老朋友的心紧紧联系在一起了！

后来，当这项“治水工程”完工后，在2010年7月4日“人民大会堂举行《中国治水史诗》新书首发式”时，杨钦欢深情地说：“作为企业家，我对中国文化无限热爱与崇拜；作为治水企业，我对治水文化情有独钟。”寥寥几句，道出了杨钦欢的心声。

高山流水遇知音。凭着几十年的深交，杨钦欢知道程贤章是最合适的人选，便直截了当地请程贤章挑起重担，并请他找著名报告文学作家、中国作家协会副主席何建明先生共同担任主编。

程贤章感受到了巨大的责任。“老骥伏枥，志在千里。”就这样，程贤章爽快地接下了主持编辑《中国治水史诗》的重任。

杨钦欢和程贤章都是客家人。我在想，为什么他们敢下决心和有魄力去承担这近乎不可能完成的事情呢？这也许跟客家人与生俱来的一些文化特性有关。客家是一个具有显著特质的汉族特殊民系，也是汉族在世界上分布范围广阔、影响深远的民系之一。从西晋永嘉之乱开始，中原汉族居民先后五次大举南迁，颠沛流离、长途跋涉，抵达粤赣闽三地交界处定居，与当地民族和睦相处，交融合作，经过千年演化后最终形成相对稳定的客家民系。客家人在千百年来的不断迁徙过程中，形成一种宏观的包容性，也因为对中原文化传承的坚持，使得客家地区保留着“耕读传家，崇文重教”的传统，形成了他们的坚强性格。特别是中国近现代历史上，涌现出许许多多各行各业的杰出人物，如洪秀全、张弼士、孙中山、黄遵宪、丘逢甲、朱德、叶剑英、林风眠、李金发、谢晋元、李国豪……客家地区有着深厚的文化底蕴。作为客家知名人物的杨钦欢和程贤章，并不囿于梅州山区的局限，能够跳出地域的思维，用报告文学的载体，抒写上下五千年中国重大治水工程，如史诗般展现了几千年来中华民族与水的关系——伤害、竞争、和谐，既从文学审美的视角揭示了治水之难，也从哲学的高度观照了人与水、社会与自然等关系，具有深刻的社会内涵和现实意义。

四

《中国治水史诗》的主编之一的程贤章先生，是我的师长，亦是我的老友，正所谓“亦师亦友”也。

从1961年起到2011年，算起来我与程贤章的交往整整半个世纪了！几十年的交往，我对其人品与文品深为敬佩。半个世纪的友谊让我们俩即使通过一个握手，一个拥抱，一个眼神，就可以轻而易举地读出对方来。

记得上世纪60年代初，我在广东梅州中学读高中时，已经开始在《梅江报》、

《汕头日报》、《羊城晚报》等发表文章了。当时《汕头日报》记者程贤章就是从来稿中发现了我，把我的处女作《疯狗》刊登在《汕头日报》“韩江水”副刊上的。这一次偶然的机遇，给予了我莫大的鼓舞，开始了我的作家之梦，也奠定了我们永恒的友谊。那年，我考进复旦大学中文系，从此走上了文学创作、文学批评和文学编辑的道路。此后，我也因此而被文艺界称为“三栖作家”。程贤章那次发表我的处女作，影响了我的整个人生道路。对此，我常铭记于心。

大学毕业后，我到上海文艺出版社工作。我寓居上海，他住在广州。我们几十年间一直书信往来，交往甚密。我每次到广州组稿，总会到广东作协的文德路拜访他。他见到我格外高兴，一起吃饭，聊天，谈文学和写作，真是“其乐也融融”。

2009年的一个夏夜，我突然接到程贤章的电话，说他到了上海，有要事相商。见了面后，他告诉我，杨钦欢和中国作家协会要编纂一部《中国治水史诗》，拟请各地著名作家撰写各地的重要治水史，他约我写上海苏州河的治理工程。后来由于广东梅州市召开“首届世界客商大会”，市委请我编写两部《客商丛书》，而且要在短短三个月内完成出书，任务繁重紧急，对于程贤章约稿，当时我爱莫能助，心中深感不安。无奈，他只好约请著名作家赵丽宏来写。

那次，程贤章告诉我，他准备从南到北一个一个地方考察和组稿。我顿时有些惊诧。我知道，这是一个重大而极具意义的文化工程。但是，他是一位老作家，精于创作，对编辑和组稿并非他所长。况且，他年岁已高，如此奔波，精力够吗？我劝过他不要过于劳累，可他精力充沛，信心满满。此后，他经常到外地采访时，电话告之我他的具体行程，每每听着他那“年轻”而自信的声音时，我坚信他一定能做好。我知道，程贤章是广东文学界说一不二的鼎鼎有名的“拼命三郎”，虽然年逾花甲，但大凡他下决心做的事，肯定能做成做好的。

在广东文学界，程贤章是一位高产而具有浓厚客家地域特色的作家。他不仅曾主编引领当时时代风骚、引起重大社会影响的《风流人物报》，还在担任广东省文学院院长期间，不拘一格降人才，勇于挑战创新，使广东省的文学创作获得很好成绩。同样，他用创作实绩向世人展示他的实力。在“文革”结束后，他率先在《人民文学》杂志发表短篇小说《桃花渡》，后来又在《作品》、《花城》、《小说界》、《百花洲》、《电视·电影·文学》等杂志发表许多中、长篇小说，还出版了《彩色的大地》（与廖红球合作）、《神仙·老虎·狗》、《围龙》、《长舌巷》等中、长篇小说，并且获得包括“鲁迅文学奖”在内的许多大奖，他还是国务院特殊津贴的专家。迄今为止，他创作了中、短篇小说四十余篇，报告文学两部，长篇小说十部。我对他了解和熟悉的程度，不只局限于他的人品，更包括他的作品。出于乡情、亲情和友情，也出于对当代文学发展的关注，作为文艺评论家，我对程贤章的创作是十分关注的。只要有程贤章的新作问世，我总是先读为快。我对他的所有作品几乎都写过评论，其中《<神仙·老虎·狗>：人生况味的品尝》和《程贤章：客家人与<围龙>》等在学术刊物上发表后，引起了强烈反响，在国家级的《中国现当代文学》等刊物上转载。我在最近由文汇出版社出版的《丘峰文艺论文选（一）》中，收录了评论程贤章作品文章共 7 篇。程贤章是当代著名的客家文学开拓者，这是毫无疑义的。他所写的大都离不开客家人的生活情状，反映客家人生活习俗与变迁，有着浓郁的生活气息和明丽的地方色彩，我对他是甚为钦佩的。

当然，使我更为敬佩的是，在创作上，程贤章永远显得年轻，永远充满朝气。

五

《中国治水史诗》在杨钦欢与何建明、程贤章的组织和真诚的感召下，几经努力，终于组成了强大的编纂队伍：总顾问是叶帅之子、原全国政协副主席叶选平，并且由叶选平题写书名；总策划是广东梅雁水电股份有限公司董事长、总经理杨钦欢；主编是中国作家协会副主席何建明和著名作家程贤章。著名作家王蒙特地为之题写“上善若水”，鼓励全体人员编写好这部有特殊意义的书。

伴随着编辑和作家团队的不懈努力，《中国治水史诗》的作者队伍就这样一天天壮大起来，以至于最终形成了罕见的著名作家大集合：张炜、刘兆林、雪漠、焦祖尧、王宗仁、赵丽宏、荆歌、陈世旭、张笑天、缪俊杰、谭谈、彭见明、李钟声、沈仁康、何申、李存葆、蒋子龙、徐坤、叶延滨、关仁山、程树榛、南翔、王炳根、谢鲁渤、叶兆言、邓刚、韩作荣，等等，汇集了近百位实力派作家。这些作家中，既有文坛老将，也有文坛新秀；既有全国获奖者，也有青年实力派，由此组成了强大的作者阵容，使《中国治水史诗》有了坚实的创作基础。

如此阵容庞大的著名作家的创作集体，在当今文坛中并不多见。如今，文学的个性化越来越浓，私人的历史和话语更为大众所熟知，但由于个人视野和能力的先天性束缚，近年来，大题材、大事件和大历史的集体创作就愈加稀缺，故而《中国治水史诗》的独特意义和价值便更加凸显出来了。

使我极为感动的是，程贤章年近八旬，还毅然挑起《中国治水史诗》主编的重任。根据杨钦欢先生的建议，程贤章身体力行，不远万里、风尘仆仆，跑遍大江南北，去考察、组稿，他对事业的真诚和执著，不得不令人敬佩。

“5·12”四川汶川大地震灾后一周年，程贤章千里迢迢带着年轻的助手程勇芳等人奔赴成都，考察了映秀镇和都江堰。面对废墟中独自屹立的都江堰，程贤章不禁发出了这样的感慨：“这也倒了，那也毁了，而雄伟的 2000 多岁老人——都江堰，除‘鱼嘴’震裂一条条缝外，都江堰依然英雄般地屹立在浪花飞卷的岷江中，依然滋润灌溉肥美的成都平原。都江堰是世界水利奇迹，全世界有良知的人都关注都江堰。你好，英雄的都江堰。虽然‘5·12’汶川地震时你也处于严重震区，但你仍安然无恙地屹立在滚滚的江水中！”他不由得赞叹李冰治水的伟大！

2009 年 7 月 24 日，吐鲁番，酷热。在当年“7·5”新疆事件尚未平息之际，程贤章不顾个人安危，又带着助手程勇芳等人飞往乌鲁木齐。7 月 25 日，乌鲁木齐，炎热。这是“大暑”的第二天，程贤章就穿越戈壁滩，闯过火焰山，考察了水利工程坎儿井，感受到了维吾尔族同胞的热情。面对坎儿井，他感叹：“坎儿井长流的雪水使荒芜的大沙漠出现了绿洲，出现了盛产瓜果的沙漠江南。所有朝廷任命和流放到新疆的官吏，例如林则徐、左宗棠都对修建坎儿井作出了不可磨灭的贡献。”整整一个夏天，程贤章冒着酷暑，像年轻人一样走南闯北，这是何等感人的“烈士暮年，壮心不已”啊！

2009 年冬，刚参加完梅州举办的“首届世界客商大会”的第二天，程贤章就从气温 32℃的深圳，飞到零下 3℃的长春，可以说一下子从“烤箱”钻进了“冰窟”里，他近八十高龄了，还是那么执著，那么勇往直前，他就是凭着心里涌起的那一股激情而无所畏惧。

程贤章带领考察小分队，按着缜密的计划，走访了济宁段古运河、黄河入海口、钱塘江、京杭大运河、黄浦江、鸭绿江、松花江、渭河等多处治水工程，记录下其所见所闻、所想所思，并以实际行动感染许多著名作家加入写作队伍。

作家们自觉为这项巨大的文化工程添砖加瓦，终于在 2009 年 12 月 31 日之前，作家们都如期陆续寄来稿子，登陆梅州客都大酒店的《中国治水史诗》编辑部。

面对近百位名作家的稿子，杨钦欢和程贤章激动不已。杨钦欢凭着多年读书积累的知识，每篇稿子都认真阅读，他对作家们的辛勤劳动获得的成果感到欣慰。有的稿件因种种原因未能录用，杨钦欢和程贤章都会具体地提出不录用的原因和理由。后来，杨钦欢回忆说：“我在企业里本有许多事要做，很难挤出空闲时间，但觉得这部治水史也是自己策划注资的，我也想从那些著名的治水名君名贤中学点什么，于是每送一篇，我每看一篇，不觉之间已阅读完百余万字。我虽不懂什么文章作法，但我却从那些著名作家的名篇中一睹作家的风采，每位作家都把某项治水工程写得逼真、生动，通俗易懂。把枯燥的历史化成自己的血液和文字，展示了历代名君名臣在各种艰难环境下，如何依靠群众、集中群众智慧把当地的水害化成水利。例如建于秦昭襄王时期由李冰父子设计的都江堰，‘5·12’地震连二王庙都震垮了，而都江堰仍屹立于滚滚的岷江水中，依然灌溉和哺育着川中百姓。它有许多玄机未被今人破释，称为世界奇迹。又如秦始皇建的灵渠，以及在每年只有十毫米雨量干旱沙漠中修建的坎儿井，都表现了中华民族寻找水这一生命之源的大智慧。新中国成立 60 年来，我国进入了治水事业的巅峰，久已淤塞，不断改道的我国江河，给新中国百废待兴建设事业带来重重困难。那时，从北京，从中南海，从毛主席那里发出一道道命令‘一定要把淮河治好’，‘一定要治理黄河’，具有诗人浪漫气质的共和国伟大缔造者毛泽东还命令长江三峡‘高峡出平湖’。于是就有了何建明的‘五代人治理长江’，叶延滨的‘南水北调’，‘红旗渠’，刘兆林的‘打井英雄李国安’，李林樱的‘堰塞湖’以及冯艺的‘雁鸣柳江’等锦绣华章和高扬主旋律的作品出现。我真说不清楚，我为什么也沉浸于这两百多万字的稿件堆里。从而，我也知道程老、何建明、陈世旭、杨克等作家的勤奋和感召，我激动不已，万分铭感，只有按程老意见，尽可能为他（她）们做一些力所能及的服务。”

从2009年5月程贤章飞赴四川都江堰地震灾区考察、约稿算起，原本计划3年完成的工程，结果只用了1年时间，到2010年5月，200万字宏大工程的《中国治水史诗》由作家出版社出版了！正如程贤章所说的：这真是“不可思议”！

治水伟业，功在千秋。2010年7月3日，中国作家出版集团在北京人民大会堂隆重举行了“《中国治水史诗》首发式暨研讨会”。会上，许多政界知名人士和著名专家学者参加，大家都为中国能有一部治水史诗而欢欣鼓舞，认为这不仅在中国水利史上留下经典性的史诗，而且开辟了中国水利题材的先河，在当代文学创作上留下了不可磨灭的功绩。

《中国治水史诗》总策划、广东梅雁水电股份有限公司董事长杨钦欢，中国作协副主席何建明及程贤章等在会上都作了发言。

程贤章感慨地说：“这本书成功出版，我的感受可谓百感交集。假如当时没有杨总力挺和亲力亲为，能一年完成200万字巨著吗?”

作为作家出版社社长的何建明说：“编这样的鸿篇巨制，动员那么多全国第一线作家参与，连中国作协也未必能在那么短时间完成。这是一部很值得重视的巨作。”何建明还充满期待说：“《中国治水史诗》的编辑出版不会是一个句号，而是梅州‘水文化’的一个全新的起点。”

杨钦欢用“上善若水”这句话来概括，认为通过《中国治水史诗》的创作，让作家们真的心领神会了。他最后说：“‘生不用封万户侯，但愿一识韩荆州’。我愿用这两句诗，为再现华夏民族治水英雄史写下不朽华章的中国优秀作家感恩致敬。”

六

以往治水的记载，多是零星的史学描述，或随笔札记，缺乏史实与文学交融的作品，缺乏一脉贯通的系统性，更缺乏从更高层次上的整体思维构架。《中国治水史诗》的出版，迥异于以往历史的平铺直叙的描述，作家们以史料为基础，用文学之笔，去发现，去探索，去描绘，去感触，去思索，去体会中国几千年波澜壮阔的治水历史。《中国治水史诗》因文学而长出飞翔的翅膀，既贴着地面，又腾空高飞，同时赋予人们想象的宽阔空间。

《中国治水史诗》是宏大的治水巨著。全书分为黄淮、长江、珠江、海河、松辽、西部、东南及其他七卷，记述了中国所有大的江河水系和部分重要地方水域治水历史，以及都江堰、灵渠、坎儿井和三峡工程等古今著名的水利工程。如此大规模地、近乎全景式地反映中国历史上宏伟的治水工程，可以说是中国治水史上的首创，给中国治水工程涂抹上浓重的色彩。这是本书的重要特色。

在许多著名作家描述中国治水史的文学作品中，从先贤大禹，到李冰父子；从隋炀帝，到曹瑾、王炽等。作家们拨开历史封尘的记忆，追思过往的激情岁月，往事如烟，那些人事，那些往事，那些苦难，那些细节，虽然岁月流逝，江山易帜，沧海桑田，人事变迁，似乎一切“俱往矣”，但在作家们的笔下，流逝的岁月却永远铭刻着治水者的艰辛与付出，铭记着壮丽山河的绚丽诗篇！

抚今忆昔，感慨万千。时间在记忆，茫茫苍山，浩浩江河，历史也在翻阅水利年轮，检视奔腾江河给人类驯服后带来的奇迹。在近代、当代的治水伟业中，作家们以有力而浓重的笔墨，描绘了几代伟人的形象：孙中山、毛泽东、周恩来以及参与新中国治水的文臣武将，他们胸怀大略，治国治水，指点江山，挥洒自如，为国家民族，为大好河山，为安邦富国，作家们作了生动自然的描述，写下了一曲曲永世难忘的壮丽诗篇。

不仅如此，在这部书的篇章中，还有着浓重的文学色彩，让人感到真实自然，雄浑有力。作品既有鲜明的人物形象，又有深刻的时代反思；既有不同时代的烙印，又有当代治水的鲜明特征；不仅有广为人知的著名治水事件、著名治水人物的全新的诠释，而且更重要的是，书中对那些默默无闻但却影响治水历史事件的小人物，也进行点点滴滴的描绘，写得生动质朴，栩栩如生。像立志在长江上“作文章”的“小人物”章鸿钊；把一生献给长江水利事业的科学家张光斗；务实而不改其志的林一山；带着几十年的盼望，与治水大军为伴的王作秀；在海河泛滥中被洪水围困、死里逃生的张连璧、叶道纶；守护淮河、忠于职守的基层干部戴业成、李守义；葛木初的九死一生的水中历险；科技工作者赖纯久的舍富贵、从水电的坚定，等等。这些草根人物的形象，在作家们的笔下鲜活起来，他们是治水史上的普通人，虽然没有石破天惊的丰功伟绩，但他们就像河边的小草，坚忍不拔、百折不挠地与天斗，与地斗，与水斗，他们是治水大业的原动力！作家们浓墨重彩地抒写出这些普通人的精神风貌，给中国治水历史画出色彩斑斓的文学风景，不禁让后人为之敬佩。正是这些草根人物的执著追求并且为之献身，他们平凡而伟大的事迹激励着许许多多的治水人，更激励着以此为毕生事业的后来者。

诚然，就是这样普普通通的人，点点滴滴的事，在中国悠久的治水史上，烙下了深深的印痕。《中国治水史诗》众多作家生动地记述了这些人的事迹，使中国漫长而艰巨的治水历程，变得波澜壮阔，熠熠生辉。

《中国治水史诗》的独特之处，还在于它深沉的社会性和人生思索。本书提供了人们对治水与民生、治水与强国等反思空间，还包括对中国文明进程的反思，人与自然关系的反思，以及如何总结历代王侯将相、平民百姓治水的历程、经验，吸取教训，达到中华民族的繁荣昌盛与长治久安，并从历代治水得失中获得深刻的启示。可以这样毫不夸张地说，《中国治水史诗》将中国几千年来治水的经验和教训加以展示，雄浑厚重，意义非凡。

《中国治水史诗》既有跌宕起伏、生动激越的治水故事，又有详尽周详、绘声绘色的治水工程的具体描述，不仅予人以美的享受，还予人以启迪、深思。值得注意的是，书中不但描绘人类与自然的激烈竞争乃至生死搏击的悲壮美，还展示了人类与自然的互融互补的和谐美，在经济学、社会学、人类学、生态学、自然学等方面提供了值得学习与借鉴的经验与教训，显示出非凡的社会价值。

文学与历史的交融，人类与自然的互补，让人更真切地触摸到那时空背后的社会真实。这是《中国治水史诗》又一个重要特色。当过往的一切都烟消云散，只尘封在人们记忆中与典籍中时，唯独有一种东西却在干涸的土地上生根发芽并且枝繁叶茂——那便是关于历代治水的一个个激情悲壮的故事，关于治水的一次次争斗纠纷，关于治水的一本本经典文字，还有关于治水的一块块字迹剥落的丰碑。它们记载着治水的历史，记载着治水的沧桑，记载着过去那些日日夜夜的欢乐与苦难人生！这正如著名作家雪漠说的："《中国治水史诗》便为我们展示了一次不朽的可能。我相信，只要人类存在，只要中华民族存在，这部史诗蕴含的精神便会永恒。它承载的治水文化，它记录的某个群体的努力，它倡导的某种精神，便会依托文学这种形式流传下去。"

是的，《中国治水史诗》不仅弥补了中国水利史上的空白，丰富了中国文学创作的宝库，而且提供很高的史料价值和文学价值，它将与世长存！

七

在哲学上，偶然与必然有着相关性，有些乍看上去是偶然的事情，却隐藏着某种必然性，反之亦然。

《中国治水史诗》从构思到出版，乍一看，似乎是"突发奇想"，其实是杨钦欢在长期实践中思考的结晶。杨钦欢长期扎根基层，深耕基层，尤其是近年来在广东、广西等地建造水电站过程中，深知农民最迫切需要的是什么；推而广之，也知道中国农村最为迫切需要的是什么。他认为，农业是国家之本，农村是国家的根基。国家要立足于不败之地，就要搞好农村和农民工作，而水利是农村和农民的命脉，因而也是国家的根本命脉。大力搞好治水工作，关系到立国之本的民生大计。基于这一点，杨钦欢认识到，治水不仅要有"硬"的水利工程，还要有"软"的文化工程，要让全民认识到治水为立国之本的重要性，才能达到更好的社会效果。基于这一点认识，他才下定决心组织编写出这套史诗性巨著来。

事情果真如此。中央领导非常重视农村建设中的水利问题。2011 年 1 月 29 日，《中共中央国务院关于加快水利改革发展的决定》正式公布。这是新世纪以来的第八个中央一号文件，也是新中国成立 62 年来中共中央、国务院首次系统部署水利改革发展全面工作的决定。文件出台了一系列针对性强、覆盖面广、含金量高的新政策、新举措。

《中国治水史诗》的出版，正与 2011 年中央第一号文件所提及的诸多水利政策精神不谋而合。这说明中央领导体察民意，下了农村工作的"及时雨"。"好雨知时节"，这将滋润万物生长，促进国富民强，是推进中国经济发展、社会和谐的新举措。而早在两年前，杨钦欢就组织出版《中国治水史诗》，这不是他"先知先觉"，而是杨钦欢从基层实践中悟出的哲理，也体现出他“登高望远”的前瞻性。

中央一号文件提出：水是生命之源、生产之要、生态之基；水利是现代农业建设不可或缺的首要条件，是经济社会发展不可替代的基础支撑，是生态环境改善不可分割的保障系统，具有很强的公益性、基础性、战略性。加快水利改革发展，不仅事关农业农村发展，而且事关经济社会发展全局；不仅关系到防洪安全、供水安全、粮食安全，而且关系到经济安全、生态安全、国家安全。这是第一次在我们党的重要文件中全面深刻阐述水利在现代农业建设、经济社会发展和生态环境改善中的重要地位；第一次将水利提升到关系经济安全、生态安全、国家安全的战略高度；第一次鲜明提出水利具有很强的公益性、基础性、战略性。

中央对水利工作给予这样高的定位，是对我国基本国情和基本水情的准确把握，是对长期治水经验的提炼总结，是对水利发展阶段特征的科学判断，是我们党对水利认识的又一次重大飞跃。对统一全党思想，凝聚全社会治水兴水力量，加快水利发展与改革，必将起到巨大的推动作用，产生深远的历史影响。

明确水利的战略地位，是关系水利长远发展的根本问题，也是制定政策的基本依据。不同的历史时期，党和国家对水利的地位作用有不同的论断。早在1934年，毛泽东同志提出“水利是农业的命脉”；改革开放至上世纪末，国家明确水利是“国民经济和社会持续稳定发展的重要基础和保障”；进入新世纪，中央与时俱进地提出“水资源是基础性的自然资源和战略性的经济资源”。随着经济社会的快速发展，我国水资源形势深刻变化，水安全状况日趋严峻，水利的内涵不断丰富，水利对全局的影响更为重大，地位更加凸显。

从《中国治水史诗》的组织与出版可以看出杨钦欢“胸有成竹”、“意在笔先”的谋略，正如何建明所说的：“杨钦欢更多的是从国家的‘文化战略’和‘文化理念’的更高层面去看待这件事，他以客家企业家独有的胸怀尊重作家，让作家的价值得到充分体现，从而赢得了大家鼎力相助，共襄文化盛举。”

正是《中国治水史诗》的前瞻性，使得它的出版更具时代意义和重要文献价值。《中国治水史诗》以其所涉时间的悠长，空间的广大，沿治水史的线络，书写了中华民族的文明史。无疑，它是大文化的积淀。这正是我中华民族为全球文化交出的一个可经世流传的文本。从这一点看，《中国治水史诗》的实施者们，是“文化自觉”的先行者，其成功的意义可谓高而深远。它的出版，正反映出中国许许多多关心水利、情系水利、奉献水利人们的心声，激荡起了历史的回声。从这个意义上说，这是一部中国治水史诗，也是一部“适合时宜”的书。

著名诗人周克玉上将发表在《文艺报》上的一首《贺中国治水史诗出版》诗写道：“百位诗仙著水经，程门杨将领旗旌。戎禹蜀郡惊梦喜，大吕黄钟遗世倾。疏凿贯通利万众，道遵势顺循者荣。古来经验堪珍贵，要知功效在践行。”周克玉将军的贺诗对《中国治水史诗》的总策划杨钦欢，主编何建明、程贤章和作家们的努力作了高度的评价，对治水“史书”的意义作了充分的肯定和概括。

感谢杨钦欢先生、何建明先生和程贤章先生的努力，让我读到了盼望已久的史书。

我赞叹《中国治水史诗》。

我推崇《中国治水史诗》。

因为，我喜欢这部《中国治水史诗》！

2011年4月29日晨毕于上海寓中

《中国治水史诗》编写纪事

程勇芳　罗炜新

2009 年 3 月 8 日

上午，我们（指总编室工作人员，以下同）到梅州梅雁公司总部见杨钦欢总经理。杨总对程老说："中国的历史就是一部治水史，从三皇五帝到伟人毛泽东，无一不重视治水，由您负责去编一部'中国治水史'。"

（摘自程贤章日记）

2009 年 5 月 12 日

我们到杨总办公室。我对杨总说："胡锦涛主席已到成都、汶川映秀，主持汶川地震一周年纪念活动。我们也要去成都考察都江堰。"杨总当下表态支持我们到四川考察。我们当天下午就订好了 14 日广州至成都的机票。

去年汶川发生地震那天，我们正去湖南郴州考察由杨总投资的水电站。今年汶川地震一周年，我们又决定去四川考察治水工程都江堰，这不是巧合，是我们编写治水史的决心，这一天，治水史诗工程启动。

（摘自程贤章日记）

2009 年 5 月 14 日

我们由广州坐飞机去成都，飞机晚点，零时抵达成都，入住酒店时已是午夜 1 点钟了。这一次，我们到都江堰采访，也是到四川"朝圣"的。你们看，李冰是"水圣"、杜甫是"诗圣"、三苏是"文圣"、朱德是"武圣"。共和国 10 个元帅，四川占了 4 个，多令人仰慕呀！邓小平是中国改革开放的总设计师。中国文联主席郭沫若、中国作家协会主席巴金，都是四川人。究竟是人杰地灵，还是地灵人杰？这是超自然的壮丽图景。

（摘自程贤章日记）

2009 年 5 月 16 日

我们上午从成都坐车去都江堰，在内江边傍着江水的小饭店午餐，因为没有空调，我们便开车再去找饭店，去了好远，不但没有空调，店面也很小。车子一调头，刚才那位李老板竟跑步赶来拦住车子，先生，你先看看合适不合适？不合适你再去找，可一到饭店，依着湍急的内江，风光无限，就坐下来吃饭了。李老板说："饭后，我用车子带你们去都江堰。从大山走过，不进公园门，可以看到都江堰的许多东西。"在车子前座，我们发现了李先生是都江堰受灾户的证明，便请他当导游。由都江堰灾民当导游是我们意外的收获。沿途，我们看到了去年汶川大地震留下的灾痕，中学全塌了，变成废墟，三星级酒店变成一片瓦砾，六层楼、五层楼、四层楼沉入地下，只露出一层在地面。又是一幅惨不忍睹的图景！从山上鸟瞰都江堰，全景历历在目，除了鱼嘴受损已重新浇上万吨水泥恢复全貌外，都江堰完好如初，似乎与八级地震毫不相干。神奇，神奇，这就是都江堰，这就是伟大的中国历史。我们从都江堰后门进去，老李是都江堰本地人，他居然有钥匙打开后门的铁栅门。于是，我们近距离看到都江堰的全貌，鱼嘴、飞沙堰、宝瓶口、铁索桥就在我们脚下，就在我们身边。在坝上，展出两件东西特别引人注目。一为竹筐里装了许多鹅蛋石。二为原木柱编成的三脚架，无论是导游还是西南民族大学王教授在中央 10 台的"百家讲坛"的叙说都说这些灵感来自洗衣女、来自木匠、来自烧石灰的农民。我对此不敢苟同，并提出质问：1、竹篓装石头是受洗衣女的启发吗？2、三脚架是受泥水建筑匠启发吗？3、宝瓶口挖掘于冷兵器时代，用火把岩石变质、变松是受农民烧石灰的启发吗？一个伟大的水圣，一个中国历史上伟大神奇的工程，连这些都想不到吗？这无疑把伟大的科学家李冰父子矮化了。看三星堆出土的商末周初的陶器，小小的陶壶就是三脚鼎立。早在李冰父子几个世纪的商末陶器，就知道三脚的平稳力学，可见，说李冰父子向群众学习还是政治语言。至于竹篓装石头，这些简单的原理，如果李冰父子连这些都不懂，如何建设这个神奇伟大的水利工程？鱼嘴与飞沙堰，坝高无论高一尺、低一尺都不行。嘉庆年灌县一位县官题字："深掏滩，低作堰"，概括得很精辟，因时制宜等一套行之有效的治水经验，首开了人类科学治水的先例，成为中华民族和世界古代文化的宝贵财富。我们感到这是超自然力的创造，是天、地、人合一的宇宙之道。没有岷江，没有低落差的成都平原，李冰再神奇也不能建起这神奇的水利工程。"无坝水利"就不科学？可后人有谁再建一座都江堰？如果没有这样的天时、地利，不具备天地合一，天人合一，也就没有李冰这种超自然力的科学家，因此，不可矮化这位伟大的水圣。

（摘自程贤章日记）

2009 年 5 月 18 日

上午，我们到湘桂边兴安市考察灵渠。广西兴安县城大雨滂沱，我们依然冒雨去考察灵渠，撑着雨伞站在小山包上，灵渠一览无余。河中狭长的水坝，正是来自都江堰的灵感。鱼嘴坝或类似飞沙堰的矮坝在灵渠都能看到，江水三七分，七分流入湘江，拦河有坝提高水位，这样湘江水南上，槽船直进桂林，直下阳朔、梧州流入珠江水系。这是秦始皇继秦昭襄王、李冰建都江堰之后又一个伟大工程，为了统一南方的军事，征服南方，保证了粮食和物资的补给。自古以来有“北有长城，南有灵渠”一说，可见灵渠工程的浩大了。

（摘抄程贤章日记）

2009 年 5 月 19 日

我们在广西桂林约见了广西师大黄伟林教授，邀请黄伟林教授为我们的“治水史”写灵渠一篇文章，黄教授愉快地接受了。他说：“你们能编这样的一本大书，真是功德无量的事，我一定会写好。”

2009 年 5 月 26 日

《香港商报》以半个版篇幅报道著名作家程贤章川桂行归来。全文如下：

大江河中叩拜水圣欲写中国治水绝招

“5·12”大地震一周年考察重灾区都江堰

大江河中叩拜水圣欲写中国治水绝招

著名作家程贤章川桂行归来接受本报独家采访

本报记者　廖洪浩　兰钧然

著名作家程贤章，不顾79岁高龄，深入四川重灾区都江堰，及特重灾区映秀镇采访，还深入到桂北兴安县考察古灵渠。他准备以三年时间，写一部“中国治水概要”，以他老辣灵动的文采写一部《中国治水绝招》。19 日晚零时，他和助手一行三人，终于在滂沱大雨中从桂林飞回深圳。记者 20 日一早，赶到程老下榻处，请他谈谈此行的感受。

记者：程老，你昨天深夜才从大雨滂沱中的桂林坐飞机回来，就接受我们的采访，作为记者，我们心里感到不安。

程：可以理解，因为我也是当记者出身，第一时间找到采访对象并取得第一手材料，是新闻记者的绝招。

记者：没想到你这把年纪，还雄心壮志写中国治水史概要，尽管你写的是中国治水绝招，立下这样的决心也不容易啊。

程：梅雁水电集团创业人杨钦欢先生，是我的好朋友。一次闲聊中，谈梅雁水电集团发展思路时，杨钦欢先生很感慨地说：中国的历史其实也是一部治水史。从三皇五帝到现在，多少名君名臣名人在治理中国的山川江河。夏禹治黄河，李冰筑都江堰，秦始皇修灵渠，直到现在的三门峡、葛洲坝、三峡、红旗渠，受益了多少中国人。我为之震撼！立即表态：我来接招，编著一本“中国治水绝招”。第二天，我就送上我的编述计划。杨总看了，立即拍板愿拨出一笔经费让我去全国著名水利工程考察，并指定三个年轻人做我的助手。其中有一位是他海外留学归来的儿子杨国立。我这人，有个脾气，就是“打卵见黄”，“刺刀见红”。文人“封闭”，就好比是关在笼子里的“金丝雀”放出笼后找不到东西吃，所以不敢飞出鸟笼。现在有经济做后盾，应该趁热打铁去考察。

记者：听说你选择了5月12日那天出发入川？

程：是的，“5·12”是四川地震一周年，去年“5·12”，我们是去考察梅雁水电在湖南郴州资兴县东江水电站。在火车上，刚穿过大瑶山隧道时，即知道汶川发生大地震。今年“5·12”一周年，我们去考察都江堰，就更有实际内涵了。好心人都劝我们推迟计划。因为，5月大西南天气极不稳定。而且，中国第一例H1N1流感患者就出现在成都。但我觉得：李克强副总理都到了成都，胡锦涛总书记也到了重灾区映秀主持“5·12”大地震周年纪念。想一想，国家首脑都在灾区，我们普通老百姓还有什么可顾虑的呢！“5·12”那天我们从梅州出发，14日抵成都，15日直进重灾区映秀和都江堰。以表示我们写书的决心和对四川重灾区死难同胞的悼念和缅怀。

记者：我们想听听你深入重灾区的感想。

程：比起进都江堰，进映秀镇比较麻烦，手续比较多。映秀小学根本不让进。我们出示所有有力的证件，包括广东省公安厅颁发的“特约作家”证，享受国务院特殊津贴的证件（天哪，我何时用这些殊荣炫耀过自己?），我冲口而出：映秀小学是广东帮建的，我们是广东来的。这样，我们才进入映秀小学。但门口的警卫不允许采访，我们又费尽许多唇舌，警卫人员去办公室请示，没想到映秀小学校长谭国强出来接待我们，伸出宽厚有力的手掌与我握手。“欢迎欢迎，广东是重建映秀小学的恩人”，谭校长说，深圳证监局张局长亲自来映秀废墟上选址。2008年7月12日完成板房建设，8月23日开学。学生165人，教师26位，原来的教师19人，其他7人是新来的。问及老师伤亡人数，谭校长语塞，眼泪在眼眶里滚动，只说，感谢广东省，感谢深圳市对我们的支持。映秀小学的重建使映秀人的文化能永远延续。如果看操场上小孩天真的笑容，好像映秀从来都是太平盛世，根本没有发生天灾。但一出校门，眼前一片废墟，没一栋完好的房子。前几天，胡锦涛总书记和李克强副总理，就在映秀小学一街之隔的映秀中学操场，参加了“5·12”周年纪念大会。我们也在总书记献花的地方，代表广东部分作家，代表梅雁水电集团创业人杨钦欢和全体员工，默哀，献花。其实，总书记献花的周围，依然是一栋栋东倒西歪的房子。我想，世界上有哪个国家的领导人能像中国领导人一样，和灾区人民如此心贴心？愿灾区人民意志更坚强，死难同胞永远安息！

记者：灾后一周年，都江堰受灾情况如何？

程：都江堰离映秀重灾区20公里，受灾很严重，特别是都江堰附近的房子，有夷为平地的，也有东倒西歪的。我们请的导游是当地的灾民，所以，看到的东西更全面。前前后后，里里外外，受灾最严重的地方，我们都看到了。我们还绕山绕水，看到了都江堰全景，看到了导游家里灾后新建的木板房。然后从后门进入都江堰坝址。导游指着上游的水坝说，去年，温家宝总理的指挥部就在这水坝上面，去汶川，映秀无路，总理坐冲锋舟进入灾区视察。全世界有哪个国家的国家主席和总理，能在发生八级大地震的生死关头和灾民共度这苦难时光？

记者：真是耳闻不如目睹，这是程老到灾区第一线的感受。奇怪，都江堰如何不受影响？

程：这就是奇迹，都江堰基本无坝，它哪里会坍塌呢？鱼嘴坝是裂了一条大缝，修建时倒了几万吨水泥和钢筋，更加坚固了。其他部分可以说丝毫无损，神奇就神奇在这里。

记者：明明叫都江堰，怎能可以无坝建筑？

程：说无坝是不科学的。相传大清咸丰年间的一个县令在“鱼嘴”留下一石刻：“深掏滩，低筑堰”。其实也是李冰筑都江堰的“六字方针”和绝招。也是都江堰筑堰2600年来历经17次大地震包括这次八级大地震依然屹立于急流中的原因。但七三分水的鱼嘴，八二分沙的飞沙滩江底有多深，露出面有多高？这就是除了当年的李冰别人无法知道的了。一个鱼嘴把江水七三分开。一个宝瓶口劈开青山把分出来的水，引到成都平原。特别是深掏滩，那时是“冷兵器时代”，没有炸药，如何“深掏滩”。于是，有学者在电视台演说：鱼筐装石堵坝是受洗衣女的启发；支木材三角架是受木匠的启发；穿山引水是受农民烧石灰的启发，还把许多“道具”在观景台展示。对此，我持反对质疑的态度。我想：如果连这简单的原理都不懂，李冰也就不是李冰，也就不能成为都江堰第一人了。再想深一层，当时没有纸笔，写书都是竹简，建都江堰有没有设计图？我想，不能因为向群众学习而把科学家“矮化”。我认为科学家的头脑、才智是超自然力的神奇。这就是我去都江堰的最大感受，不同于众人的思维。请记者无论如何写上这一段话。这使我想起上海南浦大桥的总设计师李国豪。有一次，我去上海拜访李国豪先生。我问他：李老，大胆问你一个问题，有人说南浦大桥无引桥，是受一个小学生一幅图画的启发，是不是真有这件事？李老先生笑了。他说，一个桥梁专家，如果连最简单的原理都不懂，他只能白吃饭。因此，我有理由力排众议，为伟大科学家神秘的超自然力和大智慧恢复名誉。

记者：俗话说，百闻不如一见。程老看了都江堰，就有自己的见解，敢于力排众议，不能不让我们这一代新闻记者佩服。

程：2000多年来，都江堰灌溉了千里成都平原，使四川成为“天府之国”。哺育了那么多科学家、文学家、政治家、军事家，功比天高。

记者：感谢程老给我们带来四川灾区最新的信息和对都江堰的新视角。听说，你又马不停蹄看了灵渠。灵渠，也是古中国伟大的水利工程。

程：与都江堰不同，灵渠没受灾。我们从成都坐夜航机飞桂林，连夜从桂林机场赶到灵渠所在地，和湖南接壤的兴安县。80多公里的路程，真不好走。住下来已深夜两点钟了。一早，我们又冒雨去参观灵渠。大雨滂沱，江水咆哮，渡船停航。我们三人只好撑起雨伞爬上小山坡，灵渠一览无遗。确实，这是一个何等伟大的工程！水中那浮出水面的“孤岛”，形似鱼嘴的分流坝，工程艰巨的灵渠，灵感大都来自于都江堰。秦始皇爷孙两代，建造了都江堰和灵渠，中国古代这两大水利工程。秦始皇北建长城，南挖灵渠，工程一样宏伟。灵渠，把北去的湘江和东流的漓江连接起来，汇入珠江，解决了秦始皇南征50万大军的辎重粮草补给的大问题，不但具有政治价值和经济价值，最大最长远的意义，就是促进了南北文化的交流。这些大军，就是第一代的客家人。他们给南方注进了中国古代黄河农耕文明的新血液，开发了南方的疆土，又传播了中华科学文化的火种。灵渠和都江堰一样，利在当代，功在千秋。这种魅力给予我写中国治水一书更大的信心。谢谢《香港商报》在我从都江堰、灵渠回来第一时间对我的采访。

2009年7月3日

上午，我们与广东作家协会副主席杨克通电话，约他加盟“治水史”写作，他干脆地答应了。晚上，杨克副主席复电《人民文学》主编韩作荣也加盟“治水史”写作。

2009年7月12日

今天上午，我们到梅雁公司总部见杨总，向他汇报很多名人、大作家都欣然同意为“治水史”撰写稿件。杨总听了汇报后，同意我们下星期出发去新疆坎儿井、京杭大运河、黄河入海口等地考察。

2009年7月15日

我们去杨总办公室汇报，送上了中国作家协会书记处书记何建明为“治水史”写的报告文学《百年梦想——中国几代伟人与三峡工程》。

2009 年 7 月 16 日

我与中国作家协会书记处书记何建明通电话。何书记说了几点：1、有远大眼光。2、能有 100 多万字，就成了中国“治水史”概要。3、操办这件事功德无量。4、行内都说你德高望重，有影响力。5、问候梅雁集团杨钦欢老总，这是一件阳光工程，一定要做好。何书记最后说：“北京见。”

（摘自程贤章日记）

2009 年 7 月 23 日

我们由深圳飞乌鲁木齐。今天大暑，选中这一天飞赴新疆乌鲁木齐。第二天去火焰山、去吐鲁番考察坎儿井。为什么选这一天呢？这是对祖国山河水圣的虔诚。我这人就是这样执着，一定要把“治水史”编好。从深圳飞新疆乌鲁木齐 5 个多小时飞，比去年往印尼雅加达时间还长，中午饭时吃了安眠药，也不睡，也不困，一种叫作“精神”的软功和神灵默默支撑我年迈之身。祖国大西北，特别是新疆的雪山大漠太神奇、太伟大了。

（摘自程贤章日记）

2009 年 7 月 24 日

我们驱车越过戈壁滩，到新疆吐鲁番考察坎儿井。一跨出新疆乌鲁木齐市，便进入了茫茫沙漠，这沙漠全是风化碎石，寸草不生，导游说这叫“黑沙漠”。我从未见过这么辽阔的 183 公里距离的土地上没有生命，路上只有发电风车慢慢摇转它的旋桨，看距离乌鲁木齐市 183 公里路程的黑沙漠，你就明白了。刚解放，我们就会哼《吐鲁番的葡萄熟了》，读《西游记》就知道唐僧取经时经过的火焰山，全靠孙悟空的法力向铁扇公主借来芭蕉扇。2009 年牛年“大暑”第二天，我们就去闯火焰山，我们经过火焰山，没有停留，火焰山燎起的是我们的活力与热情。去吐鲁番，我们是去考察古治水工程——坎儿井。现存的坎儿井历史约 400 多年，晋代最早修的坎儿井，也许深埋在吐鲁番的土地下。人类的智慧是无穷的，吐鲁番年降雨量约 10 毫米，其实是全年不下雨。本身可能也是沙漠，但苍天赐给它们雪山水，一年到头不下雨的吐鲁番，雪山给你的水，流不远就会蒸发。我们去考察现场，尽管有人为作秀，但基本还原了坎儿井的原貌，挖土的工具，原始得很，工程也很艰巨，有“沙漠长城”之称。现在，吐鲁番的人民还是饮坎儿井里的水，我们就碰到一个维吾尔族小姑娘用铜壶到坎儿井里取水，吐鲁番是盆地，风被周围挡住，天气更炎热，但却是葡萄水果盛产的好地方。一句话，就是坎儿井长流的雪水，使荒凉的大沙漠变成绿洲。出现了盛产瓜果的大漠江南，所有流放到新疆的官吏，例如林则徐、左宗棠都对修建坎儿井作出了不可磨灭的贡献。

（摘自程贤章日记）

2009年7月27日

在北京。中国作家协会书记处书记、作家出版社社长何建明派车接我们。在何书记办公室，何书记与程贤章先生洽谈“治水史”编辑问题。何建明书记说：一、这是功德无量的事。二、这是中国第一部人文治水史。三、撰写文章的作家水平要尽量整齐。

2009年7月28日

在北京约《人民日报》、《人民日报海外版》、《光明日报》、《中国青年报》、《新京报》、《文艺报》负责人或版面负责人发布编“治水史”消息。

参加会议人员：

缪俊杰、王必胜、刘琼、梁永琳、梁若冰、方绪晓、朱晖、吴晓东、吕先富、程贤章、杨国立、罗炜新、程勇芳、谢思敏。

2009年7月29日

上午，我们从北京住的宾馆出发去考察京杭大运河的起点——通州，原属河北省的通州，现已划为北京的一个区，运河也成为北京重要的旅游景点了。考察运河不但省心、省力而且有几分潇洒，在人为的运河码头，我们乘快艇在周围转了一圈，驾驶员向左向右几乎90度倾斜，制造惊险状态。其实有惊无险，然后回码头。有人说朱棣为燕王时，就屯兵于此，我相信直流杭州的京杭大运河，是防卫他的侄子建文帝收拾他的关隘，也是燕王操练水兵的好操练场。京杭大运河第一掘应该是隋炀帝杨广帝业的大亮点，运河千百年来成为南北漕运的交通枢纽。而且，目的地是物富民康的江南腹地，以后或前朝均在运河上做文章，京杭大运河的文章不用我动笔。但杨总还是要我们来考察，下午，我们去逛王府井新华书店买了几百元水利方面的书，治水史的书真的没有，这更加重了我们编写“治水史”的责任。

（摘自程贤章日记）

2009年8月1日

我们离开北京去山东。同日《文艺报》发表消息：

贾平凹、何建明、程贤章等名家将编著《中国治水史概要》

著名作家何建明任主编、客籍著名作家程贤章任执行主编的《中国治水史概要》，由全国众多著名作家分别执笔撰写，褒扬中国历史上重要工程、重要历史人物对华夏治水文化卓越的贡献。著名作家何建明、王宗仁、杨克、程贤章、熊育群、黄伟林、展锋、董生龙撰写的名篇已相继完成。此外，还将邀请贾平凹、缪俊杰、张贤亮、张炜、廖红球、刘醒龙、李杭育、章以武等著名作家加盟为本书撰写部分章节。曾考察了黄河、长江、都江堰、灵渠等著名水利工程，最近又马不停蹄冒着酷暑飞赴新疆吐鲁番考察番坎儿井的著名作家程贤章不顾年事已高，和他的助手们最近来到北京，邀请了《人民日报》、《人民日报海外版》、《光明日报》、《中国青年报》、《新京报》、《文艺报》等媒体的负责人缪俊杰、王必胜、刘琼、梁永琳、梁若冰、方绪晓、朱晖、吴晓东、吕先富等同志座谈。目的是编一部高水平高质量的中国治水篇章。

（炜新　勇芳）

2009年8月2日

我们去山东济宁考察京杭大运河中段。同日，《梅州日报》发表消息：

治水作品《中国治水史概要》进入编辑程序

本报讯　中国第一部以文学形式褒扬中国历代治水功臣的作品《中国治水史概要》编辑工程，已进入操作程序。这部计划100万字的历史著作正蓄势待发，以别致的形式集全国名家执笔的名篇问世后，将令人耳目一新。

著名作家何建明任主编、客籍著名作家程贤章任执行主编的《中国治水史概要》，由全国众多著名作家分别执笔撰写，褒扬中国历史上重要工程、重要历史人物对华夏治水文化卓越的贡献。著名作家何建明、王宗仁、杨克、程贤章、熊育群、黄蔚林、展锋、董生龙撰写的名篇已“登陆”编辑部。此外，还将邀请贾平凹、缪俊杰、张贤亮、张炜、廖红球、刘醒龙、李杭育、章以武、何锹、关飞、沈仁康等著名作家加盟为本书撰写部分章节。

曾考察了黄河、长江、都江堰、灵渠等著名水利工程，最近又马不停蹄冒着酷暑飞赴新疆吐鲁番考察坎儿井的著名作家程贤章不顾年事已高，和他的助手们近日来到北京，邀请了《人民日报》、《光明日报》、《中国青年报》、《新京报》、《文艺报》的负责人缪俊杰、王必胜、刘琼、梁永琳、梁若冰、方绪晓、朱晖、吴晓东、吕先富等同志座谈。首都新闻界的与会人士认为，中国目前尚无一部完整的治水史，编写治水史是功德无量的大事，一定要认真尽快推出。

该书由广东梅雁水电集团创业人、总经理杨钦欢策划注资。该书编委杨国立在座谈会上代表编委会和梅雁集团向北京著名媒体有关负责人的大力支持表示衷心的感谢。

（刘军　炜新　勇芳）

2009 年 8 月 3 日

我们去山东东营考察黄河入海口。

2009 年 8 月 4 日

我们在山东济南会见山东作协主席张炜，他答应写一篇有关“治水史”的文章（黄河入海口）。

同日，《香港商报》发表消息：

众名家执笔《中国治水史概要》

【商报专讯】记者廖洪浩报道：第一部以文学形式褒扬中国历代治水功臣的作品《中国治水史概要》编辑工程，已进入操作程序。这部100万字的历史著作将以别致的形式集全国名家执笔的名篇问世。

著名作家何建明、程贤章主编（执行）的《中国治水史概要》，由全国众多著名作家分别执笔，褒扬中国历史上重要工程、重要历史人物对华夏治水文化卓越的贡献。

著名作家何建明、黄宗仁、杨克、程贤章、熊育群、黄蔚林、展锋、董生龙撰写的名篇已“登陆”编辑部。此外，该书还将邀请贾平凹、缪俊杰、张贤亮、张炜、廖红球、刘醒龙、李杭育、章以武、何锹、沈仁康等著名作家加盟撰写本书。

曾考察了黄河、长江、都江堰、灵渠等著名水利工程的名作家程贤章，近日不顾高龄和酷暑，专程到北京邀请京城主流媒体负责人座谈，与会新闻界人士表示，中国目前尚无一部完整的治水史，希望该书尽快推出。

2009 年 8 月 7 日

我们从杭州到上海。同日，《光明日报》发表消息：

《中国治水史概要》即将推出

中国第一部以文学形式褒奖治水功臣的作品《中国治水史概要》即将由作家出版社出版。由何建明、程贤章主编的《中国治水史概要》旨在选择历史上的重要工程、重要人物，加以颂扬。著名作家何建明、贾平凹、张贤亮、张炜、缪俊杰等，应邀为本书撰稿。为使本书的编撰工作更实在、更到位，本书执行主编程贤章从去年底开始，带领助手先后考察了黄河、长江、都江堰与灵渠，近日更冒着酷暑赴新疆吐鲁番考察坎儿井。《中国治水史概要》由广东梅雁水电集团总经理杨钦欢策划注资。

（杰青）

2009 年 8 月 10 日

《人民日报海外版》发表消息：

中国首部治水史传文学作品将问世

中国首部以文学形式褒扬治水功臣的《中国治水史概要》即将由作家出版社出版。该书由著名作家何建明、程贤章主编，选择中国历史上重要工程、重要人物加以颂扬，何建明、贾平凹、张贤亮、缪俊杰、张炜、杨克、熊育群、金敬迈、展锋、李杭育、刘醒龙、刘亮程等著名作家应邀撰稿，广东梅雁水电集团总经理杨钦欢策划出品。为使该书编撰工作更实在、更到位，程贤章带着助手，先后考察了黄河、长江、都江堰和新疆吐鲁番的坎儿井等，使这部作品有了扎实的根基。

（炜新　勇芳）

2009 年 8 月 13 日

《羊城晚报》发表消息：

贾平凹、何建明、程贤章等名家将编著《中国治水史概要》

著名作家何建明任主编、客籍著名作家程贤章任执行主编的《中国治水史概要》，由全国众多著名作家分别执笔撰写，褒扬中国历史上重要工程、重要历史人物对华夏治水文化卓越的贡献。著名作家何建明、王宗仁、杨克、程贤章、熊育群、黄伟林、展锋、董生龙撰写的名篇已相继完成。此外，还将邀请贾平凹、缪俊杰、张贤亮、张炜、廖红球、刘醒龙、李杭育、章以武等著名作家加盟为本书撰写部分章节。曾考察了黄河、长江、都江堰、灵渠等著名水利工程，最近又马不停蹄冒着酷暑飞赴新疆吐鲁番考察坎儿井的著名作家程贤章不顾年事已高，和他的助手们最近来到北京，邀请了《人民日报》、《人民日报海外版》、《光明日报》、《中国青年报》、《新京报》、《文艺报》等媒体的有关同志缪俊杰、王必胜、刘琼、梁永琳、梁若冰、方绪晓、朱晖、吴晓东、吕先富等座谈。该书由广东梅雁水电集团创业人、总经理杨钦欢策划注资，目的是编一部高水平高质量的中国治水篇章。

（炜新　勇芳）

2009年8月16日

《人民日报》发表消息：

《中国治水史概要》即将出版

中国第一部以文学形式褒奖治水功臣的作品《中国治水史概要》即将由作家出版社出版。

由著名作家何建明、程贤章主编的《中国治水史概要》旨在选择历史上的重要工程，重要人物，加以颂扬。著名作家何建明、贾平凹、张贤亮、缪俊杰、张炜、杨克、熊育群、金敬迈、展锋、李杭育、刘醒龙、刘亮程等应邀为本书撰稿。

（炜新　勇芳）

2009年8月17日

程老为中国治水史概要总编室题写牌匾。

2009年8月18日

《新世纪文坛报》发表消息：

何建明、程贤章等名家将编著《中国治水史概要》

著名作家何建明主编、客籍著名作家程贤章任执行主编的《中国治水史概要》，由全国众多著名作家分别执笔撰写，褒扬中国历史上重要工程、重要历史人物对华夏治水文化卓越的贡献。著名作家何建明、王宗仁、杨克、程贤章、熊育群、黄伟林、展锋、董生龙撰写的名篇已相继完成。此外，还将邀请贾平凹、缪俊杰、张贤亮、张炜、廖红球、刘醒龙、李杭育、章以武等著名作家加盟为本书撰写部分章节。

曾考察了黄河、长江、都江堰、灵渠等著名水利工程，最近又马不停蹄冒着酷暑飞赴新疆吐鲁番考察坎儿井的著名作家程贤章不顾年事已高，和他的助手们最近来到北京，邀请了《人民日报》、《人民日报海外版》、《光明日报》、《中国青年报》、《新京报》、《文艺报》等媒体的有关同志缪俊杰、王必胜、刘琼、梁永琳、梁若冰、方绪晓、朱晖、吴晓东、吕先富等座谈。

（刘军　炜新　勇芳）

2009年8月20日

《梅州日报》发表记者刘军的访问记：

耄耋编巨著　炎夏万里行

——访著名作家程贤章

为了编纂一部治水巨著而跋涉万里，归来时竟没有旅途的倦容，眉飞色舞，滔滔不绝，赞美祖国名山大川，畅谈采访心得——这就是记者对刚刚回到梅州的老作家程贤章的第一印象。程老在考察了四川映秀和都江堰、灵渠等著名水利工程，最近又冒着酷暑马不停蹄从深圳远飞乌鲁木齐，奔赴大戈壁滩考察吐鲁番的“坎儿井”，然后又奔赴华北考察京杭大运河的起点、中部、终点，还考察了山东黄河出海口东营，行程万余里。这对一个耄耋之年的老作家来说，七月酷暑万里行可谓艰辛。何以使这位老作家意志如此坚强？他一回到梅州，记者就对他进行了专访。

记者（以下简称记）：程老，七月酷暑，大家都去避暑，您却远飞新疆闯火焰山去吐鲁番考察坎儿井，为何？

程贤章（以下简称程）：按《中国治水史概要》总策划、梅雁水电集团创始人、总经理杨钦欢先生的方案，我们有两个偏远“高危”地区都要亲自考察的。一个是吐鲁番的坎儿井；一个是青藏高原的三江源。我选择一年中最酷热的大暑又是乌鲁木齐“7·5”事件发生后半月，赴新疆吐鲁番考察坎儿井和天山将会最有意义。开始，杨钦欢总经理也不大同意，希望我先去北京再赴新疆。我说我的身体我最能把握。杨总看我意志坚决，也同意了。除了炜新和勇芳他还加派了两个年轻人，要他们一路照顾我。你想，四个年轻人护着我一个老人，我还考虑什么？于是很快订好飞新疆的机票，而且中间不停留地直飞。

记：您去了乌鲁木齐，现在的治安是否恢复？

程：乌鲁木齐骚乱已经平息。吐鲁番是维吾尔族同胞聚居地，我在坎儿井旧址，在民族饭店，在街道上，在维吾尔同胞葡萄园里，看到他们都很珍惜汉维民族大团结。我在赴疆日记中用浓墨重彩描述了现场的感情盛宴。我一到乌鲁木齐，就与新疆著名作家刘亮程通电话。刘亮程一听我的电话有点惊讶。确实，新疆今年黄金旅游季节却被“7·5”骚乱破坏了，乌鲁木齐一家旅游公司的导游小姐接待的第一个“旅游团”（其实我们是考察水利的），就是我们一行五人，她希望我们的到来能给他们起个好头。

记：你不远万里去考察新疆的坎儿井，一定有我们想不到的意义和内涵。

程：从乌鲁木齐到吐鲁番183公里，都是颜色灰黑，遍布碎石，没有生命的无垠戈壁滩。但一到吐鲁番，突然一片翠绿，出现繁华的街市与绿色世界。为什么？就是有了坎儿井，有了水。可见，水是生命之源。有了水就有生命，就有颜色，就有世界。

新疆这地方很奇特，周围有遥远的雪山。雪山的雪水，好不容易流到了吐鲁番。刚好吐鲁番有黏土层，人们让吐鲁番的雪水通过暗渠流动，这便是前人建筑的坎儿井。我们看到最早的坎儿井是明朝建的，这些暗渠纵横交错延续上千里，有新疆长城工程之称，坎儿井把吐鲁番变成最美丽富饶的绿洲，养育着几百万维吾尔族同胞。它是人类顺乎自然的伟大创造，吐鲁番年均雨量只有10毫米，南方人的观念上是每年都不下雨。如果没有坎儿井，怎么会出现一片绿洲？你看，《西游记》描写的火焰山就在吐鲁番。所以，我觉得新疆是冰炭并存的好地方。

记：您这次北京、山东、上海等地之行，收获不小吧？

程：中国作家协会书记处书记、作家出版社社长、著名作家何建明把我们接到他的办公室，他认为我们做的是功德无量的事。他还同意担任《中国治水史概要》的主编，这使我喜出望外。《人民日报》、《人民日报海外版》、《光明日报》、《中国青年报》、《新京报》、《文艺报》主要负责人或版面负责人梁若冰、刘琼、朱晖、吕先富、梁永琳、吴晓东、缪俊杰、方绪晓都到场听我对编写中国治水史的立意、策划、考察、约稿等各项工作进行情况的汇报。他们一致认为：这是功德无量的事，一定要尽快做完做好。他们有些已经发了报道，有些准备最近把消息发出。这都是赞誉、鞭策、鼓励。其实，联系北京全国性各大媒体，全靠我的好友缪俊杰老师。我们从乌鲁木齐飞抵北京，和俊杰老师一见面，他就忙碌起来，不断按拟定的名单和各大媒体或主编或版面负责人通电话。这样，各大媒体被邀请的“老编”、“老记”都来了。以后我们又考察了京杭大运河，山东东营黄河出海口和茫茫湿地，考察西子湖，京杭运河的终点，苏州河，黄浦江。我们在山东考察的时候，著名作家、山东作家协会主席张炜正筹备召开山东作家代表大会，仍抽空与我长谈表示对此项目的支持。他还许诺为中国治水史撰写山东东营的文章。解放军总后著名作家王宗仁，上海作家丘峰都表示尽快给中国治水史概要撰稿，缪俊杰同志则愿为该书审稿。广东著名作家杨克、熊育群、展锋有些文章已登陆编辑部，有些文章正在修改。杨克写完东江供水工程后，又去了新丰江发电站和梅江采访，老作家沈仁康则到粤西雷州半岛写青年运河。广东作协主席、党组书记廖红球则向我落实了好几位著名报告文学作家的名单，并乐意为本书担任顾问。他说：“梅雁要成为百年老品牌，预想的到前路坎坷。而他们编的中国治水史，却是一部不朽的水利文明。”作为本书的执行主编，作为总策划杨钦欢先生的执行人，我认为此次“七月酷暑万里行”是一场预想不到的大丰收。无疑也坚定了我们编好《中国治水史概要》的信心。

2009年8月25日

《香港商报》发表文章：《七月流火万里行》——访著名作家程贤章

七月流火万里行
——访著名作家程贤章

本报记者：廖洪浩　蓝钧然

5·12汶川地震一周年考察了映秀，都江堰、灵渠等著名水利工程归来的老作家程贤章，最近又马不停蹄，在乌鲁木齐发生7·5事件半个月，耐着酷暑从深圳远飞乌鲁木齐，奔赴大戈壁滩考察吐鲁番的“坎儿井”，然后又奔赴华北考察京杭大运河的起点、中部、终点，还考察了山东黄河出海口东营，行程万余里。这对一个耄耋之年的老作家来说，七月流火万里行可谓不堪重负。何以证这位老作家意志如此坚强，丹青永驻，红心永恒。他刚和助手罗炜新等一行到深圳，记者就以简单的一顿晚餐，为老人万里之行“接风”，实则对他进行专访。

记者：七月流火，大家都找庐山、北戴河避暑，你却远飞新疆闯火焰山去吐鲁番考察坎儿井，实在有点反常，不可思议。

程贤章（以下简称程）：按《中国治水史概要》总策划，梅雁水电集团创业人、总经理杨钦欢先生的方案，有两个偏远“高危地”区都要亲自考察的。一个是吐鲁番的坎儿井；一个是青藏高原的三江源。我选择一年中最酷热的大暑又是乌鲁木齐7·5事件发生后半月，赴新疆吐鲁番考察坎儿井和天山将会最有意义。开始，杨钦欢总经理也不大同意，希望我先去北京再赴新疆。我说我的身体我最能把握，至于乌鲁木齐的治安，我觉得有危险的时候也就是最安全的时候。杨总看我的意志坚决，也同意了。除了炜新和勇芳他还加派了两个年轻人，要他们一路照顾我。杨总对他们说：好好照顾他老人家，也好好向他学习，干得好回来有奖励。你想，四个年轻人护着我一个老人，我还考虑什么？于是很快定好飞新疆的机票，而且中间不停留直飞。

记者：好呀！一个是意志坚决；一个是考虑周全。你去了乌鲁木齐，治安是否恢复，一片太平景象？

程：乌鲁木齐骚乱已经平息，骚乱首恶已经大部分落网。维吾尔族同胞非常珍惜和谐，痛恨热比娅等疆独分子。吐鲁番是维吾尔族同胞聚居地，我在坎儿井旧址，在民族饭店，在街道上，在维吾尔同胞葡萄园里，看到他们多么珍惜汉维民族大团结。我在赴疆日记中用浓墨重彩描述了怎样尽情享受现场的感情盛宴，但为了保卫新疆各族人民的平安，乌鲁木齐大街依然有武警巡逻。但人民一样热闹地在“大巴扎”购物，饮啤酒谈天，真是一片太平景象。但是，并不是已经太平无事。境外制造7·5骚乱的头目热比娅和“三股”势力，还在策划动乱。如果没有武警武装保卫，乌鲁木齐绝对不可能很快得到动乱后的太平世界。我一到乌鲁木齐，就与新疆著名作家刘亮程通电话。刘亮程一听我的电话有点惊讶：“程老，你真的来了？我在喀什写作，离乌市1000多公里，无法照顾你。请你保重，夜晚在酒店里，不要逛街。叫小罗多小心，保重保重。”可谓逆耳忠言，苦口婆心。确实，新疆今年黄金旅游季节却被7·5事件破坏了，乌鲁木齐一家旅游公司的导游小姐接待的第一个“旅游团”（其实我们是考察水利的），就是我们一行五人，他希望我们的到来能给他们带来个好头。可见，外界对乌鲁木齐的治安并不十分了解。

记者：你不远万里去考察新疆的坎儿井，一定有我们想不到的意义和内涵。

程：从乌鲁木齐到吐鲁番183公里，都是颜色灰黑，遍布碎石，没有生命的无垠戈壁滩。但一到吐鲁番，突然一片翠绿，出现繁华的街市与绿色世界。为什么？就是有了坎儿井，有了水。可见，水是生命之源。有了水就有生命，就有颜色，就有世界。新疆这地方很奇特，周围有遥远的雪山的雪水，好不容易流到了吐鲁番。刚好吐鲁番有粘土层，人们把吐鲁番的雪水通过暗渠流动。这便是前人建筑的坎儿井因地壳变化全都消失了，我们看到最早的坎儿井是明朝建的，这些暗渠纵横交错延续上千里。坎儿井把吐鲁番变成最美丽富饶的绿洲，养育着几百万维吾尔族同胞。它是人类顺乎自然的伟大创造，吐鲁番年均雨量只有10毫米，南方人的观念上是每年都不下雨。如果没有坎儿井，怎么会出现一片绿洲？你看，《西游记》描写的火焰山就在吐鲁番。所以，我觉得新疆是冰炭并存的好地方。

记者：从老先生的赴疆日记，知道你对天山天池是如何的满怀激情与赞美。

程：天山、天池是新疆王冠上的一颗明珠，看到去天山路上两旁的绿树，看到哗哗流水河边的帐篷和牛羊，看到天山的雪和天池的水和一尘不染的蓝天，我真想钻到蒙古包里请他们把我留下。有人说那是“塞上江南”。我想江南很美，而天山、天池却是美丽而圣洁的。天池海拔1900米，但我毫无“高原反应”。真想把以后的人生留在天池下的村庄里。

记者：你这次北京之行，据说是一场大丰收。

程：中国作家协会书记处书记、中国作家协会党组成员、中国作家出版集团管委会主任、作家出版社社长、著名作家何建明把我们接到他十分简约的办公室，再一次表示我们做的是功德无量的事，再一次要我转达他对杨钦欢先生做水文化的远大眼光和决心的钦佩。还同意担任《中国治水史概要》的主编，这使我喜出望外。中国著名媒体《人民日报》、《人民日报海外版》、《光明日报》、《中国青年报》、《新京报》、《文艺报》主要负责人或版面负责人梁若冰、刘琼、朱晖、吕先富、梁永琳、吴晓东、缪俊杰、方绪晓都到场听我对编写中国治水史的立意、策划、考察、约稿等各项工作进行情况的汇报。他们一致认为：这是功德无量的事，一定要尽情做完做好。他们有些已经作了报道，有些准备最近把消息发出。这些都是赞誉、鞭策、鼓励。其实，联系北京全国性各大媒体，全靠我的好友缪俊杰老师。我们从乌鲁木齐飞抵北京，和俊杰老师一见面，他就忙碌起来，不断按拟定的名单和各大媒体或主编或版面负责人通电话：“喂，广东老作家程贤章刚从新疆来京，都想和你见面，有事请教你们，他便饭招待。”这样，各大媒体被邀请的“老编”“老记”都来了。一见面几乎都是这样开头的：“你老人家从哪里来的青春，去吐鲁番闯火焰山？”以后我们又考察了京杭大运河、山东东营黄河出海口和茫茫湿地，考察西子湖、京杭运河的终点、苏州河、黄浦江。我们在山东考察的时候，著名作家、茅盾奖得主、山东作家协会主席张炜正筹备召开山东作家代表会，仍抽空与我长谈表示对此项目的敬畏与支持。谈话中，张炜批评我说："你不够朋友，怎么在山东转了大半圈，才告诉我。"我说："怕你这个大忙人没空，实不忍打扰。"张炜轻轻在我肩上一拳："扯哪里去了。我正筹备山东作家代表会。忙是忙，但你老大哥不容易来一趟山东，再忙也得挤时间。这样写稿的事我再忙也不推辞了。"设宴招待我们一行四人一顿丰盛的晚餐。许诺为中国治水史撰写山东东营的文章，解放军总后著名作家王宗仁，上海作家丘峰都表示尽快给中国治水史概要撰稿，缪俊杰同志则愿为该书审稿。我和杨钦欢都设想过，希望把广东治水史单列，广东著名作家杨克、熊育群、展锋有些文章已登陆编辑部，有些文章正在修改。杨克写完东江供水工程后，又去了新丰江发电站和梅江，老作家沈仁康则到粤西雷州半岛写青年运河。广东作协主席、党组书记廖红球则向我落实了好几位著名报告文学作家的名单，并愿意为本书担任顾问。作为本书的执行主编，作为总策划杨钦欢先生的执行人，我认为此次"七月流火万里行"是一场预想不到的大丰收。无疑也坚定了我们编好《中国治水史概要》的信心。

2009 年 9 月 1 日

我们搬进梅州客都大酒店中国治水史总编室办公。

2009 年 9 月 9 日

《中国治水史概要》总编室落户仪式在梅州客都大酒店举行，有关领导古小平、张光明、何正拔、杨钦欢、杨克，梅州日报社社长李向阳、副总编辑罗青山，市电视台台长袁远山，《羊城晚报》记者黄蔚山等出席。

2009 年 9 月 10 日

《梅州日报》发表消息：

《中国治水史概要》总编室落户梅州

本报讯（记者刘军　刘世锦　通讯员罗炜新）昨日上午，《中国治水史概要》总编室在梅城客都大酒店正式挂牌成立，标志着中国第一部以文学形式褒扬中国历代治水功臣的作品《中国治水史概要》编辑工程已进入日常操作程序。这部大型书籍总编室落户梅州，对正在进行的梅州文化名城的建设将是一种推动。

市人大常委会常务副主任古小平，省作家协会副主席、著名作家杨克，市政协副主席张光明，梅州市原市长何正拔，广东梅雁水电股份有限公司总经理、《中国治水史概要》总策划杨钦欢，原广东文学院院长、著名作家、《中国治水史概要》执行主编程贤章，市委宣传部、梅州日报社、梅州电视台、市文广新局、市水利局等有关单位负责人和中新社、中央人民广播电台、《南方日报》、《广州日报》、《羊城晚报》等媒体记者共30多人参加了挂牌仪式。

据了解，我国自北魏郦道元编《水经注》后，尚无一部完整水利史。《中国治水史概要》的编辑工作得到了社会各界的广泛关注和众多知名作家的热烈响应，《人民日报》、《人民日报海外版》、《光明日报》、《中国青年报》、《新京报》、《文艺报》等媒体纷纷刊载消息报道；中国作家协会书记处书记、中国作家出版社社长、连续三届中宣部“五个一工程奖”获得者、著名作家何建明受邀担任《中国治水史概要》主编，并由全国众多著名作家分别执笔撰写，褒扬中国历史上重要工程、重要历史人物对华夏治水文化卓越的贡献。目前，何建明的《五代伟人治长江》，张炜的《黄河入海口》，陈世旭的《鄱阳湖》，韩作荣的《京杭大运河》，叶延滨的《南水北调工程》，杨克的《东江供水工程》、《新丰江水电站》，黄宗仁的《长江源》，董生龙的《三江源》，李林樱的《都江堰》、《唐家山堰塞湖》，黄伟林的《灵渠与秦始皇》，熊育群的《大禹治水》，展锋的《固若金汤的北江大堤与西江大堤》等篇章部分已登陆编辑部，部分正在抓紧修改。此外，重量级作家贾平凹、张贤亮、方方、陈桂棣、刘亮程等也作好选题，一部以著名作家分别撰写的《中国治水史概要》人文水利史已初现端倪。

古小平作了讲话，他说：《中国治水史概要》总编室落户梅州是件大好事，标志着围龙文化正以大视野走向全国，它落户梅州对梅州创文化名城是一个促进和推动。《中国治水史概要》总策划杨钦欢和执行主编程贤章在接受记者采访时表示，中国的历史其实就是一部治水史，正是历代名君名臣名人积极治水，才孕育和延伸了几千年的中华文化。弘扬治水精神，其实就是弘扬中华文化包括客家文化的伟业，需要全社会的理解与支持，作为本书主要工作人员，大家将努力不懈、面对困难、迎接挑战，义无反顾把这部150万字的《中国治水史概要》编好，为梅州建设“文化名城”献礼。

同日，《羊城晚报》发表消息：

《中国治水史概要总编室》落户梅州

本报梅州讯　昨天上午，“《中国治水史概要》总编室”在客都梅州挂牌成立，这标志着中国第一部以文学形式褒扬中国历代治水功臣的作品《中国治水史概要》编辑工作已进入操作程序。著名作家程贤章任执行主编。

据了解，该书将由全国众多知名作家分别执笔撰写，目前已完成了近80万字的文字采写。

（黄蔚山　罗炜新）

2009 年 10 月 1 日

《南方日报》发表消息：

贾平凹、张贤亮写治水史

本报讯《中国治水史概要》总编室日前在梅州客都大酒店挂牌。该书由广东梅雁水电集团总经理杨钦欢策划注资，著名作家何建明、程贤章主编，是中国第一部以文学形式褒奖治水功臣的作品。

这部计划 100 万字的历史著作，选择中国治水史上重要工程、重要人物加以颂扬，何建明、贾平凹、张贤亮、缪俊杰、张炜、杨克、熊育群、金敬迈、展锋、李杭育、刘醒龙、刘亮程等著名作家应邀撰稿。

文讯

2009 年 10 月 1 日

程贤章召开有关人员会议，主要议程两项：一、力排众议，做我们的事。二、排除一切干扰，不再做水利史外的其他事。程老强调说："杨总一片好心，应充分理解。纸笔千年能说话。我们要抱着对历史负责的态度，按照杨总的意图把'治水史'编好。"

2009 年 10 月 10 日

上午，治水史总编室收到新疆作家协会主席董立勃，吉林省文联、作家协会主席张笑天，江苏省作家协会副主席叶兆言，《人民文学》主编程树榛的稿件。

2009 年 10 月 20 日

在长春。下午 4 时半，吉林省文联主席、作家协会张笑天来访。他和程老谈文学，谈《中国治水史概要》，谈得十分投机。张主席说：《中国治水史概要》能广招全国一流作家执笔，一是因为您程老的名气和影响。二是杨老板是大智慧、大赢家。三是这本书在作家出版社出版是您送给何建明同志及中国作家出版集团的大礼。程老说："在笑天面前，我是个矮仔，但在广东，我写了 10 部长篇小说算是勤奋的了。笑天一身殊荣，党的十七大代表、本届和上届全国人民代表，全国六十年劳模，但仍非常低调与平和，是我学习的榜样。"

2009 年 10 月 22 日

我们在黑龙江哈尔滨与黑龙江作家协会副主席阿成会面。阿成副主席非常热情地和我们交谈，他说："中国治水史能动员众多中国一流作家加盟，依我看是创造了中国出版史之最，创造了中国文坛人间神话。"事后，程老对我们说："说这话的作家绝非等闲之辈。他刚从德国回来，刚喝完德国黑啤酒、汉堡包和德式牛扒，著作等身，既亲和又孤傲，他会对一个南方老人自我吹捧吗？"程老对阿成副主席打趣说："何建明同志还应该奖你一笔稿费，报评全国五个一工程奖。您哪一条不符合'五个一'工程奖呀？"阿成副主席说："黑龙江是亚洲最长的河流之一，我再写一篇放入'治水史'。"接过阿成副主席的话题，程老说："韩作荣写京杭大运河，程树榛写嫩江，叶延滨写南水北调和红旗渠。而何建明写的中国五代人治理长江三峡的稿子，第一个登陆编辑部，主编起了带头作用。"阿成副主席说："连这些一流名家的积极性都那么高，真是人间奇迹。"

2009 年 10 月 25 日

我们在辽宁沈阳会见了辽宁省作家协会主席刘兆林。刘主席满口答应为"治水史"写《辽河》和《打井英雄李国安》两篇文章。

2009 年 10 月 26 日

我们的沈阳之行结束。我们对编"治水史"充满信心，但仍有一些担忧，如技术部门会不会在技术问题上找缺点？程老鼓励我们说："我们编的是人文治水史。那么强大的明星级作家阵容参战估计没有'颠覆性'的言论，估计水利部门的行家会理解我们、支持我们，我们要放胆前行。"

同一天，我们在大连会见了大连作家协会主席邓刚。邓刚是另外类型的作家，热情奔放。邓主席把我们请去会见了他的几个文友。通过接触，我们知道他们是大连文坛名流。

2009 年 10 月 29 日

我们在陕西西安。下午 5 时半，中国作家协会副主席陈忠实来西京国际饭店我们下榻的房间见面。程老向他介绍《中国治水史概要》编辑的目的和进行情况。陈主席听完介绍后点头说："我总算弄明白了，你们编的真的是本好书，我现在介绍一位同志，她的名字叫冷梦，在灞桥渭河工程生活了两年多，现正在写一本 20 万字的书。"

程老说："太感激你了，我们后天离开西安去北京，见何建明同志。"陈主席说，现在我就请她马上来见你们。我们请他为《中国治水史概要》题字。他要离开饭店时，我们说要送送。陈主席拦住我们说："别送了，咱们是哥们儿。"我们说："你是大文学家，我们绝不敢以哥们儿看待。"陈主席说："哪里哪里，咱们都是摇笔杆子讴歌我们的时代。"送到电梯口，陈主席说："请你们转告杨总，他策划的'治水史'定能流芳百世。祝他成功！"

2009 年 10 月 30 日

下午六点，我们在西京宾馆与陕西作家协会副主席冷梦见面。冷副主席热情奔放，是关中女中豪杰，她在浐灞工地生活了两年多，写了 20 万字的浐灞手记，她写的《黄河大移民》获得鲁迅奖。她答应写 10 万字登陆《中国治水史概要》。程老对她说："交稿时间越快越好。"她答应 11 月 10 号前把浐灞手记寄来。我们觉得来陕西大有收获，不虚此行。陕西下雨，我们到什么地方就把雨带到那里，我们想，陕西下的不是雨，是送给《中国治水史概要》的甘霖。

我们结束陕西之行，于 10 月 31 日坐夜班机去北京，于凌晨到达北京。

2010 年 01 月 31 日

《中国新闻网》发表消息：

台湾作家为《中国治水史概要》撰稿

中新网梅州 1 月 31 日电（杨草原）记者今天从《中国治水史概要》编辑部获悉，台湾知名作家蓝博洲为《中国治水史概要》积极撰稿。

据《中国治水史概要》执行主编、著名作家程贤章介绍，《中国治水史概要》是中国第一部以文学的视角、真实的历史资料，多角度讴歌历代名君、名臣、名人治水伟业，特别反映了新中国成立以来在众多水利工程方面取得的巨大成就。《中国治水史概要》编辑工作自 2009 年 3 月正式启动以来，在社会上引起了强烈反响。

中国众多知名专家学者都执笔撰稿，台湾知名作家蓝博洲也积极参与其中，为台湾治水史撰写了一篇详细而真实的文载。此部《中国治水史概要》出版与发行将填补中华民族几千年来的治水历史空白。该书既有史书承载历史的特点，又用文学生动感人地再现历史的价值。

据了解，中国作家协会党组成员、书记处书记、《中国治水史概要》主编何建明对编辑工作高度重视，1 月 23 日至 24 日，专程前来梅州指导《中国治水史概要》编务工作。目前，该概要编辑工作进展顺利，共收录何建明、陈世旭、叶延滨、蒋子龙、谭谈、叶兆言、张笑天、张炜、台湾作家蓝博洲等稿件 77 篇、共 200 多万字。预计今年5月完成编辑、出版工作。据《中国治水史概要》编辑部负责人介绍，该书将拟请全国政协原副主席叶选平题写书名，并将在北京人民大会堂举行首发式。

2009年11月1日

今天北京大雪纷飞，中国作协书记处书记何建明依约而来。何书记说他在北京30年第一次这么早看到这场纷飞的大雪。程老向他汇报“治水史”的有关情况：迄今收到来稿约130万字，估计春节可以收至150万字。以200万字篇幅、出版十六开豪华精装本是我们的要求，请何书记提出对该书的要求。

下面是何书记给程老的答复：

一、“治水史”进行得很顺利，程老的吃苦耐劳令我们钦佩。

二、杨总注资不说空话，稿费兑现快，取得了众作家的信任，许多明星级作家纷纷参加写“治水史”，大大出乎我的意料，使这本治水史亮点纷呈、灿烂光明。

三、如明年5月上旬交稿，我们将在明年年内出版。

四、出版前，我会带责编到梅州检查所有稿件。

五、书为大十六开豪华精装。

六、你离开北京前我们会把预算成本告诉你和杨总。

七、首发式在人民大会堂举行，要请二线中央官员，如人大副委员长、政协副主席，我来办理梅雁注资，这是很排场很体面很庄严之举。

八、北京的宣传我会张罗，不用你操心，请谁写文章由我决定。

九、我同意台湾治水请台湾作家蓝博洲执笔，共产党相信他。港、澳请谁写稿，你和世旭安排，有困难时找我。

十、单幅国画以10幅左右为宜。

十一、西藏、新疆、长江源、三江源一定不能缺，港、澳不下死任务。

十二、“治水史”大事记，一定要坚持。

十三、不能有半点松懈，坚持200万字，杀青使书有厚重感。

一个小时，就果断达成口头协议。程老问，要不要书面协议？答：不用，你们要的是版权确认书和购书款。晚上，我们与著名作家徐坤、王宗仁、程树榛、缪俊杰夫妇会面，并付给他们稿费。作家徐坤说，能参与“治水史”写作我感到万分高兴。

2009年11月3日

我们在小结北京行的收获时，程老说：“我们在北京主要是与何建明协商‘治水史’问题，我原来压根儿就没想到何建明如此果断、爽朗。我们还见了徐坤、王宗仁、程树榛等实力派作家，收获不小。在北京期间，张笑天发来信息问行程，这个一身荣耀、一身光环的著名作家对朋友有如此深厚的感情，真是难得。”

2009 年 11 月 4 日

在广州我们会见了江西省文联、作家协会主席陈世旭，他向程老提出 4 点意见。程老说：“这 4 点意见与我们想的一致。我们曾向何建明汇报过，也和缪俊杰陈述过。我们都认为，编写‘治水史’一定要注意史实、事实，应让作家施展他们的写作才能，得罪作家的事我们不干。”

2009 年 11 月 5 日

晚上，我们在广州会见熊育群、杨克、李钟声、沈仁康诸位作家。大家情绪热烈，非常高兴，大赞编写“中国治水史”是功德无量的事。

2009 年 11 月 6 日

秋高气爽正秋凉，晴空万里回故乡。我们在穿行于东北、西北、北京、广州后，今天似乎春风得意、凯旋而归。这都是治水史这个好题目的功劳，是参与治水史的中国作家的功劳，是作家出版社社长何建明和总策划注资人杨钦欢先生的功劳。我们几个人只是如蜘蛛织网在治水框架内行进。

（摘自程贤章日记）

2009 年 11 月 10 日

《梅州日报》社纪委书记刘文昌带刘军、刘世锦两记者来采访《中国治水史概要》编辑情况，程老向记者们回答如下问题：

3·12 定下计划；5·12 去四川映秀镇都江堰和灵渠考察；7·20 飞赴新疆乌鲁木齐考察吐鲁番坎儿井；到北京请何建明任《中国治水史概要》主编，通过缪俊杰请《人民日报》、《人民日报海外版》、《光明日报》、《新京报》、《中国青年报》、《文艺报》负责人或版面负责人发布编“治水史”的消息，然后到山东东营、浙江钱塘江、上海苏州河、黄浦江考察。10 月 16 日到长春考察鸭绿江、考察松花江、浑河、辽河，和张笑天、阿成、刘兆林、邓刚、张炜、北京徐坤、王宗仁、程树榛、缪俊杰讨教治水史编辑高招。到北京与作家出版社社长、本书主编何建明洽谈编辑出版治水史有关事宜，达成 16 项协议。主要协议是：1. 本书 200 万字。2. 清明前截稿。3. 春节后何建明率责编来梅，总顾问钱正英加上广东省一位领导。4. 编委主任、总策划杨钦欢，副主任、编委主要由杨总点名。5. 主编何建明、程贤章。

2009 年 11 月 12 日

《梅州日报》发表东北之行报道：

《中国治水史概要》编辑工作进展顺利，作家出版社预计明年国庆在北京人民大会堂举行隆重首发式，目前编辑部已收到 140 万字的约稿——

众名家携作品共襄盛举

从 5 月份赴四川地震灾区时的初步构思开始约稿，到不惧“7·5”事件顶酷暑远赴新疆闯火焰山考察坎儿井带回 6 万多字作品，到现在已有众多名家的 140 多万字名篇登陆编辑部，由梅雁水电集团创始人、总经理杨钦欢先生担任总策划的中国第一部以文学形式褒扬中国历代治水功臣的作品《中国治水史概要》得到了国内知名作家的热烈响应和大力支持，编辑工作进展顺利。不顾甲流威胁、冒着北方严寒远赴吉林、辽宁、陕西、北京等地考察、联络的著名客籍作家、《中国治水史概要》执行主编程贤章刚刚回到梅州，就第一时间接受了本报记者的专访。

不惧甲流穿越冰火两重天

虽然已经年届耄耋，但为了编好《中国治水史概要》，程贤章仍精力充沛、意志坚强，在短短 20 多天时间里行程逾 15000 公里、马不停蹄地考察、联络。程贤章告诉记者，出发前就有亲朋好友善意地提醒他出行面临两大考验，一是甲流病毒的袭击，二是南北气候的强烈反差。这些困难与编好《中国治水史概要》的强烈愿望相比，程贤章义无反顾选择了出行。果不其然，当他们 10 月 16 日从深圳出发时气温还高达 30 多度，热似火炉；当 5 个多小时后飞机降落在长春时天正下着雨夹雪，气温低至零下 3℃，冷似冰窖。“冰火两重天”不仅没有吓倒程贤章，反而更激发了他的考察激情。第二天，程贤章和他的小团队从早上 7 点出发，驱车 500 多公里从长春直奔鸭绿江边实地考察，然后又连夜赶回长春。随后的 10 多天时间里，程贤章一行都是如此紧张高效地奔走于哈尔滨、沈阳、大连、西安、北京等地。

患上感冒却换来众多名家支持

记者在采访中了解到，因为舟车劳顿、气候差异等诸多原因，程贤章在出行途中患上了感冒，回到梅州后身体才慢慢恢复。面对记者的担忧，程贤章淡淡地说：“值得!”原来，在考察、联络途中，程贤章拜访了中国作协主席团委员、吉林省文联主席张笑天，黑龙江省作家协会副主席阿成，辽宁省作协主席刘兆林，中国作协副主席、陕西省作家协会名誉主席陈忠实，北京作家协会副主席徐坤，解放军总后勤部创作组长王宗仁,《人民文学》原主编程树榛等众多名家，大家一致认为编辑《中国治水史概要》是一件功德无量的好事。总策划、梅雁水电集团创始人杨钦欢先生的大智慧令人敬佩，所以能得到全国那么多知名作家的热烈响应和大力支持，在短短半年时间内就收集到了100多万字的名家名篇，着实是创造了编辑出版史上的一个奇迹。而在北京，中国作协书记处书记、作家出版社社长何建明获悉《中国治水史概要》编辑工作进展顺利的消息后，11月1日还冒着飞舞的大雪，来到程贤章下榻的酒店，第一时间拟定了书籍的印制方案，计划该书为200万字，豪华精装本，10个彩页，内文70克纯质纸，可印图片，预计明年清明节前截稿，国庆期间在北京人民大会堂举行首发式。

传世巨著雏形初现值得期待

在程贤章的办公桌上，记者看到了一份《中国治水史概要》来稿情况登记表，上面详细记录着众多“明星级”名作家的来稿、约稿情况，其中稿件已经登陆编辑部的有：何建明《百年梦想——中国五代伟人与三峡工程》，陈世旭（江西省作协主席）《天地英雄气赣鄱云水间——江西治水三章》，叶延滨（《诗刊》主编）《一条流向北京的生命之河——南水北调工程中段考察记》，蒋子龙（天津市作协主席）《海河水系的沧桑》……细细读来，一部用文人的视角、历史的资料热情讴歌历代名君、名臣、名人治水伟业，特别是新中国成立以来的众多水利工程的传世巨著已经雏形初现，令人期待。程贤章告诉记者，除了已经登陆编辑部的140多万字名家名篇外，还有很多知名作家如中国作协副主席谭谈、《人民文学》副主编商震等已经答应为《中国治水史概要》撰稿，作家范围覆盖包括香港、澳门、台湾在内的全国所有地区。程贤章还向记者透露，何建明在春节前后将以作家出版社社长身份，率责任编辑来梅州验收稿件，并与杨钦欢先生协商该书出版和在北京人民大会堂举行首发式等事宜。

（刘军　刘世锦）

2009年11月14日

杨总到总编室，倾听了我们对他的“序言”提出的修改意见。

2009年11月16日

《人民日报》缪俊杰夫妇、《南方日报》原副总编辑李钟声、主任陈志、记者李文龙驾专车来梅采访《中国治水史概要》编辑情况，晚饭后即开展工作。陈志主任和李记者阅读了大量材料，然后提出他们的写作编辑计划。他们说，能集全国优秀作家创作强大阵容，这是编书史上第一次民间力量的聚集，填补了治水史的空白，各方面都全力投入、付出了极大的热情，是企业、主编、出版社通力合作的产品。拟在读书周刊刊登一个版，包括记者文章，约稿名单中主要作者（家）访谈，图片。

2009 年 11 月 21 日

上午，我们在杨总办公室向杨总汇报，请他审查呈市委领导的报告。陈世旭主席到总编室谈“治水史”至深夜。需要与作者商榷的两篇稿件，陈主席用两个电话就妥善解决了问题。

2009 年 11 月 22 日

上午，我们陪缪俊杰老师夫妇、陈世旭主席参观黄遵宪故居人境庐、张资平故居留余堂，陈主席说今天是真正意义上的休息。中午，陈主席与杨总见面。陈主席晚上回穗。陈主席来梅时间虽短，但解决了许多棘手问题，我们非常感谢他为“治水史”付出的努力。

2009 年 11 月 23 日

上午，我们到梅雁总部向杨总汇报力争《南方日报》一整版报道“治水史”的有关消息。听完汇报后，杨总带领我们与《梅州日报》领导、记者见面，李向阳社长、陈国章总编辑、刘小青总经理、王副总、罗副总、黄副总都来了，见面会开得热烈轻松。

2009 年 11 月 24 日

李钟声副总来电告知，明天电传《南方日报》稿件。陈世旭主席来电说，山西的张锐锋找不到，已与山西省作协主席焦祖尧同志通了话。陈主席的意见是请焦祖尧同志当顾问。

2009 年 11 月 26 日

程老向《南方日报》记者李文龙提出对李记者文稿的意见，请他考虑修改。

2009 年 11 月 27 日

向《南方日报》李记者发短信，请他补充李嘉市长对编“治水史”的评价。晚上，杨总拜会缪俊杰老师夫妇，感谢他们夫妇为“治水史”阅稿付出了辛劳与心血。

2009年11月28日

《南方日报》陈志主任发短信告知我们“治水史”文章在29日推出。午息后，我们向杨总汇报陈世旭主席、缪老夫妇来梅阅稿的情况。杨总听完汇报，约星期天上午再去梅雁总部办公室继续汇报。

2009年11月29日

今天《南方日报》大篇幅对《中国治水史概要》作了报道。我们发短信给陈志主任：“万分铭感，容当面谢。”陈主任回电：“你们不要客气，这是一件耗费许多心力的工作，很不容易，我们能尽点微薄之力是应该的。”杨总看了报纸很满意，鼓励我们继续努力。这一天，《南方日报》的报道是——

众多作家合作著述中国文坛一次规模空前的集体写作

《中国治水史概要》：首次全景呈现中国历代治水工程

◎核心提示

中国自北魏郦道元编《水经注》后，再没有一部完整的水利史典籍。在南国民间，由广东著名作家程贤章和广东梅雁水电集团负责人杨钦欢共同策划发动，一部名为《中国治水史概要》的著述得到蒋子龙、叶兆言、叶延滨、张炜等全国各省区56位著名作家热情参与，这是中国文坛近年少有的一次规模空前的集体写作，也是首次全景呈现中国历代治水工程的著作。

进展

约稿顺利，将在人民大会堂首发

11月中旬，记者走进位于粤东梅州的《中国治水史概要》（以下简称《治水史》）总编室。《治水史》的执行主编、年近八旬的广东著名作家程贤章老先生操着浓重的客家口音，向记者介绍书稿的进展情况。

《治水史》主要策划人是程贤章和广东梅雁水电集团负责人杨钦欢，著名作家、中国作家协会书记处书记何建明受邀担任主编，今年3月启动，邀请了全国56位有影响力的作家，约稿篇幅在200万字左右。《治水史》的约稿内容囊括了分布在全国31个省市自治区和港澳台地区的主要江河水系，以及历代深具影响力的水利工程，意在首次对中国历代治水工程进行一次全景式的呈现。总编室的办公桌上，已经摆放着叶延滨的《南水北调中段考察记》，叶兆言的《江苏——水上的文章》、陈世旭的《江西治水三章》、张笑天的《吉林——上善若水》等名家之作。程贤章总结说："这是一次由民间发起的中国文坛规模空前的一次集体写作。"

"现在到位的稿件篇幅已超过一百五十万字了，进展很顺利"，程贤章微笑着告诉记者，"明年春节后，《治水史》将由作家出版社出版，并将在北京人民大会堂举行隆重的首发仪式"。

源起

八旬程老毅然"接招"

编写《治水史》，源起于程贤章和杨钦欢的一次谈话。杨钦欢说，中华民族的历史在某种意义上也是一部治水史，只不过中国自北魏郦道元《水经注》后，再没有一部完整的水利史典籍。程贤章眼睛一亮：好，我来接招！

程贤章以78岁的高龄，义无反顾地当起了纵横神州大地的"空中飞人"。他带着助手，从今年5月开始，先后考察了四川映秀、都江堰、灵渠等著名治水工程。黄沙流火的七月，他又飞赴新疆乌鲁木齐，在酷热的吐鲁番坎儿井考察。接下来，京杭大运河的起点、中段、终点，山东黄河入海口、浙江钱塘江、西子湖畔、黄浦江边、苏州河上，程贤章都一口气跑了个遍。10月中旬，程贤章又再出发，飞赴长春寻求东北名作家的支持。在深圳机场起飞前，深圳当地气温高达32℃，而飞抵长春后却遭遇雨雪天气，温度仅为-3℃，程贤章自嘲地说，自己是"刚闯完火焰山，又往冰窖里跳"。

截至目前，应允或已经为本书撰写了部分章节的作家人数多达56人，蒋子龙、叶兆言、叶延滨、张炜、荆歌等为文坛熟知的名字都赫然在列。

背后

江河土地无限深情

《治水史》邀请的都是全国一流作家，写作量很大，作家们在各级作协里也都是领导，平时都很忙，是什么样的力量吸引他们合作著述《治水史》？参与撰写该书的江西省作协主席陈世旭说：一来是因为"中国治水史"题目的深度和广度，对作家本人有着很大的吸引力——"水"这个题目充满情感想象，最能撩拨起作家的写作冲动；二是作家中间许多人就在江边水边长大，对脚下这片土地和江水深情无限。

程贤章告诉记者，选择作家的标准，首先要具备极高的政治素质，要有历史眼光和大局胸怀。第二是要有很好的文字能力，只有文字精炼、扎实的作家，才能在写作过程中取得顺利进展。在《治水史》的组稿过程中，也有个别作家写着写着就写不下去了。这些作家文字功夫都很好，有的人作品还得过奖。陈世旭认为，他们"写不下去"的原因是驾驭不了"治水"这个宏大的主题，"但是蒋子龙、张笑天等名家就不一样，他们写作这个题目时非常大气，驾轻就熟，写起来就很快、很顺畅"。

历史

“治国必先治水”

在我们这个以农为本却又水患经年的东方古国，“治国必先治水”是历代主政者的共识。

中国气候受季候风影响，降水时空分布极度不平衡，因此极易罹遇水患：旱则赤地千里，河流干涸；涝则洪水泛滥，一片汪洋。前水利部长、治水专家钱正英在今年10月期的《读书》杂志回顾，新中国成立的前一百年，长江和黄河水系走向格局巨变，衰落的中国正处于国力的最低谷，昏庸腐败的统治者对治水无心无力，客观上加剧了水患的频率和灾害程度。中国自古以农为本，水患之殇对农林经济的严重破坏，从根本上动摇了中华民族的生存基础。

在1950年8月召开的中华全国自然科学工作者代表会议上，“兴修水利”被周恩来总理作为配合土改的首要条件提出。中央防汛总指挥部（国家防汛抗旱总指挥部前身）同年成立。中国也是世界上唯一专门成立“防洪抗旱总指挥部”的国家，从成立至今，该部的总指挥大多由时任国家副总理担任。

历代肆虐中国的水患，在新中国成立后得以根本扭转，“两年一小灾、三年一大灾”的苦况成为历史。“三年两决口、百年一改道”的黄河，是在新中国建立后，才有连续60年伏秋大汛不决口的安定局面。新中国成立60年来，国家先后投入上万亿元资金用于水利建设，人民的生命财产安全得到了保障。

◎访谈

陈世旭（中国作协主席团委员、江西省作协主席）

我们从治水获得民族长治久安的启迪

记者：您是怎么参与到《中国治水史概要》的编著工作中来的？

陈世旭：在程贤章先生发动下，最早是人民日报文艺部的缪俊杰先生受托请我帮忙组稿。有众多的名家集体创作，有中国治水史这个厚重的选题，让我觉得这是一本值得写的书。这本书的策划人确实有胸怀、有眼光，是“大智慧、大赢家”。此外，程贤章老人以年近八旬的高龄来做这件事，让我很感动。一些同行知道这件事以后也非常高兴，就都答应了。我大概帮忙联系了20多个省市的作家吧，包括蒋子龙、叶兆言等人。

记者：本书的策划人杨钦欢认为，中国自北魏郦道元的《水经注》后，尚无一部完整的水利史。在您看来，这个多年、甚至是多个朝代的空白何以在民间得到了填补？每个空白的填补，每个梦想的发轫都需要一定的土壤和条件，您觉得这个土壤和条件是什么？

陈世旭：抛开篇幅的差距不说（《水经注》仅约三十万字，《治水史》约二百万字），我觉得本书的规模和厚重，都要超过《水经注》。千年之前的郦道元没有经历后世那么多的惊心动魄。这部著作的诞生既有偶然性，也有必然性。中华民族几千年的治水史中，总会有那么一个人或者几个人来做这件事，只不过这件事恰巧发生在了广东，恰巧发生在了梅州，恰巧发生在杨钦欢、程贤章一次并不特别重要的谈聊中而已。所以我觉得，这是偶然中带着必然。

记者：从某种意义上说，中华民族的历史首先就是一部治水史。您如何理解编著本书出版的现实意义？

陈世旭：从狭义讲，治水有关水利，这是我们国家实实在在的地理国情。中国自古以来经历过许多大灾大难，自古到今灾难频发，冰雪、旱涝等严重灾害不断。所以，当政者一定要兴修水利、治水，以让老百姓安居乐业，否则就难以奢谈一个民族的生存和发展。我国的水利事业在几千年的发展历程中，积累了大量的人才和经验，但也有不少失误。如何总结治水的经验，吸取教训，达到民族的长治久安，我们大概能够从治水中得到启迪。我们编著这本书，按照作家的生动表述，将我国千年以来治水的经验和教训进行集中展示，我感觉非常厚重，意义非凡。同时，这部著作也是中国水利史一项十分必要的基础性建设，是治水文化软实力的建设。

从广义讲，从古到今，善能治水的领导者定能治国，因为大自然和社会的治理过程总有相通之处。我们讲大禹和他父亲鲧的故事，鲧治水主张用“堵”，最终失败了。大禹主张用“疏”，获得了成功。在这个过程中，我们就能体会到人与大自然的协调过程。在思路上，治水和治国是相通的。我们的祖先战胜过无数惊涛骇浪，得到了许多与自然相协调的经验，那么肯定也能做到与社会发展相协调。

◎参与者说

蒋子龙（中国作协副主席、天津市作协主席）：

这次我写的是海河。以往我对海河的印象都是零散的，在史料上了解到的材料也是零碎的。写海河，促使我对海河的历史变迁作了一次系统的了解，也大大加深了我对中国治水的了解。

张笑天（中国作协主席团委员、吉林省作协主席）：

写中国治水史是一件功德无量的事情。我之前写过都江堰，现在又写作吉林治水的题目。在我们国家，无论是从水利建设，还是从中国治水史的著述写作，都是非常重要的。从这个角度看，我觉得中国治水也好，《中国治水史概要》的编著也好，都是“上善若水”。

缪俊杰（原《人民日报》高级编辑、资深报人）：

此次程老对我非常信任。看了五十多篇文章，100 多万字，总的感觉是：这部《中国治水史概要》策划有方、组织得力、作家认真，有不少名家名篇令人不忍释手。

李嘉（梅州市委副书记、市长）：

写山水文章令人敬畏，祝你们成功。

2009年11月29日

下午5时，河源市委书记陈建华、副市长叶维园来梅看望程老。陈书记对程老讲了4点意见：

一、我不会要你做其他事，希望你把“治水史”编好。

二、写河源治水的文章，同意你的意见，一定要把历届省领导对河源治水的关心写进文章里。

三、让广州、深圳、香港等河源下游城市喝上优质的“直饮水”，河源又能把原来白白流进河里的水变成硬通货、变成钞票，成为河源治穷致富的一剂市场经济良方。

四、若河源的文章上了《中国治水史概要》一书，我会参加在北京人民大会堂举行的首发式。

2009年12月2日

我们陪李副总浏览由市委、市政府投入巨资改造并已使用的归读公园、亲水公园。李副总不断赞许一河两岸之牢固、壮观、雄伟，多功能结合利用的完美治水理念。

下午5时，刘日知书记率彭耀新秘书长、曾尚忠副秘书长及《梅州日报》社、梅州电视台记者来客都大酒店《中国治水史概要》总编室看望程老。程老作了汇报。刘书记说，“治水史”是一件宏伟工程，读者、社会期望很高，一定要精编精选，严格把关，不要编成流水账，要写得生动、深刻，把史融进去，学“史记手法”。我们取出约稿名单给刘书记看。刘书记看后说，看了这份名单很高兴，很放心。写“治水史”是一项宏大文化工程，市委、市政府会全力支持，包括经济，有什么困难叫小罗汇报。

刘书记说，我与程老1995年在北京认识，那时北京举行程老长篇小说讨论会，当时团省委副书记刘耀辉注资，于幼军部长到会讲了话。我也参加讨论会，所以说，我们认识很久了。

刘书记说，我不是迟迟不介入，而是杨总准备建程贤章纪念馆，当时我又忙于世界客商大会就把时间延误了。

说到这里，刘书记又将话题转到“治水史”上。他说，你们做的是一项伟大的文化工程，市委、市政府会全力支持。这项伟大的文化工程，必将对文化梅州，创造文化名城带来巨大的推动力。此书填补了中国两项空白，一是比较厚重的“治水史”，二是文人执笔写“治水史”文章的文学史。它为什么发起在广东梅州，这和梅州深厚的文化积淀、梅州几十年致力于治水取得的成果与经验有关，与杨钦欢总经理策划有关。此书的影响不仅在现在，而且在将来对文化梅州打造文化名城有很大贡献。

在看望时，刘书记与程老作了一番对话。

刘书记：程老不但是国宝、省宝，还是我们的市宝，我听说建华同志来访程老，担心程老离开梅州，这对梅州是一大损失。

程老：陈建华书记全是私访，没有交代任何任务，只是说要把“治水史”编好。

刘书记：那我就放心了，有程老在，我们放心。

程老：北京人民大会堂首发，刘书记一定要去，我全程陪同刘书记。

刘书记：去去去，我一定去。

2009年12月3日

《梅州日报》发表消息：

刘日知到《中国治水史概要》编辑部看望程贤章时表示全力支持这项文化工程

市委书记刘日知昨日到《中国治水史概要》编辑部看望著名作家、省文学院原院长程贤章。他说，编写《中国治水史概要》是一项大气磅礴的文化工程，希望编辑部在程贤章的带领下树立精品意识，编出经典著作，促进梅州创建文化名城工作。他表示市委、市政府将全力支持该书的编辑工作。

昨日下午，刘日知在市委常委、秘书长彭耀新的陪同下，来到客都大酒店《中国治水史概要》编辑部，看望程贤章和承担梅江治水工程撰稿的中国著名报告文学作家、南方日报原副总编辑李钟声等。程贤章代表编辑部汇报了《中国治水史概要》的编辑进展情况。

据了解，该书是中国第一部大气磅礴地表现历代治水事件和人物的作品，由广东梅雁水电集团创业人、总经理杨钦欢策划，著名作家何建明、程贤章任主编，自今年3月启动。程贤章不顾年事已高，带着助手先后考察了黄河、长江、都江堰、灵渠、新疆吐鲁番坎儿井等水利工程，以及到吉林、辽宁、陕西、北京等地考察、联络作家。目前已有何建明、蒋子龙、谭谈、张笑天、陈世旭、叶兆言、叶延滨、张炜等50多位当代最活跃和最有影响力的作家，应允或已经为该书撰写作品，至今收到的稿件篇幅已经超过150万字。该书的编撰在国内文学界引起了强烈反响，众多知名专家学者认为，这填补了中华民族几千年来治水史的空白，既有史书承载历史的特点，又有文学生动感人地再现历史的价值。

刘日知对程贤章多年来对市委、市政府工作的大力支持，特别是对“文化梅州”以及客家文化的繁荣发展所作出的贡献表示感谢。刘日知说，编写《中国治水史概要》是一项大气磅礴的文化工程，编辑部落户梅州，是对文化梅州建设的有力推动和支持，希望编辑部在程贤章先生的带领下，树立精品意识，认真组织做好编辑工作，编出一部传世经典著作，为“文化梅州”发展战略作出新的贡献。刘日知表示，市委、市政府和各级各有关部门将积极配合做好服务，全力支持编写《中国治水史概要》这项文化工程。

程贤章对梅州市委、市政府关心支持《中国治水史概要》编辑工作表示感谢。他说，市委刘日知书记亲自到编辑部看望大家并提出具体要求，更加坚定了他和编辑部编好《中国治水史概要》的信心，今后一定严把质量关，努力将《中国治水史概要》编成一本传世经典。

李钟声在接受记者采访时表示，近年来梅州市委、市政府治水工作成绩显著，目前韩江、梅江180公里重点堤围建设如火如荼，是功德无量的好事。编辑《中国治水史概要》的创意在梅州酝酿看似偶然，其实完全有其必然性。梅州又是著名的"文化之乡"，历来文人辈出，文化积淀深厚，特别是近年来大力实施"文化梅州"战略之后，文化已成为推动经济发展的动力。《中国治水史概要》"诞生"在这里，也是梅州的光荣。

（记者刘军　刘世锦　特约记者罗伟章　刘海祥）

2009年12月3日

上午，我们到梅雁总部向杨总汇报刘日知书记到"治水史"总编室看望程老的情况，并送上在第一版刊登了刘日知书记到"治水史"总编室看望程老的消息的《梅州日报》。杨总听了汇报后，鼓励我们要再接再厉，做好工作，报答党和政府对"治水史"的肯定和支持。下午，陪李副总去蕉岭见周章新书记。在蕉岭，我们参观了石窟河、长潭等治水工程。李副总说，百闻不如一见。参观了梅州的这些治水工程，更感到杨总策划写"治水史"的远见卓识，是多么宝贵。

2009年12月6日

上午，我们到黎明报摊发现《南方日报》在第一版发表的《中国治水史概要》编辑组到蕉岭考察的报道，我们将此事向杨总作了汇报。下午，杨总来总编室检查并看了一些由客都大酒店转到总编室的快递，主要是美术插图和作家书写的标题字。杨总说，有这么多的名家热情参与，我们应该有更大信心把"治水史"编好。

2009年12月18日至22日

我们在海南岛考察。这些天的考察，使我感慨万千。奇怪，海口也有冬天，飞抵海口机场地面温度是18度，21年不来海口了，海口的变化和三亚一样，地覆天翻。看了南渡江近距离考察了万泉河，更觉得治水的重要。上世纪70年代，我们经过万泉河，河床被沙滩覆盖了，现在，万泉河建设了水坝，下游有游客坐轻舟，带上红色救生衣在万泉河游弋。海南省成立之前，我和沈仁康夜访当时的省委书记许士杰，我提出海南没电可建电厂，没水怎么办？那时去亚龙湾，陈辉下海游水，没淡水冲洗，只好回三亚酒店。现在无论是海口、三亚，海水与江水同唱生命之歌。海南治水发端于松涛水库，但大规模治理南渡流变江与万泉河还是近20年的事。总之，在杨钦欢总经理的鼓励、支持下，我们还是到了海南，零距离接触了江水悠悠的万泉河。

（摘自程贤章日记）

2009年12月30日

上午，有位从广州回梅探亲的程老的文友来到总编室，程老向他介绍了杨总策划编写“治水史”的过程，并说他正在写“治水史”后记。程老的文友说：“你写后记，有两件事不可忘记，一、杨总说治水史与水利史是两个概念，这使人们编‘治水史’理直气壮，一往无前。二、杨总对你说只要目标明确，方向正确，就要一干到底，充满哲学思辨，很有水平。程老说：“杨总经常对我说，我们所干的事，要具有‘奇、特、精’的文化内涵。平庸无特色，千人一面的事不要干。‘治水史’之所以有这样大的凝聚力，就是这件事具有这三个要素。杨总对我说，出了这部书你不是一个作家了，你是在经营文化。不是杨总提醒，我还不知道。”

我们与青海作协主席董生龙通话，向他催三江源的稿。董主席在电话里对程老说：“程先生，我刚从医院出来，住了两个月医院，总要让我喘口气吧。我再修改一下，2010年1月3日把原稿寄给你好不好？”在场的文友对程老说：“你这次催稿，使我看到了董主席的敬业精神，看到了杨总策划的‘治水史’的号召力、凝聚力。”

2009年12月31日

2010年新年钟声敲响之前《中国治水史概要》约稿纷纷登陆总编室，连程老的《神话与现实之间》亦打印完毕。台湾蓝博洲先生稿件今晨登陆，张炜主席的“大河徙”中午登陆，董生龙主席已答应“三江源”一稿于2010年1月3日发邮，绝大部分稿件在2009年12月31日前登陆。程老如释重负，深有感触地说：“感谢执笔撰写‘治水史’的作家。水神水圣在保佑你们，使你们身心健康，文思泉涌。这两年干的事，都是文化，但今年编的‘治水史’却是千年首为。”梅县李远青书记、张文广县长、郭碧玲常委、洪国华常委以及梅雁水电股份公司总经理杨钦欢一齐到“治水史”总编室看望我们。对此，程老感慨万千。他在日记中写道：“今年过得很充实，很艰苦，很认真，很努力，助手们齐心协力，最后终于把杨总策划的‘治水史’完成，把很遥远、很虚幻的神话变成现实。没有杨总设置的平台，神话依然是神话。怎么这个题目能吸引全国优秀作家？他们文思泉涌，是不是苍天、众神、水圣在众作家面前显圣显灵？天机不可泄。”

2010年1月2日

我们向杨总送去2010年1月2日的《梅州日报》。该报在头版发表消息：

《中国治水史概要》编辑工作创下出版史奇迹

名家约稿全部提前登陆编辑部

"在新年来临之际，我收到了一份最好的礼物——《中国治水史概要》编辑部向国内众多知名作家约稿的76篇、200多万字的高质量文章于2009年12月31日全部提前登陆编辑部，为'治水史'一书的出版夯实了坚实的基础。"昨日，著名客籍作家、《中国治水史概要》执行主编程贤章高兴地对记者说。业内人士评价说，在不到一年时间内向60多位国内一流作家约稿，并且全部如约登陆编辑部，这创造了我国出版史上的一个奇迹。

为文化事业永远不知疲倦

新年第一天，在位于客都大酒店的《中国治水史概要》编辑部办公室，程贤章神采奕奕地接受了本报记者的专访。刚落座，精力充沛的程老就打开了话匣子："2008年的最后一天，我负责任地完成了《客都梅州》系列乡土教材的审订工作，为市委市政府普及、弘扬客家文化而实施的教育系列工程出了一份力；在2010年新年钟声敲响之前，《中国治水史概要》编辑部向国内60多位知名作家约稿的200多万字的文章全部提前登陆编辑部，作品质量之高读来让人不忍释手。钱正英、杨钦欢的序言和我执笔的权当后记《神话与现实之间》也已完工……所有的这一切，使广东梅雁水电股份有限公司董事长、总经理杨钦欢担任总策划的《中国治水史概要》从遥远的神话一步步走向现实！"

从编审《客都梅州》系列乡土教材到编辑中国第一部以文学形式褒扬中国历代治水功臣的巨著《中国治水史概要》，是什么支持已经年近八旬的程老不知疲倦地操劳着？面对记者的疑问，程老微笑着回答："为文化事业操劳，我浑身就像是有使不完的劲！我想起了一位伟人说过的一句话——'敢想就有可能，敢干就能实现！'《中国治水史概要》编辑工作能够在短短10个多月的时间里取得如此进展，离不开梅州市委、市政府主要领导和杨钦欢老总打造的良好平台以及社会各界的关心支持，更让人感动的是杨总还亲力亲为，目前已经审读了150多万字的稿件，并提出了很多有建设性的意见建议。过去我觉得自己是个纯粹的文化人，与杨总的合作让我学会了经营文化，我们凝聚了全国文坛第一流的作家，共同打造《中国治水史概要》这部传世巨著！"

“金点子”引来众名家齐襄盛举

翻开《中国治水史概要》来稿情况登记表，何建明、陈世旭、叶延滨、蒋子龙、谭谈、叶兆言、张笑天、张炜、蓝博洲等众多“明星级”作家的名字赫然在册，作家范围覆盖包括香港、澳门、台湾在内的全国所有地区。程贤章告诉记者，《中国治水史概要》是中国第一部用文人的视角、历史的资料热情讴歌历代名君、名臣、名人治水伟业，特别是新中国成立以来的众多水利工程的巨著，此书将填补国内治水史的空白，这一文化创意得到了众多知名作家的热烈响应，而且文思泉涌、妙笔生花写出好文章。程老激动地告诉记者，知名作家的热情让人非常感动，不少作家不仅推掉其他杂事专心写好文章，而且抱病还在坚持工作，如负责撰写《三江源》的青海省作家协会主席董生龙因病与外界隔离，但仍不忘通知编辑部一定如期交稿；山东省作家协会主席张炜患严重的感冒，连到德国、美国访问都取消了，唯独为《中国治水史概要》写文章没有推掉……

充实的背后是鲜为人知的艰苦

记者知道坚持写日记是程老的优良传统，所以专程向他要来日记本看看他是如何总结自己的2009年。

在2009年12月31日深夜写就的日记里，记者看到程老是这样写的——“今年过得很充实、很艰苦、很认真、很努力……”原来，在编辑《中国治水史概要》的过程中，杨钦欢要求程老始终坚持一个原则——“可以不写文章，但不能不到实地考察”。于是去年程老带着助手辗转全国各地考察、联络，在空中飞行50多个小时、4万多公里，陆地坐车、步行逾万公里，累计行程绕地球赤道 圈还有余，以致有些作家朋友获悉程老的举动后都笑称他“疯了”。程老告诉记者，出门考察、舟车劳顿不说，还有很多鲜为人知的艰辛——在海南岛，因酒店交通不便不说，连吃饭都成了问题，基本靠吃方便面充饥；到东北，10多天基本都是吃青菜、饺子；助手程勇芳等长期做“厅长”，晚上就睡在宾馆会客厅的沙发上……“一年辛劳下来说不累是假的，但看到《中国治水史概要》这项被誉为‘前所未有的伟大文化工程’能够得到众人的认可而且进展顺利，自己再苦、再累都是值得的！”程老如是说。

（本报记者　刘军　刘世锦）

2010年1月6日

我们重新翻阅了程老2009年3月8日的日记。日记中明明白白地写着：“杨总说，中国的历史就是一部治水史。我们要编这样的一部‘治水史’。”程老说：“我们一定要按照杨总的思路，圆满完成杨总交给的任务。”

上午，我们向杨总汇报：“李钟声副总今晚从东莞赶来梅州住客都大酒店，如何安排他的日程？”杨总作了详细安排。李钟声副总下午6时抵客都大酒店，与程老一起策划《羊城晚报》采访何建明书记。

2010年1月7日

上午，陪李副总去梅雁总部采访杨总，当谈到植被、环保、饮用水以及小流域的治理时，杨总有问必答，而且答得很认真，很仔细、很到位。事实证明杨总是治水的行家里手。

晚上，梅县水务局刘局长、王副局长及水利局其他干部及县纪委张书记接待李副总，杨总出席。梅县治水文章采写正式开始。

2010年1月9日

我们到梅雁总部给杨总送去董生龙《三江源》的打印稿。程老向杨总汇报说：“撰写‘治水史’有两位作家是病中写作，一是张炜，二是董生龙。他们的敬业精神令人钦佩。我们已与洪天通电话，请他回来画梅江水。”下午，贺平同志来电，说她已到海口。程老请她星期一（1月11日）即买来梅的机票，我们会到机场迎候。

2010年1月13日

上午，我们去梅雁总部，向杨总汇报：一、作家出版社贺平同志今晚抵达梅州。二、准备在《文艺报》登目录。杨总说，《梅州日报》也要登。三、已与北京《文艺报》副主编吕先富洽谈登广告一事，又与《梅州日报》刘小青总经理谈妥了刊登广告事宜。

晚饭后，作家出版社纪实文学编辑室主任贺平飞来梅州，程老向贺平主任汇报了“治水史”编写的缘起和组、约稿经过。

2010年1月14日

上午，我们陪贺平主任到梅雁总部见杨总。贺主任盛赞杨总大智慧，重文化，重责任，给全国作家出了一个好题目。下午，《梅州日报》记者到客都大酒店采访贺主任。

2010年1月15日

上午，我们送当天的《梅州日报》给杨总。刚好市政协温华光主席来见杨总，他说：“我看过今天的《梅州日报》了。杨总和程伯都为人民做了一件大好事，我从心底里为你们感到高兴。”

当天,《梅州日报》发表的消息是:

《中国治水史概要》编审工作启动

1月13日至14日，作家出版社纪实文学室主任、《中国治水史概要》责任编辑贺平来梅，与该书总策划、广东梅雁水电集团创始人、总经理杨钦欢和执行总编、广东文学院原院长程贤章座谈交流，并将77篇共200多万字的高质量文章全部带回北京，标志着中国第一部用文人的视角、历史的资料热情讴歌历代名君、名臣、名人治水伟业，特别是反映新中国成立以来众多水利工程的巨著《中国治水史概要》编审工作全面启动，为今年国庆期间在人民大会堂举行首发式奠定了坚实的基础。

昨日上午，在位于客都大酒店的《中国治水史概要》编辑部，贺平接受了本报记者的独家专访。贺平连续用四个“没想到”来表达她对《中国治水史概要》编辑工作和世界客都梅州的印象：一是没想到梅州的企业家杨钦欢如此具有社会责任感，为《中国治水史概要》这项伟大的文化工程搭建了良好的平台，特别是杨钦欢发自内心要将这件事情做好的执著让人特别感动。二是没想到年近八旬的程老，依然青春洋溢，主持一项影响全国的文化工程。治水史总编室工作效率如此之高，程老带着编辑部的三个小伙子走南闯北约稿、考察，一年行程逾5万公里，他的激情、勇气和能力令人钦佩。三是没想到能够有这么多的重量级作家应约写稿，何建明、陈世旭、叶延滨、蒋子龙、谭谈、叶兆言、张笑天、张炜、蓝博洲等众多“明星级”作家纷纷应约参与这项伟大的文化工程，这在国内出版史上堪称奇迹。四是没想到世界客都梅州如此漂亮，短短两天就让人感受到了浓厚的文化氛围，难怪《中国治水史概要》这项伟人的文化工程要在这座美丽的山城诞生。(记者刘军　刘世锦)

2010年1月19日

上午，我们到梅雁总部见杨总，向他汇报了《梅州日报》整版刊登《中国治水史概要》消息的情形。在场的几位客人都说他们看了报纸发表的有关“治水史”的消息，盛赞杨总为梅州人民争了光，为广大读者了解“中国治水史”提供了营养丰富的精神食粮。

2010年1月22日

何建明书记发来短信，说他23日从北京飞梅州。听到这个消息，程老在他的日记中写道:“太高兴了，多少时间就等那么一瞬，那么一天。我相信，杨总也在满怀希望地等着这一天的到来。我要尽快拟好日程安排，向杨总、向李嘉市长、彭耀新秘书长、李远青书记汇报。《羊城晚报》何龙主任能来，何等不容易。李钟声副总又回来了。关键人物齐集梅州共商《中国治水史概要》编辑、出版、发行事宜，这说明，为中国治水史立功者多助。我们有理由说，这得到多助的立功者就是值得梅州市骄傲的人士杨总。”

2010年1月23日

何建明书记从北京经广州飞来梅州，《羊城晚报》何龙主任、吴小攀记者、《南方日报》副总李钟声同时乘车来到梅州。

晚上8时，杨钦欢总经理往梅县机场候机楼迎接何建明书记。程老和杨总办了特别手续，直接进入停机坪迎接何建明书记。何建明书记和杨总见面，握手瞬间，包含了多少时间、等待、期盼，但缘分和努力是沟通何建明书记到梅州的桥梁。何建明书记和贵宾室里等待的记者一一见面后即驱车到客都大酒店，由杨总举办晚宴，两围台客人，多为记者。子夜，我们向何建明书记汇报第二天的日程安排。

2010年1月24日

上午，杨总安排程老向何建明书记和媒体作了编务工作汇报，下半节，程老陪杨总、李江平老总与何建明书记协商“治水史”出版和北京首发式问题。协商的主要议程是：

一、“治水史”列为作家出版社第一号工程。

二、出版迎接红5月。

三、人民大会堂首发式。

四、请叶选平副主席题写书名并担任总顾问。

五、工作人员名单初步议定。

六、首发式规格、规模、时间等。

中午，梅县县委书记李远青设午宴；晚上，梅州市委常委、秘书长彭耀新代表市委、市政府设晚宴，欢迎何建明书记等贵宾。

2010年1月25日

《梅州日报》发表消息：

何建明表示作家出版社将《中国治水史概要》列为

今年1号工程于5月出书在人民大会堂隆重首发

本报讯（记者刘军　刘世锦　特约记者翁尚华）1月23日至24日，中国作家协会党组成员、书记处书记、中国作家出版集团管委会主任、中国作家出版社社长、《中国治水史概要》主编何建明专程前来梅州指导《中国治水史概要》编务工作。受市委书记刘日知、市长李嘉委托，市委常委、秘书长彭耀新会见了何建明一行，他表示市委、市政府将全力支持《中国治水史概要》编辑和出版。

在梅期间，何建明与《中国治水史概要》总策划、广东梅雁水电集团创始人、总经理杨钦欢商讨出版事宜，听取《中国治水史概要》执行主编、著名作家程贤章汇报编务工作。据了解，作为中国第一部用文人的视角、历史的资料热情讴歌历代名君、名臣、名人治水伟业，特别是反映新中国成立以来众多水利工程的巨著，《中国治水史概要》编辑工作自去年3月正式启动以来，在社会上引起了强烈反响。众多知名专家学者认为，这填补了中华民族几千年来治水史的空白，既有史书承载历史的特点，又有文学生动感人地再现历史的价值。目前，何建明、陈世旭、叶延滨、蒋子龙、谭谈、叶兆言、张笑天、张炜、蓝博洲等众多"明星级"作家的77篇、共200多万字的高质量文章已经开始进入编审程序。

何建明对梅州市委、市政府全力支持《中国治水史概要》这项文化工程表示感谢，并对编辑部卓有成效的工作给予充分肯定。他表示，在全国众多知名专家的大力支持和梅州市委、市政府以及梅县县委、县政府的关心重视下，《中国治水史概要》编辑工作进展顺利，作家出版社对编辑工作也高度重视，将其列为今年1号工程全力推进，预计今年5月完成编辑、出版工作，该书拟请全国政协原副主席叶选平题写书名，并将在人民大会堂隆重举行首发式。届时，将邀请党和国家领导人出席仪式。

2010年1月26日

上午，我们向杨总汇报，《梅州日报》发表了何建明书记谈《中国治水史概要》的专访。下午，我们专门为"治水史"到河源市采访市委书记陈建华。陈书记就他的治水理念，利用河源清洁水造福东江流域下游，特别是广州、东莞、深圳三大城市，几千万人的直饮水等问题回答了记者的采访。陈书记对程老说："编写'治水史'功德无量，利在千秋，有你程老参与，使我感到更加欣慰与高兴。其实；治水史也是人类文明史，所以编写'治水史'是利在千秋。请转告杨总，梅雁的上市是卢瑞华省长和谢非书记批准的，所以我对梅雁有感情。"

2010年1月26日《梅州日报》发表的专访何建明文章，全文如下：

客家厚土孕育壮丽治水史诗

——中国作协书记处书记何建明谈《中国治水史概要》

时值隆冬时节，虽北风呼啸、寒气袭人，但还是挡不住中国作家协会党组成员、书记处书记、中国作家出版集团管委会主任、中国作家出版社社长何建明要来梅州、要来《中国治水史概要》编辑部的脚步。“这里正在建设一项巨大的国家级文化工程，企业家杨钦欢对文化特别是‘水文化’的独到见解和老前辈程贤章的执著、激情让人钦佩不已，所以我一定要来！”何建明在接受记者采访时如是说。

中国文坛规模空前的集体创作

记者（以下简称记）：何书记，您好！从《中国高考报告》到央视刚热播完的《奠基者》，您一直是大家心目中的大作家，能到梅州来真的非常难得！作为《中国治水史概要》的主编，能否请您介绍一下该书的基本情况。

何建明（以下简称何）：中国自北魏郦道元编《水经注》后再没有一部完整的水利史典籍，由广东梅雁水电集团创始人、董事长、总经理杨钦欢和著名作家、广东文学院原院长程贤章共同策划、发起的《中国治水史概要》将是首次全景呈现中国历代治水工程的著作，它囊括了分布在全国各省（市、自治区）和港澳台地区的主要江河水系，以及历代深具影响力的水利工程。这项国家级文化工程发起后，在国内文坛和社会各界引起了强烈反响，50多位国内一流作家纷纷应约为该书撰稿，连中国作家协会过去都没有组织过如此庞大的作家阵容去完成同一个题目的写作，可以说这是“中国文坛规模空前的一次集体创作”。

好创意+两“智者”=令人折服

记：在《中国治水史概要》的作者名录中，我们留意到大多数作家都是中国各省级作协的领导，是当今文坛的大腕，要请他们写作并不容易，为什么大家都能如此热情地参与其中呢？

何：包括我在内的作家都有这样一个特点——对于感兴趣的题材都会投入感情、全身心地写好文章，《中国治水史概要》就是这样一个能够引发作家强烈冲动继而激发写作激情的好题材，所以出现了没有加入的作家想加入、已经参与的作家希望将文章写得更好的感人场面。除了独具深度、广度的好题材吸引作家外，身居梅州山区的两位“智者”也让众多作家折服——一是广东梅雁水电集团创始人、董事长、总经理杨钦欢，二是老前辈、著名作家程贤章。在没有见到杨总之前，我和不少作家一样通常地认为他只是在经济上对这本书的编辑、出版给予支持，但通过深入交流我才发现，杨总更多的是从国家的“文化战略”和“文化理念”的更高层面去看待这件事，他以客家企业家独有的胸怀尊重作家，让作家的价值得到充分体现，从而赢得了大家鼎力相助、共襄文化盛举。而程老虽然已经年届八旬，但仍然满怀激情、不知疲倦地当起“空中飞人”，进汶川地震灾区、闯新疆火焰山、跳东北大冰窖，一年行程逾5万公里，为的是召唤更多的名家参与这项伟大的文化工程。他们用自己尽心尽力的实际行动感染和召唤着大家，让大家自觉为这项巨大的文化工程添砖加瓦。

巨著在客都诞生并不意外

记：您刚刚提到77篇名家著作、合计200多万字的“《中国治水史概要》是一项巨大的国家级文化工程”，这让梅州山区人民感到非常自豪。

何：其实，《中国治水史概要》诞生在有“世界客都”美誉的梅州并不意外，因为著名的“文化之乡”——梅州本来就是一方历史文化积淀的厚土。客家人从中原一路南迁来到这里，客家文化秉承了中原文化的气度，而且勤劳的客家人还不断向海外延伸，所以客家人往往都会用超越梅州的、带有全局性的眼光去看问题，做的事情不少是在国内乃至在世界范围内都极具影响的事情。

就《中国治水史概要》而言，杨总本身就是梅州的“水王”，他对“水文化”有自己深刻的认识，不少独特的见解既有思想家的深邃，又有大局的谋划，所以，他在与程老的碰撞中产生了编撰《中国治水史概要》这项国家级文化工程的“金点子”。同时，杨总与程老这对“黄金搭档”的成功实践也给出版界一个启示：借助社会力量，特别是与有远见卓识的企业家合作，对于推动重要文化工程的建设大有益处。

影响深远的治水史诗

记：著名作家张笑天曾评价“《中国治水史概要》编辑工作是政府高兴、读者高兴、作家高兴的事情”。现在该书已经开始进入编审程序并将很快与读者见面，它究竟有哪些地方值得众人期待呢？

何：我非常赞同著名作家张笑天的评价，但还要再加上一句——“让后人高兴”，因为这将是一部影响深远而长久的治水史诗。《中国治水史概要》可以说是一项独特的文化工程，不仅有文学的生动、史学的纪实，在经济学、社会学、人类学、自然学等方面都非常有价值。首先，参与的作家阵容非常庞大且各具特点，他们当中有报告文学家、散文家、诗人、新闻工作者等，他们将用不同的表现形式，用精彩的文字向读者生动地展示“水文化”；其次，这本书涵盖的内容非常广泛，既有描写伟人治水的故事，又有具体的水利工程介绍，还有人与自然和谐相处等方面的内容。同时，还是首次将大中华的“水文化”融合在一起，因为有台湾、香港、澳门和大陆作家共同参与并把大陆之外的港澳台的中华民族治水史一起包容进来，这是极其了不起的。我们希望通过这本书在褒扬历代名君、名臣、名人治水伟业，特别是反映新中国成立以来众多水利工程的同时，看到一些不尽如人意的地方，充分体现它的长远价值。《中国治水史概要》的编辑出版不会是一个句号，而是梅州“水文化”的一个全新起点。

2010年1月28日

上午，我们到梅雁总部向杨总汇报去河源市拜访陈建华书记的情况。程老说：“陈书记对治水史评价很高，认为治水面对民生，超乎神学、玄学、哲学。水利史范围还可以溯源到人类生存。陈书记还举出埃及、印度、中华文明事例，说明治水史也是文明史。陈书记还特别交代，在杨总大功即将告成之际，一定要向他表示祝贺。”听完汇报，杨总对陈书记的关心表示感谢。

2010 年 1 月 30 日

上午，中国新闻社记者杨草原来治水史总编室采访，要点如下：

一、治水史涵盖台湾是政治层面的成功，国家领导人会高兴。

二、那么多一流作家集体写治水史并将记进中国文学史。

三、从这本书可看出中国这一代作家“命题作文”的创作水平和应变能力。

四、杨总的策划很成功，亮出了文化品牌文化产业成功的军刀。

五、程贤章在中国文坛的亲和力和凝聚力。

六、何建明单独从北京飞来梅州验收稿件，证明北京对这本书的兴趣和重视。

2010 年 2 月 1 日

北京来电：决定把《中国治水史概要》更名为《中国治水史诗》。

晚上，我们放采访陈建华书记的录音，并阅读广东作协副主席杨克关于河源治水的文章。杨克的文章写得不错，很有激情。为了充实文章内容，我们将录音中关于陈建华书记的治水理念的几段话补进杨克关于河源治水的文章中。

2010 年 2 月 2 日

《南方日报》发表消息：

《中国治水史诗》：全景呈现治水大业

南方日报讯（记者/李文龙）中国第一部全景式呈现历代名君、名臣、名人治水大业，并反映新中国成立以来众多水利工程的巨著——《中国治水史诗》（此前书名曾为《中国治水史概要》）目前在梅州进入编审程序。众多专家学者认为，这部书填补了中华民族几千年来治水史的空白，目前该书已收到何建明、陈世旭、叶延滨、蒋子龙、谭谈、叶兆言、张笑天、张炜、蓝博洲等众多“明星级”作家 77 篇共 200 多万字的文章。《中国治水史诗》由作家出版社社长何建明主编，广东梅雁水电集团总经理杨钦欢任总策划，广东文学院原院长程贤章担任执行主编。

何建明对梅州市委、市政府全力支持《中国治水史诗》这项文化工程表示感谢，并对编辑部卓有成效的工作给予充分肯定。他表示，在全国众多知名专家的大力支持和梅州市委、市政府以及梅县县委、县政府的关心重视下，《中国治水史诗》编辑工作进展顺利，作家出版社将其列为今年1号工程，预计今年5月前完成编辑出版工作。该书拟请全国政协原副主席叶选平题写书名，请水利部原部长钱正英为本书总顾问，并将在人民大会堂举行首发式。

2010年2月3日

明天立春。冬去春来又一年。2009年在杨钦欢老总策划下，编《中国治水史诗》顺当、顺心。春华秋实，一部200多万字的“治水史”初步编成。这是何等令人欢欣鼓舞的事。晚上，我们向杨总贺春。去年过得如此充实，是杨总给我们创造了条件。古话云：大恩不言谢。我们决心继续努力做好“治水史”的有关工作，来表示我们的谢意。《香港商报》今天一整版报道中国治水史消息，我们愿借这条消息作为向杨钦欢老总贺春之礼。

2010年2月6日

广西师大黄伟林教授偕夫人从桂林飞来梅州采访程老。我们请他为“治水史”写评论，着重写华南地区几位作家撰写的“治水史”文章，争取在《南方文坛》发表。

2010年2月9日

我们把作家出版社请叶选平副主席书写中国治水史诗的公函交给杨总。对如何办好这件事情，杨总作了周到安排。

2010年2月10日

晚上，李嘉市长到“治水史”总编室与程老谈《中国治水史诗》。程老把作家出版社致叶选平老首长的信拿给李市长看。李市长一边看一边说：“成功！成功！”

2010年2月11日

上午，我们见杨总，告知《羊城晚报》可能在大年三十发表有关《中国治水史诗》的文章。杨总点头说：“很好，那是贺春之礼，象征开春大吉。”

2010 年 2 月 12 日

下午，杨总来电，叫我们到他的办公室，告诉我们叶选平副主席答应为《中国治水史诗》题写书名和担任总顾问。吴小攀记者来电，告知《羊城晚报》拟在大年三十发表评价《中国治水史诗》的文章。

2010 年 2 月 13 日

（大年三十）《羊城晚报》发表评价《中国治水史诗》的文章：

除郦道元的《水经注》外，《中国治水史诗》堪称一项浩大的文化工程，将造就中国治水史上另一部空前的“水经”

众多知名作家同赴“在水一方”

吴小攀

蒋子龙、徐坤、何建明、张笑天、阿成、叶延滨……众多全国各地的明星作家欣然加盟《中国治水史诗》（作家出版社），此书由广东梅雁水电集团总经理杨钦欢策划，著名作家何建明、程贤章主编，其编纂经过不亚于一个宏大的治水工程，200 多万字，用报告文学的文体囊括上下五千年中国主要治水工程概要，如史诗般展现了几千年来中华民族与水的关系——伤害、竞争、和谐，既从文学审美的视角揭示了治水之难，也从哲学的高度观照了人与水的关系，具有强烈的社会现实意义。

为什么会有如此众多的知名作家加入到这一“治水”工程中来？因为水这一人类的生命之源，既有实用意义，又有超现实意味，既有审美功能，又有形而上的寓意，其意味深长，引人入胜。作家们在这次有特殊意味的写作中不懈追问：人与水应该是一种什么样的关系？答案指向过去，指向现在，也指向未来。

水是先于人类而存在的物质，人类的历史有多长，与水的关系就有多长。原始之初，自然之水天上来，我们的先民逐水草而居，繁衍生息，人与水的关系呈现一种最初的和谐。某日，沧海桑田，山洪暴发，浊流排空，温柔之水暴烈疯狂，吞没生命，在大禹父子治水的时代，也流传着河伯娶妻的传说，可见当时人类对水既爱又恨，敬而畏之。到了战国时期，西门豹治邺时破除河伯娶妻陋习，“引漳水灌邺，以富魏之河内”，人民始得幸福。这种爱恨交加的复杂情感是与一定时期人类生产力发展的水平相符合的，并且持续了很长时期，中华民族正是在长期与水打交道的过程中，既屡受其苦，也学会了通过筑坝堆田兴修水利减避灾害获得丰收。

一直到近现代，经济、政治、社会翻天覆地的大发展，给人类带来了巨大的自信，不仅与人斗其乐无穷，而且与天斗、与地斗其乐无穷，认为“人定胜天”，自信几乎达到了盲目的地步。工业化的今天，不仅水污染严重，空气污染，土地污染，粮食污染，全球气候急剧恶化，人类的生存环境面临全面挑战，人如何与水相处、如何改善水环境成了当代人绕不开的最严峻的话题。

人与水的关系既是一种生理现象，又是一种自然现象，更是一种深刻的文化现象。即使是技术意义上的治水史，也包含着巨大的哲学隐寓。大禹的父亲鲧治水九年，劳民伤财，束手无策，被处死在羽山，其子禹继承重任，吸取教训，改堵为疏，三过家门而不入，大功始告完成。从这种形象的文学叙述中蕴含着巨大的精神力量，也孕育了一种素朴的哲理：疏导胜过围堵。灵渠，都江堰，大运河，这些至今仍起着无可替代作用的水利工程凝结着先人多少智慧！

在几千年与水打交道的过程中，治水只是其中的一部分，人类对水的认识深度和高度也在不断地提升。自然之水是给人生命令人依赖的，玄学之水是令人恐惧让人敬畏的，哲学之水则是引导人生启人智慧的，荀子说：“水则载舟，水则覆舟。”老子说：“上善若水，水善利万物而不争。”从抗拒型的治水到利用型的治水，从大峡大坝式的改造型治水到重视水污染治理及环保植被的和谐型治水，每一次前仆后继的治水里不仅有治水技术的进步，更有中国人智慧的进步！

中国现在的水生态环境如何？有人曾这样总结：患水多（洪涝灾害），患水少（旱灾），患水脏（污染严重）。为什么水生态环境会有这样的结果？原因之一：“不听黄万里的话，毁了中国的母亲河。”中国著名的水利专家黄万里，是当代著名教育家黄炎培的儿子，黄炎培因曾与毛泽东在延安窑洞秉烛夜谈如何打破中国历史治一乱“周期律”而闻名，后来他的儿子黄万里则在治水上狠下工夫，试图打破水患治一乱的周期律。1957年，在几乎所有的人都不敢直言的时候，黄万里舌战群儒七天，反对建设黄河三门峡大坝工程。因此成了右派，失去教书的权利，但历史已经证明了黄万里教授在黄河三门峡大坝工程的观点是正确的，他成了中国知识分子的楷模。晚年，黄万里在清华大学力倡创办治水专业，在生命的终点，他仍关心着中国的治水工程，用颤抖的手执笔写下遗言，叮嘱他的学生，“蓄”、“拦”、“疏”、“挖”四策中，各河段仍应以堤防“拦”为主，照此去做，“可以少死几万人”。水生态环境的改善，最终有赖于像黄万里这样既有技术又有胆略的当代中国人。“数风流人物，还看今朝。”

《中国治水史诗》即将问世，众多作家将用他们的生花妙笔引领须臾离不开水的人们去再一次返观静思那生命之源……

■前因后果

在一次闲聊中，广东梅雁水电集团总经理杨钦欢对程贤章说，其实，中国的历史就是一部治水史。由此触动程贤章编纂《中国治水史诗》的想法。在杨钦欢的赞助下，从2009年5月12日开始，78岁高龄的程贤章带着助手先后考察黄河、长江、都江堰、灵渠、新疆坎儿井等水利工程，还到北京、吉林、陕西、海南等地考察、联络作者，包括何建明、蒋子龙、谭谈、张笑天、陈世旭、叶兆言、叶延滨、张炜以及港澳台等50多位作家，约请每人写作一条大江大河治水史。中国作协书记处书记、作家出版社社长何建明确定由作家出版社出版此巨著，并且计划出版豪华精装本，在北京人民大会堂举行新书首发式。原全国政协副主席叶选平担任《中国治水史诗》的总顾问，并题写书名。

■策划组织

杨钦欢

他是一位身家数十亿的上市公司实业家，但沉稳睿智的谈吐却像一位慈祥的邻家老伯，他是一位长年投身水利建设的身体力行者，更是一位对治水有独到见解的专家哲人。一天抽六包烟，谈笑间，治水方略头头是道，处世哲学凝然其中。斥巨资出版《中国治水史诗》，毫无功利，只因为对治水事业情有独钟。他是一个熟谙水性的客家人。

程贤章

他是一位痴情于小说和报告文学的“多产作家”。年届八旬仍不服老，坐谈起行，利落干脆。为了《中国治水史诗》半年间，带着助手辗转全国各地考察水利、联络作家，在空中飞行50多个小时、4万多公里，陆地坐车、步行逾1万公里，以致有些朋友笑他“疯了”。有一次在海南岛，因为交通不便，连吃饭都成了问题，基本靠方便面充饥；到东北，十多天基本都是吃青菜、饺子。人在气温32℃炎热的深圳，一下子飞到雨雪交加零下3℃的长春。他是一个至情率性的客家人。

■作家访谈

何建明（中国作协书记处书记、作家出版社社长）

我觉得这个选题挺有意思，也很受他们两人尽心尽力做这件事情的感动。当有我感兴趣的题材，就会投入感情，投入感情就会写好。如果是学术专家就会把整个过程一点不落地平铺直叙写下来，但这次作家集体写作，是有文学色彩的，作家是独立思考的。优点是能让读者记忆强烈，用人和故事来写，特别容易出彩，更形象，更深刻。

我写三峡，从孙中山、毛泽东、邓小平、江泽民、胡锦涛等领袖在三峡筹划建设过程中的谋略，可以让人看到决策者的作用，也看到在不同的历史阶段中，国家的发展。当然，这个工程未知的因素还有很多。

陈世旭（江西省作家协会主席）

我接受约稿后，又受托打了十几个电话，告知我所敬重的其他省份的作家，他们中间的许多人也参与到这个工作中来。“中国治水”这个主题，是一个很有意义的命题。中华民族的历史其实就是一部治水史。在治水中，中华民族逐渐形成自己的文化性格。“中国治水史诗”就是为再现民族性格的形成过程而作，为铸造民族精神而作。从审美上讲，叙述中华民族几千年来的治水，表现空间非常大。古人说“仁者乐山，智者乐水”，相信作家们在为这部书撰稿时是胜任愉快的。

我写的是江西的治水。我自己当年插队时就在长江中下游，连年抗洪。九八抗洪时，我亲身去过一线。写起江西治水，我的感受是很深刻也很真切的。

（本文由皮晓晴采访整理）

徐坤（北京作家协会作家）

我当时是由朋友介绍参加《中国治水史诗》的编纂工作的。因为是北京作家，所以写了“北京的治水史”这一段。水是生命之源，这部书的编辑出版，不光是梳理各地的治水史，也是重温了中华民族的生成发展史。它是由各地作家而不是治水专家编撰的，必定不是一部专业学术著作，而会突出作家个人的感性直觉和抒情气质，面对由“水”铺展漫漶而来的浩浩荡荡历史，作家们的字里行间都会氤氲着独特的人文气氛和沧桑之叹。

（本文由皮晓晴采访整理）

李钟声（文化学者、文艺评论家）

这部书从文化积累的角度看，有填补空白的意义；从写作治水历史的角度，我们从前有关水的历史大多零碎，而《中国治水史诗》在囊括地域的广度和几千年的时间纵深度方向，也都填补了此前的空白；从报告文学的角度，这样的题材策划及参与作家的影响力都前所无有。

这个文化工程的策划出在梅州不是偶然的。和总策划、执行主编一样，我也是梅州人。梅州是文化之乡，它有非常深厚的文化积淀，《中国治水史诗》的编纂是梅州的一项巨大的文化工程。杨钦欢总经理几十年与治水打交道，为梅州完成了一系列的治水民生工程，治水已经成为他的主业和品牌。他的社会责任感和长期以来对治水的思考，加上与文化人的思想碰撞，才产生这部有价值的著作。

（本文由皮晓晴采访整理）

叶延滨（诗人）

《中国治水史诗》编委来找我约稿时，我正好到南水北调中段完成了一个十多天的采访，去了工地现场。选题正好合适，于是两好碰一好，我写作了《中国治水史诗》南水北调中段的章节。写稿的过程也比较顺利，只花了一个多星期。中国治水的历史是与民相关的基本问题。人民的居住环境都是与水相关的，处理与水的关系，也是处理人与自然的关系。

（本文由皮晓晴采访整理）

2010 年 2 月 14 日 （年初一）

虎年伊始，我们到梅雁总部向为《中国治水史诗》付出辛劳的杨总拜年，祝总公司更上一层楼，给杨总送上大年三十出版的《羊城晚报》。

2010 年 2 月 18 日 （年初五）

上午 8 时，程老因脑中风马上送去黄塘医院进行抢救，好在福大命大，抢救及时，终于脱离生命危险。杨总听到消息即至市人民医院看望程老。杨总深情地对程老说："是福大命大，好人一生平安。"

（日志暂停一段时间没写，等程老身体恢复后再写。）

2010 年 3 月 6 日

杨总到《中国治水史诗》总编室与我们一起研究编辑工作。杨总对程老说："你首要任务是安心养好身体。关于《中国治水史诗》的工作，维持原先的约定（即北京宣传及其他的事由何建明书记负责，广东方面的事由程贤章老师负责）。宣传专访要北京首发式后决定。"

接着，杨总指示我们："可以接受各部门邀请，条件开出来，有什么条件合作都可以合作，可以商量。"

2010 年 3 月 24 日

下午，杨总到《中国治水史诗》总编室与程老研究北京传来的《中国治水史诗》封面设计，并与在北京的责编贺平通了电话，杨总向责编贺平提出了封面的修改方案。

2010 年 3 月 28 日

上午，杨总到《中国治水史诗》总编室继续与程老一起研究《中国治水史诗》封面设计，对封面设计作了进一步修改。杨总与贺平责编通电话，正式确定封面样式。

2010 年 4 月 15 日

收到广东省政府、省委宣传部来电，说同意广东省委宣传部部长林雄、广东省人民政府副省长李容根担任《中国治水史诗》编委会主任，来电对《中国治水史诗》展示中国五千年的治水工程、题材填补了学界的空白、作家阵容强大等，给予很高的评价。

2010 年 5 月 12 日

北京《文艺报》发表杨钦欢总经理为《中国治水史诗》作的序言、王蒙为《中国治水史诗》题写的字“上善若水”，以及记者采访程老的文章。

再现华夏民族治水英雄史

作者　杨钦欢

《中国治水史诗》，有我们的老领导叶选平担纲顾问；有当今中国文坛俊秀、以抒写主旋律饮誉大江南北的何建明挂帅主编，实不容我赘言再三。但程贤章最近从北京传话，主编何建明先生仍希望我就策划治水史一书写些感言。推之再三不能，只好勉而为之。

我为什么要策划这样一部书呢？

程贤章可谓我的叔辈、师辈，在广东文坛有多面手之称。他对梅雁集团另有一份真挚的感情。“梅雁”股份制改造和在上海上市，程先生均不遗余力；退休后告老回乡，也按党的组织手续在梅雁过党的组织生活。他以普通党员身份，在支部参加组织生活，按时缴纳党费。平日，自己却躲到一旁埋头写作。他生活极其简朴，从不对公司提出物质方面的要求。举凡传达中央重要指示、吸收新党员、选举新班子时，程老先生几乎都按时出席，积极发表意见。每年公司党委评选先进，程老先生都被评为优秀党员。

平时，他很少过问公司的业务，谦称自己对企业经营管理是外行，怕坏主意贻误大事，于公司无益。而公司许多员工，却对这位满腹经纶的长者随遇而安的人品深怀敬意。

梅雁水电集团以治水投入巨大资金，名播两广以及深沪等地。但集团在筹集资金等困难面前义无反顾，排除万难，力排众议坚持以治水为公司主业。此事，引起程老注意。在一次闲聊中我对程老坦言：其实，中国的历史就是一部治水史，从三皇五帝到现在，哪个名君不以治水而获万民拥戴？夏禹的传说、都江堰和灵渠，都记载着当时名君名臣名人的千秋功业。没想到随口而出的几句话，程老听完便激动得拍桌说：你说得太好了。这样，你先注资一笔经费，我来接招。

“我来接招！”听到程老这句话，我忍不住一怔，胸脯里像钻进一只兔子，我的心止不住一阵乱跳。因为，按客家人虚岁计算年龄，他已经是 79 岁高龄的人了。

“你想得‘茅奖’？”我笑着问。

“这事做成功了，恐怕也与‘茅奖’无关。”

“那你为何接招？”

“这题目太好了，千年一遇。中国太需要一部治水史了。”

他不知道他一眨眼就80岁了吗？写治水史，可不是坐在书房里写小说呀！然而，他执著、固执、激动地说："欢，你别担心我的年龄，为一件有重大意义的事，酷夏，我敢闯火焰山；冬天，我敢跳冰窖。我意志弥坚，'接招'，就这样决定了。"

5月12日，他带了几个年轻助手去四川映秀、都江堰、灵渠等著名治水工程考察。7月20日，他又带了好几个年轻人飞赴新疆乌鲁木齐，去吐鲁番坎儿井，去京杭大运河的起点、中段、终点、山东黄河入海口、浙江钱塘江、西湖、上海苏州河、黄浦江等地考察。回来对我说："我向北京六家大媒体发布编治水史的消息，也请了中国作家协会书记处书记、作家出版社社长何建明担任主编，还请了张炜、缪俊杰等做顾问。"他高兴地举起双手，像孩童般地高呼："我编书得到北京大媒体肯定，我有后台了。"

于是，他在陈世旭、缪俊杰、杨克的大力协助下，和全国各省许多明星级的作家联系。信函、短信、电话、稿子，像雪片似的从全国飞到他设在客都大酒店的编辑部，这事使我为之感动。他把名家稿件，一篇一篇送给我。我在企业里本有许多事要做，很难挤出空闲时间，但觉得这部治水史也是自己策划注资的，我也想从那些著名的治水名君名贤中学点什么，于是他送一篇，我看一篇，不觉之间已阅读完九十余万字。我虽不懂什么文章作法，但我却从那些著名作家的名篇中一睹作家的风采，每位作家都把某项治水工程写得逼真、生动、通俗易懂。把枯燥的历史化成自己的血液和文字，展示了历朝名君、名臣在各种艰难环境下如何依靠群众，集中群众智慧把当地的水害化成水利。例如建于秦昭襄王时期由李冰父子设计的都江堰，"5·12"地震连二王庙都震垮了，而都江堰仍屹立于滚滚的岷江水中，依然灌溉和哺育着川中百姓。它有许多玄机未被今人释破，称为世界奇迹。又如秦始皇建的灵渠，以及在每年只有十毫米雨量干旱沙漠中修建的坎儿井，都表现了中华民族寻找水这一生命之源的大智慧。新中国成立60年来，我国进入了治水事业的巅峰，江河众多，久已淤塞，不断改道的我国江河，给新中国百废待兴建设事业带来重重困难。那时，从北京、从中南海、从毛主席那里发出一道道命令"一定要把淮河治好"，"一定要治理黄河"，具有诗人浪漫气质的共和国伟大缔造者毛泽东，还命令长江三峡"高峡出平湖"。于是就有了何建明的"五代人治理长江"，叶延滨的"南水北调"、"红旗渠"，刘兆林的"打井英雄李国安"，李林樱的"堰塞湖"以及冯艺的"雁鸣柳江"等锦绣华章和高扬主旋律的作品出现。我真说不清楚，我为什么也沉浸在这百多万字的稿件堆里。从而，我也知道程老、何建明、陈世旭、杨克等作家的勤奋和感召，我激动不已，万分铭感，只有按程老意见，尽可能为他（她）们做一些力所能及的服务。

11月中旬，程贤章又带着几位年轻助手出动了。这次不是去闯火焰山，而是往东北最冷的冰窖里跳。在深圳飞长春前，深圳气温32℃，在深圳机场一上飞机，飞机上堆置的长春晚报第一版赫然一行大标题："长春今夜雨加雪，气温零下3℃。这简直从热锅里往冰窖里跳。第二天，他发来短信已来到一江之隔的中朝边境，在鸭绿江山寨中打雪仗。还和参与治水史的东北作家张笑天、阿成、刘兆林、邓刚，分别在长春、哈尔滨、沈阳、大连吃东北饺子，向那些明星级的作家讨教怎样编好治水史。回到北京，中国作家协会书记处书记、中国作家出版集团管委会主任何建明冒雪去看望从西安刚飞来的程贤章和他的三位助手。程老从北京来电说，何建明对他这次东北之行表示钦佩，对他编辑《中国治水史诗》表示满意，答应明年初他亲自带两位编辑来梅州看稿。然后出200万字豪华精装本，在北京人民大会堂隆重举行首发式。这消息令我欢欣鼓舞。作为企业家，我对中国文化无限热爱与崇拜；作为治水企业，我对治水文化情有独钟。200万字豪华本，“在人民大会堂举行新书首发式”，令我无限向往。豪华本的《中国治水史诗》是中国一代作家凝聚心血换来的，不是某一个人某几个人的荣誉。我想，理应给他们排场、高兴、欢悦，登上诸如人民大会堂这样的英雄台。“上善若水”这句话，这本书的作家真的心领神会了。

“生不用封万户侯，但愿一识韩荆州”。我愿用这句诗为再现华夏民族治水英雄史写下不朽华章的中国优秀作家感恩致敬，是为序。

《中国治水史诗》目录

五、松辽卷
气壮山河的黑龙江　阿成
大江作证——松花江抗洪纪事　阿成
红色之岸看碧涛——关于嫩江的故事　程树榛
吉林——上善若水　张笑天、韩耀旗
辽河入海水轻清——辽宁治水散记　刘兆林

六、西部卷
三江源　董生龙
雅鲁藏布江圣水长流　熊育群
古老的歌谣依然动听——和新疆吐鲁番坎儿井相关的一些事　董立勃
滇池图——滇池治水记　李霁宇、杨红昆
千古之水倒流记——星云湖和抚仙湖出流改道　李霁宇
雪域腹地的"蓝色哈达"——拉萨河的古与今　崔士鑫
英雄多壮志荒漠变绿洲——新疆兵团人屯垦治水纪实　董立勃

七、东南卷及其他
粤港情深——东江碧水的故事　杨克
香港澳门供水、治水（治污）、填海造地侧记　相南翔
曹公治水——一个河南人在台湾成神的传说　蓝博洲
中国水电英雄谱　陈富强
正说南渡江　商震
万泉河：一端是五指山，一端是博鳌港　刘钦伟
闽水谣　王炳根
千岛湖随感录　谢鲁渤
钱塘东去　陈富强
水上的文章　叶兆言
面对大洋之水　邓刚
隋炀帝与大运河　韩作荣
《水经注》，一部举世无双的地理巨著　夏汉宁
在童话与现实之间（后记）　程贤章

八旬老人历尽千辛铸就《中国治水史诗》

王正娟

继北魏郦道元《水经注》之后，中国尚未有一部完整的水利史典籍。日前，首部全景呈现中国历代治水工程的著作《中国治水史诗》已编撰完成。该书汇集了何建

明、蒋子龙、张炜、张笑天、叶延滨等几十位知名作家的文章，共计200万字，其编纂难度堪比修建一处治水工程。令人难以置信的是，担纲这样一部治水巨著主编的竟是一位八旬老人，他毫不顾忌身体状况，不畏严寒酷暑，跋山涉水实地考察许多水利工程并不断号召更多的名家加入写作队伍。这位可亲可敬的老人就是作家程贤章先生。（程贤章曾任广东文学院院长、广东文史研究馆馆员、广东外语外贸大学客座教授、广西师范大学客座教授，享受国务院特殊津贴专家。）

选题敲定

促成《中国治水史诗》这个选题的契机，是程贤章先生与广州梅雁水电集团董事长杨钦欢先生的一次偶然谈话。在闲聊中，杨钦欢先生提到“在所谓水电开发的双赢决策中，较大的赢方是经济发达地区，而不是落后地区。特别是，征服自然的代价是昂贵的、缺乏效益和损害社会与生态环境的……”当杨钦欢说他想编一部“中国治水史诗”的计划时，程老感受到了巨大的责任，“老骥伏枥，志在千里”，就这样痛快地接下了主持编辑“治水史”的工作。

自北魏郦道元《水经注》以来，尚无一部完整理想的治水书。从严格意义上说，《水经注》其实写的都是山水文章，虽也文采风流，但写治水的篇章极少。由于中国缺少一部较完整的治水书，《水经注》至今仍为许多治水者和文人骚客视为治水经典。程老表示，虽不敢想象成书堪比千年经典《水经注》，但编写一部中国治水书一直是他和杨钦欢的愿望，也是这一代作家们的共同愿望。

程老用了三天时间，写了一套编书方案，计划由杨钦欢出资，用三年时间完成“治水史”的编写工作。起初只有很少人知道此事，随着编书工作的展开，广州、北京媒体公布消息和推波助澜，大家都非常看好这个题目，甚至不敢相信这个极具文学价值的选题是杨钦欢这样一位企业家策划、提出的。

领导支持

程贤章为了找一家优秀的出版社合作，特意飞往北京找到中国作家协会书记处书记、作家出版社社长、报告文学作家何建明，商讨出版事宜，并邀请他一同担纲《中国治水史诗》的主编。

何建明一见到程老，就称赞其年近八旬却勇闯“火焰山”的精神，表示作为一名作家深受感动。何建明高度肯定了编撰此书的意义，确定《中国治水史诗》由作家出版社出版，并欣然接受程老的邀请一同担当此书的主编。原全国政协副主席叶选平担任《中国治水史诗》总顾问，并题写书名。

实地考察

在杨钦欢的资助下，年近八旬的程贤章带领若干随从人员踏上了遍布祖国大江南北的考察之旅。

2009年5月12日，“5·12”汶川地震灾后一周年，程贤章带领两位年轻的助手罗炜新、程勇芳奔赴成都，考察了映秀和都江堰。面对废墟中独自屹立的都江堰，程老发出了这样的感慨：“这也倒了，那也毁了，而雄伟的2000多岁老人——都江堰，除‘鱼嘴’震裂一条条裂缝外，依然英雄般地屹立在浪花飞卷的岷江中，依然滋润灌溉肥美的成都平原。都江堰是世界水利奇迹，全世界有良知的人都关注都江堰。你好，英雄的都江堰。‘5·12’汶川地震你也处严重震区，但你却安然无恙地屹立在滚滚的江水中。”

2009年“7·5”新疆暴乱尚未平息之际，程贤章不顾个人安危带着助手，飞往乌鲁木齐。“大暑”第二天，程老就穿越了戈壁滩，闯了火焰山，考察了水利工程坎儿井，感受了维吾尔同胞的热情。面对坎儿井，他感叹“坎儿井长流的雪水使荒漠的大沙漠出现了绿洲，出现了盛产瓜果的沙漠江南。所有朝廷任命和流放到新疆的官吏，例如林则徐、左宗棠都对修建坎儿井作出了不可磨灭的贡献”。

程贤章带领考察小分队，走访了济宁段古运河、黄河入海口、钱塘江、京杭大运河、黄浦江、鸭绿江、松花江、渭河等多处治水工程，记录下其所见所想，并以实际行动不断感染着其他作家加入写作队伍。

名家加盟

程贤章在考察期间，忘记了高龄和身体状况，带着一颗年轻而炽热的心，不畏严寒酷暑奔走于全国各地。每到一个地方，程老都不忘与他的作家朋友们通电话，还经常登门拜访，他的行动让作家们深受感动和鼓舞。

程贤章极其富有亲和力和凝聚力，许多名作家一听到程老主持编写《中国治水史诗》的消息，纷纷放下手头的工作，积极参与此书的创作，在文坛掀起了写治水史的热潮。比如，程老的山东之行，与山东作协主席张炜碰面时，张炜就表示，“就凭老兄来到山东、我们在济南见面这一点，我工作再忙，也应该写一篇”。类似的故事还有很多，《中国治水史诗》的作者队伍就这样一天天壮大起来，以至于形成最终罕见的明星作家大集合。

在中国作协领导的亲切关怀、作家出版社的全力支持、执笔作家的鼎力加盟、该书主编程贤章、何建明以及责编贺平的共同努力下，原计划耗时三年出版的《中国治水史诗》，将于近期提前面世。另外，责编特别提示，由于该书属文学作品，作者均为作家非水利方面专家，如存在个别水利专业知识层面的问题请水利专家和读者们包容。

自古至今，炎黄子孙与水的关系是一个“敬畏、利用、征服、伤害、和谐”的过程，“治水”在历代都是一项难题。参与撰写的作家们以不同的表现形式和精彩的文字向读者展现了中国历史上历代名君、名臣、名人功在千秋的治水伟业。该书的一大亮点是既有生动的治水故事，又有详细的水利工程的介绍，值得一提的是书中还反映了“人与自然的和谐之美”，文字优美，值得品读。

2010年5月21日

《梅州日报》发表有关《中国治水史诗》的记者专访：

充满诗意的一部治水传世巨著

——访《中国治水史诗》主编、著名作家程贤章

近日，中国作家协会旗下《文艺报》用整版图文报道了首部全景呈现中国历代治水工程的著作——《中国治水史诗》已经编撰完成的消息，在社会各界引起了强烈反响，众多作家纷纷致电编辑部表示祝贺并期盼巨著早日面世；广东省委宣传部发函赞誉《中国治水史诗》展示中国五千年治水工程，填补了“学界空白，作家阵容强大”。

从去年5月约稿开始算起，时间仅过去了1年，这部编纂难度堪比修建一座治水工程还要艰难得多的鸿篇巨著就即将与读者见面，这背后还有哪些故事值得回味？昨日上午，《中国治水史诗》主编、著名作家程贤章在接受本报独家专访时，连续用了五个“不可思议”来表达他对该书顺利完成编纂的激动心情。

企业家心愿引起当代作家共鸣

记者：（以下简称记）程老，首先祝贺《中国治水史诗》顺利完成编纂！随着媒体多次报道《中国治水史诗》，社会各界才知道《中国治水史诗》这个选题竟然是梅雁水电集团董事长杨钦欢这位企业家策划、提出的，大家都甚觉意外。

程贤章（以下简称程）：《中国治水史诗》顺利完成编纂，不少人觉得“不可思议”，因为自北魏郦道元《水经注》以来，尚无一部完整理想的治水书。从严格意义上说，《水经注》其实写的都是山水文章，虽也文采风流，但写治水的篇章极少。由于中国缺少一部较完整的治水书，《水经注》至今仍为许多治水者和文人骚客视为治水经典。促成《中国治水史诗》这个选题的契机，其实缘于我和梅雁水电集团董事长杨钦欢的一次谈话。我查阅了2009年3月8日日记，我要求杨总分配我一项写作任务，杨总说中国的历史就是一部治水史，从三皇五帝到伟人毛泽东等都是治水大功臣，你来写治水文章，慢慢写，好好写，依靠你的关系动员大家来写，你要学会经营文化，动员大家的力量。当杨钦欢说他想编一部“中国治水史诗”的计划交给我时，我首先感受到的就是巨大的责任！“老骥伏枥，志在千里”，我就这样痛快地接下了主持编辑“治水史”的工作。刚开始启动《中国治水史诗》这项文化工程时，也遭到了不少业内人士的质疑：怎么敢去编如此题材的书籍呢？但随着编辑工作的开展，杨钦欢这个极具文学价值和历史价值的选题得到了众多知名作家的认同并积极参与其中。我们虽不敢想象此书堪比千年经典《水经注》，但编写一部中国治水书可说是圆了杨钦欢和多少代作家们的共同愿望。

高效工作创造了出版史奇迹

记：程老，从您去年5月飞赴四川都江堰地震灾区开始约稿算起，原本计划3年完成的编辑工作如今只用了1年时间，业内人士认为这创造了国内出版史的一个奇迹。

程：这是第二个“不可思议”。《中国治水史诗》汇集了何建明、蒋子龙、张炜、张笑天、叶延滨等众多知名作家的文章、共计200多万字，还有20多幅知名画家的插图，如此庞大的工作量能够在1年多的时间内完成，得益于策划人杨钦欢坚定不移的大力支持，能够让编辑部高效运转。实话说，编辑工作刚开始时，总有很多不同的声音萦绕在周围，但不论何时何地遇到何种困难，杨钦欢以其独到的睿智和远见的目光始终坚持目标不变。他的信心百倍影响和鼓舞着编辑部一班人，于是才有了我和我的助手杨国立、程勇芳、罗炜新不知疲倦当起“空中飞人”的经历：一年间，我们进汶川地震灾区、闯新疆火焰山、跳东北大冰窖……行程逾5万公里。辛勤的劳动换来的是众多名家的认可，比如与山东作协主席张炜碰面时，张炜就表示：“我工作再忙，也应该写一篇。”类似的故事还有很多，《中国治水史诗》的作者队伍就这样一天天壮大起来，以至于形成最终罕见的著名作家大集合，他们自觉为这项巨大的文化工程添砖加瓦，所有约稿于2009年12月31日底如期登陆梅州编辑部，为编辑工作打下坚实的基础。

各级领导关心支持

记：《中国治水史诗》由原全国政协副主席叶选平担任总顾问并题写书名，还有众多省部级领导担任编委等，为什么这项工程能够得到众多领导的认同呢？

程：编纂《中国治水史诗》的意义得到了众多领导的认同，这是民间文化工程创造的又一个“不可思议”：当我飞到北京邀请中国作家协会副主席、作家出版社社长、报告文学作家何建明一同担纲《中国治水史诗》主编时，他觉得这是一项功德无量的事情，立即响应担任此书主编，并确定由作家出版社出版；京城《人民日报》、《光明日报》等各大媒体，也发布了我们编写治水史的消息。广东省委宣传部认为该书展示中国五千年的治水工程题材填补了学界空白，省委常委、宣传部长林雄、副省长李容根欣然应邀担任编委会主任；市委书记刘日知专程到编辑部看望工作人员，充分肯定编辑工作是一项伟大的文化工程，勉励大家编出精品提升“梅州文化”品牌，为创造梅州文化名城作出更大贡献，并表示市委、市政府全力支持编辑工作；市长李嘉多次过问编辑工作进展情况，勉励编辑人员写好山水文章。

全国各地作家争相加盟

记：参与《中国治水史诗》的作家不仅来自国内，连港、澳、台的作家也名列其中。

程：不久前，台湾作家蓝博洲做客编辑部时讲出了第四个“不可思议”——编这本书连我们台湾也考虑进去了，太让人感到意外了！这其实也是策划人杨钦欢关于本书“奇、特、精”总要求的体现。在开始策划《中国治水史诗》这项国家级文化工程时，杨钦欢就将范围确定为分布在全国各省（市、自治区）和港澳台地区的主要江河水系，以及历代深具影响力的水利工程。随后，这项工程在国内文坛和社会各界引起了强烈反响，杨钦欢经营文化的理念感染着作家们，“治水史”这个横跨千年的文化命题打动了作家们，于是包括港、澳、台在内的50多位国内一流作家纷纷应约为该书撰稿，连中国作家协会过去都没有组织过如此庞大的作家阵容去完成同一个题目的写作，中国作家协会副主席何建明称这是“中国文坛规模空前的一次集体创作”。

编辑部设在“文化之乡”决策正确

记：《中国治水史诗》的编辑工作可说是一项国家级文化工程，她的编辑部没有设在北京、广州等大都市，而放到了山区梅州，这让国内文艺界的目光再次聚焦在“世界客都”。

程：是的！这正是我想说的第五个“不可思议”。不少同行几乎不敢相信如此庞大的编辑工程，她的编辑部设在远离都市的山区竟然丝毫不影响工作效率。我认为，编辑部落户梅州并不意外，因为这里享有“世界客都”之美誉，我们靠的是实力和认真工作态度，以及对全国著名作家的亲和力。一项国家级的文化工程在这里“经营”同样能够取得良好的效益，梅州虽然是山区，但交通和信息同样发达，一样能办大事。事实证明，编辑部落户梅州的决策是正确的。

名家佳作荟萃值得品读

记：程老，不少读者都盼着能够早日拜读《中国治水史诗》，能够概括一下此书的特点吗？

程：如今，在中国作协领导的亲切关怀、作家出版社的全力支持、执笔作家的鼎力加盟、该书主编何建明以及责编贺平的共同努力下，16开豪华精装封面200多万字的《中国治水史诗》将于本月底提前面世。自古至今，炎黄子孙与水的关系是一个“敬畏、利用、征服、伤害、和谐”的过程，“治水”在历代都是一项难题。参与撰写的作家们以不同的表现形式和精彩的文字向读者展现了中国历史上历代名君、名臣、名人功在千秋的治水伟业。该书的一大亮点是既有生动的治水故事，又有详细的水利工程的介绍，值得一提的是书中还反映了“人与自然的和谐之美”，文字优美，值得品读。（记者　刘军　刘世锦）

2010年5月30日

《南方日报》发表有关《中国治水史诗》的文章：

全景展示中国五千年治水工程，题材填补学界空白，作家阵容强大《中国治水史诗》：提前两年出版

核心提示：

去年11月和今年2月，本报曾分两次报道首部全景呈现中国历代治水工程的著作《中国治水史诗》的编撰经过。近日，一直深受关注的《中国治水史诗》已经出版，该书由原全国政协副主席叶选平同志担任总顾问并题写书名，省委常委、宣传部部长林雄、副省长李容根任编委会主任。担纲主编的著名作家程贤章，以近八旬的高龄跋山涉水实地考察，四处组织全国著名作家撰稿。只用了不到短短一年的时间，这部云集蒋子龙、张笑天、叶延滨等数十位名家，皇皇200万字的巨著即告完成。该书出版后，出版方负责人、作家出版社社长何建明说，编这样的鸿篇巨制，动员那么多全国第一线作家参与，连中国作协也未必能在那么短时间完成。这是一部很值得重视的巨作。

"我向来有一句内心格言：只问耕耘，不问收获。"程贤章淡淡地说。由这位广东作家主编的《中国治水史诗》，提前两年完成编撰，已经于近日出版。在这本首次全景式地呈现中国历代治水工程和人物的200万字的巨著中，是程贤章和所有参与该部著作的作家、编辑的心血。

程贤章：一切靠人民打分

完成《中国治水史诗》之后，79岁高龄的程贤章病了一场。病后康复中的程老只能维持三成的视力，但却依旧精神奕奕，编书时跋山涉水、"跳完冰窖跳火坑"的豪情丝毫不减。"我们没有丝毫凭此获利的想法，一切靠人民和专家打分。"程贤章认为，《中国治水史诗》是一项独特的文化工程，不仅有文学的生动，史学的纪实，而且在经济学、社会学、人类学、自然学等方面都非常有价值。

程贤章连用了几个"不可思议"来形容本书的成书过程：《中国治水史诗》顺利完成编纂，不少人觉得"不可思议"；从去年5月飞赴四川都江堰地震灾区开始约稿算起，原本计划3年完成的编辑工作，如今只用了1年时间，这是第二个"不可思议"；《中国治水史诗》由原全国政协副主席叶选平担任总顾问并题写书名，还有众多省部级干部担任编委等，如此壮观的阵容更令人觉得不可思议。

"这本书成功出版，我的感受可谓百感交集。假如当时没有杨总（本书总策划人、广东梅雁水电集团总经理杨钦欢）的力挺和亲力亲为，能一年完成200万字巨著吗？这哇哇落地的孩子，原本就是大家的。"

何建明：这是"水文化"的全新起点

自古至今，炎黄子孙与水的关系是一个"敬畏、利用、征服、伤害、和谐"的过

程，“治水”在历代都是一项难题。参与撰写的作家们以不同的表现形式和文字，向读者展现了中国历史上历代名君、名臣、名人功在千秋的治水伟业。负责该书出版的中国作家出版社社长何建明认为，该书的一大亮点是既有生动的治水故事，又有详细的水利工程的介绍，值得一提的是书中还反映了“人与自然的和谐之美”，作家的文字生动优美，值得品读。

“包括我在内的作家都有这样一个特点——对于感兴趣的题材都会投入感情、全身心地写好文章。《中国治水史诗》就是这样一个能够引发作家强烈冲动，继而激发写作激情的好题材，所以出现了没有加入的作家想加入、已经参与的作家希望将文章写得更好的感人场面”。何建明说，“《中国治水史诗》的编辑出版不会是一个句号，而是梅州‘水文化’的一个全新的起点。”

参与了写作的作家张笑天评价说，这本书的编辑工作是政府高兴、读者高兴、作家高兴的事情。何建明说，我非常赞同张笑天的评价，但还要再加上一句——“后人也会高兴”，因为这将是一部影响深远而长久的治水史诗。作家出版社出版这部重点书，很有价值。

2010 年 5 月 31 日

我们把刚刚收到的《中国治水史诗》样书送到杨总办公室，杨总拿到样书后非常高兴，并认真翻阅了编委会名单。

2010 年 6 月 4 日

晚上，梅州市委书记李嘉到《中国治水史诗》总编室看望程老。李书记在总编室认真翻看了刚刚出版的《中国治水史诗》，他说：“梅州、梅雁能编出这样一本沉甸甸的大书，是杨总、程老对文化梅州、文化名城作出的巨大贡献。”

2010 年 7 月 2 日

下午，由杨总、程老带队从梅州坐飞机到广州，再由广州坐飞机到北京，参加《中国治水史诗》首发式（参加名单略）。我们在晚上 12 点多才到北京民族饭店，于 2010 年 4 月当选中国作家协会副主席的何建明在民族饭店门口迎接我们一行。何副主席说，辛苦程老和杨总。

2010 年 7 月 3 日

上午，在北京人民大会堂人大常委会议厅隆重举行《中国治水史诗》首发式，参加会议的领导、作家、新闻媒体的记者共200多人。

新华网、搜狐读书网、网易新闻中心网、中国广播网、中国台湾网、中国国际文化产业网报、东北网、中国新闻出版网、华夏经济网、北纬网、当当网、秦皇岛新闻网、英大网、中国灌溉在线、东方文学网、广西新闻网、梅州市人民政府网、维普网、燕赵都市网、宿迁作家网、梅州论坛网、梅州时空网、价值中国网、岳阳读网、晋中新闻网等网站都纷纷发表消息或转载《中国治水史诗》在人民大会堂首发式新闻报道。

中央电视台、北京电视台、梅州电视台、梅县电视台都纷纷播出《中国治水史诗》在人民大会堂首发式新闻报道。

2010年7月5日

人民网发表消息：

《中国治水史诗》出版　何建明等百位名家创作

——原全国政协副主席叶选平任顾问并亲自题写书名

人民网北京7月5日电　（记者文松辉）继北魏郦道元《水经注》之后，我国第一部用文学表现形式所创作的治水巨著——《中国治水史诗》日前正式完成，并由作家出版社出版。该书共分七卷，上下两册，计200余万字。汇集了李存葆、何建明、蒋子龙、贾平凹、谭谈、张炜、叶延滨等近百位中国知名作家的治水作品。

中国作家出版集团7月3日在北京人民大会堂隆重举行了《中国治水史诗》首发式暨研讨会，参与该书创作的作家和首都各界知名人士100多人见证了这一时刻。周克玉、翟泰丰、张健、叶向真、李国安、彭耀新、李远清等嘉宾出席。《中国治水史诗》总策划、广东梅雁水电股份有限公司董事长杨钦欢、作家代表张笑天、杨克、雪漠、评论家傅溪鹏、田珍颖分别作了发言。专家们对百名著名作家参与治水史诗的创作给予高度评价，并认为这部治水史诗具有很高的史料价值和文学价值。

《中国治水史诗》由原全国政协副主席叶选平任顾问并亲自题写书名，由著名作家、中国作家协会副主席何建明和广东文学院院长程贤章担纲主编，活跃在当代文坛的百名著名作家参与了集体创作。全书分为黄淮、长江、珠江、海河、松辽、西部、东南等七个篇部卷，记述了中国所有大的江河水系和部分地方水域治水历史，以及都江堰、灵渠、坎儿井和三峡工程等古今著名的水利工程。在图书编纂过程中，何建明、程贤章和陈世旭、张笑天、缪俊杰、杨克等著名作家负责布点、约稿，挑选理想的作家写他身边的治水工程，在全国作家群中，掀起一轮书写中国治水工程的集体创作高潮。许多名作家一听说年近八旬的老作家程贤章亲自主持编辑《中国治水史诗》的消息，纷纷放下手头的工作，积极参与此书的创作，使得《中国治水史诗》的作者队伍一天天壮大起来，以至于形成最终罕见的明星阵营的作家大集结。编辑部收到的治水文章，90%以上都是全国最优秀作家的手笔，都是全国有名望的、各省市重量级一线作家。在场的评论家表示，全国作家集体创作一部治水史，以别开生面的人文景观和美丽飘逸的文采，表现中国历史上历代名君、名臣、名人功在千秋的治水伟业，使得《中国治水史诗》具有完整、理想的史学价值。

《中国治水史诗》的问世，源自于梅雁水电股份有限公司董事长、总经理杨钦欢先生的策划。杨钦欢是全国劳动模范，也是世界生产率科学院终身院士。他掌舵的梅雁水电集团坚持以治水为公司主业，为治水投入巨大资金，名播两广以及深沪等地。他说，中国的历史就是一部治水史，从三皇五帝到现在，名君都以治水而获万民拥戴，夏禹的传说、都江堰和灵渠，都记载着当时名君名臣名人的千秋功业。自北魏郦道元《水经注》以来，尚无一部完整理想的治水书。从严格意义上说，《水经注》其实写的都是山水文章，虽也文采风流，但极少写治水的文章。由于中国缺少一部较完整的治水书，《水经注》至今仍为许多治水者和文人骚客视为治水经典。编写一部中国治水书成为杨钦欢先生的愿望。中国太需要一部治水史了！

主编之一的程贤章非常认同杨钦欢先生的观点，并不顾个人年事已高，主动请缨承担了这份重任。根据杨钦欢先生的建议，程贤章身体力行到全国各地实地考察。他带领几名助手，考察新疆“火焰山”，坎儿井，走访济宁段古运河、黄河入海口、钱塘江、京杭大运河、黄浦江、鸭绿江、松花江、渭河等多处治水工程，记录下其所见所想。程贤章先生还根据杨总的建议，最终确定利用自己的“作家”资源、联系动员组织全国重量级作家共同创作，并最终向大家奉献了一部“中国治水的史诗”，创造了出版史上的奇迹。

参与研讨的专家认为，《中国治水史诗》不仅弥补了中国水利史上的一个空白，且具有很高的史料价值和文学价值。

责任编辑：文松辉

2010 年 7 月 5 日

来源：网易读书

搜自欧华网：

《中国治水史诗》首发式暨研讨会在京召开

中国作家出版集团在北京人民大会堂隆重举行了《中国治水史诗》首发式暨研讨会专家认为，《中国治水史诗》不仅弥补了中国水利史上的一个空白，且具有很高的史料价值和文学价值。

中国作家出版集团在北京人民大会堂
隆重举行了《中国治水史诗》首发式暨研讨会

继北魏郦道元《水经注》之后，我国第一部用文学表现形式所创作的治水巨著——《中国治水史诗》日前正式完成，并由作家出版社出版。该书共分七卷，上下两册，计200余万字。汇集了李存葆、何建明、蒋子龙、谭谈、张炜、叶延滨等近百位知名作家的治水作品。7月3日，中国作家出版集团在北京人民大会堂隆重举行了《中国治水史诗》首发式暨研讨会，参与该书创作的作家和首都各界知名人士100多人见证了这一时刻。周克玉、翟泰丰、张健、叶向真、李国安、彭耀新、李远清等相关领导出席。《中国治水史诗》总策划、广东梅雁水电股份有限公司董事长杨钦欢、作家代表张笑天、杨克、雪漠，评论家傅溪鹏、田珍颖分别作了发言。专家们对百名著名作家参与治水史诗的创作给予高度评价，并认为这部治水史诗具有很高的史料价值和文学价值。

《中国治水史诗》由原全国政协副主席叶选平任顾问并亲自题写书名，由著名作家、中国作家协会副主席何建明和广东文学院院长程贤章担纲主编，活跃在当代文坛的百名著名作家参与了集体创作。全书分为黄淮、长江、珠江、海河、松辽、西部、东南等七个篇部卷，记述了中国所有大的江河水系和部分地方水域治水历史，以及都江堰、灵渠、坎儿井和三峡工程等古今著名的水利工程。在图书编纂过程中，何建明、程贤章和陈世旭、张笑天、缪俊杰、杨克等著名作家负责布点、约稿，挑选理想的作家写他身边的治水工程，在全国作家群中，掀起一轮书写中国治水工程的集体创作高潮。许多名作家一听说年近八旬的老作家程贤章亲自主持编辑《中国治水史诗》的消息，纷纷放下手头的工作，积极参与此书的创作，使得《中国治水史诗》的作者队伍一天天壮大起来，以至于形成最终罕见的明星阵营的作家大集结。编辑部收到的治水文章，90%以上都是全国最优秀作家的手笔，都是全国有名望的、各省市重量级一线作家。在场的评论家表示，全国作家集体创作一部治水史，以别开生面的人文景观和美丽飘逸的文采，表现中国历史上历代名君、名臣、名人功在千秋的治水伟业，使得《中国治水史诗》具有完整、理想的史学价值。

《中国治水史诗》的问世，源自于梅雁水电股份有限公司董事长、总经理杨钦欢先生的策划。杨钦欢是全国劳动模范，也是世界生产率科学院终身院士。他掌舵的梅雁水电集团坚持以治水为公司主业，为治水投入巨大资金，名播两广以及深沪等地。他说，中国的历史就是一部治水史，从三皇五帝到现在，名君都以治水而获万民拥戴，夏禹的传说、都江堰和灵渠，都记载着当时名君名臣名人的千秋功业。自北魏郦道元《水经注》以来，尚无一部完整理想的治水书。从严格意义上说，《水经注》其实写的都是山水文章，虽也文采风流，但极少写治水的文章。由于中国缺少一部较完整的治水书，《水经注》至今仍为许多治水者和文人骚客视为治水经典。编写一部中国治水书成为杨钦欢先生的愿望。中国太需要一部治水史了！

主编之一的程贤章非常认同杨钦欢先生的观点，并不顾个人年事已高，主动请缨承担了这份重任。根据杨钦欢先生的建议，程贤章身体力行到全国各地实地考察。他带领几名助手，考察新疆“火焰山”，坎儿井，走访济宁段古运河、黄河入海口、钱塘江、京杭大运河、黄浦江、鸭绿江、松花江、渭河等多处治水工程，记录下其所见所想。程贤章先生还根据杨总的建议，最终确定利用自己的“作家”资源、联系动员组织全国重量级作家共同创作，并最终向大家奉献了一部“中国治水的史诗”，创造了出版史上的奇迹。专家认为，《中国治水史诗》不仅弥补了中国水利史上的一个空白，且具有很高的史料价值和文学价值。

（欧华网编辑）

2010年7月6日

搜自梅州网

来源：梅州日报

《中国治水史诗》首发式暨研讨会在京举行

本报讯　继北魏郦道元《水经注》之后，我国第一部用文学表现形式创作的治水巨著——《中国治水史诗》日前正式完成，并由作家出版社出版。7月3日，中国作家出版集团在北京人民大会堂隆重举行《中国治水史诗》首发式暨研讨会，由中国作家协会副主席何建明主持。人民解放军上将、总后勤部原政委周克玉，中国作家协会名誉副主席、中宣部原副部长翟泰丰，全国政协常委、中国作协党组副书记、书记处书记张健，水利部党组成员、办公厅主任陈小江，全国政协委员、中华孔子学会副会长叶向真，梅县县委书记李远青、县长张文广，广东文学院原院长、著名作家程贤章等出席。

《中国治水史诗》总策划、广东梅雁水电股份有限公司董事长、总经理杨钦欢，作家代表张笑天、杨克、雪漠，评论家傅溪鹏、田珍颖分别作了发言。专家们对百名著名作家参与治水史诗的创作给予高度评价，并认为这部治水史诗具有很高的史料价值和文学价值。

《中国治水史诗》由原全国政协副主席叶选平任顾问并亲自题写书名，由著名作家、中国作家协会副主席何建明和广东文学院原院长程贤章担纲主编，活跃在当代文坛的百名著名作家参与了集体创作。该书汇集了李存葆、何建明、蒋子龙、谭谈、张炜、叶延滨等近百位知名作家的治水作品，分为黄淮、长江、珠江、海河、松辽、西部、东南等七个篇部卷，共200余万字，记述了中国所有大的江河水系和部分地方水域治水历史，以及都江堰、灵渠、坎儿井和三峡工程等古今著名的水利工程。在图书编纂过程中，何建明、程贤章和陈世旭、张笑天、缪俊杰、杨克等著名作家负责布点、约稿，挑选理想的作家写他身边的治水工程，在全国作家群中，掀起一轮书写中国治水工程的集体创作高潮。许多名作家一听说年近八旬的老作家程贤章亲自主持编辑《中国治水史诗》的消息，纷纷放下手头的工作，积极参与此书的创作，使得《中国治水史诗》的作者队伍一天天壮大起来，最终形成罕见的明星阵营的作家大集结。编辑部收到的治水文章，90%以上是全国最优秀作家的手笔，是全国有名望的、各省市重量级一线作家的作品。在场的评论家表示，全国作家集体创作一部治水史，以别开生面的人文景观和美丽飘逸的文采，表现中国历史上历代名君、名臣、名人功在千秋的治水伟业，使得《中国治水史诗》具有完整、理想的史学价值。

《中国治水史诗》的问世，源自于杨钦欢先生的策划。杨钦欢是全国劳动模范，也是世界生产率科学院终身院士。他掌舵的梅雁水电集团坚持以治水为公司主业，为治水投入巨大资金。他说，中国的历史就是一部治水史，从三皇五帝到现在，名君都以治水而获万民拥戴，夏禹的传说、都江堰和灵渠，都记载着当时名君名臣名人的千秋功业。自北魏郦道元《水经注》以来，尚无一部完整理想的治水书。从严格意义上说，《水经注》其实写的都是山水文章，虽也文采风流，但极少写治水的文章。由于中国缺少一部较完整的治水书，《水经注》至今仍为许多治水者和文人骚客视为治水经典。编写一部中国治水书成为杨钦欢先生的愿望。中国太需要一部治水史了！

主编之一程贤章非常认同杨钦欢先生的观点，并不顾个人年事已高，主动请缨承担了这份重任。根据杨钦欢先生的建议，程贤章身体力行到全国各地实地考察。他带领几名助手，考察新疆“火焰山”、坎儿井，走访济宁段古运河、黄河入海口、钱塘江、京杭大运河、黄浦江、鸭绿江、松花江、渭河等多处治水工程，记录下其所见所想。程贤章先生还根据杨钦欢先生的建议，最终确定利用自己的“作家”资源、联系动员组织全国重量级作家共同创作，并最终向大家奉献了一部“中国治水的史诗”，创造了出版史上的奇迹。专家认为，《中国治水史诗》填补了中国水利史上的一个空白，具有很高的史料价值和文学价值。大会对梅州市委、市政府的重视，对梅州产生这部巨著的雏形表示浓厚的兴趣，并对这个文化之乡干实事给予很高的评价。

（罗炜新　程勇芳）

2010年7月7日

中国作家网发表：

《中国治水史诗》首发式暨研讨会在京举行

王　杨

千年治水史　今日百家文

《中国治水史诗》首发式暨研讨会在京举行

7月3日，由中国作家出版集团主办的《中国治水史诗》首发式暨研讨会在京举行。中国作协党组副书记、书记处书记张健，中国作协党组成员、副主席、书记处书记何建明出席首发式暨研讨会。

《中国治水史诗》分上下两册，计200余万字，由作家出版社出版。全国政协原副主席叶选平任该书顾问并亲自题写书名，广东梅雁水电股份有限公司董事长杨钦欢担任总策划，何建明和广东文学院院长程贤章担纲主编。该书汇集了李存葆、何建明、蒋子龙、谭谈、张炜、叶延滨等近百位知名作家的集体创作，全书分为黄淮、长江、珠江、海河、松辽、西部、东南七个篇部卷，记述了中国所有大的江河水系和部分地方水域治水历史以及都江堰、灵渠、坎儿井和三峡工程等古今著名的水利工程。在图书编纂的过程中，何建明、程贤章、陈世旭、张笑天、缪俊杰、杨克等作家负责布点、约稿，请作家们写自己身边的治水工程。许多作家积极参与创作，使《中国治水史诗》的作者队伍一天天壮大，掀起了一轮书写中国治水工程的集体创作高潮。年近八旬的老作家程贤章身体力行，到全国各地实地考察，走访了新疆“火焰山”、坎儿井、济宁段古运河、黄河入海口、钱塘江、京杭大运河、黄浦江、鸭绿江、松花江、渭河等多处治水工程，为该书创作奠定实践基础。

何建明在致辞中说，水孕育了人类的生命，推动了中华民族文明史，水令现代化更加风起云动、波澜壮阔，水给作家们带来感动和创作灵感，水让我们懂得了明天和昨天，也明白了未来，更明白了在人类高速发展的今天，我们应该如何清醒理性的认识和爱护水的重要性。一部治水史诗的完成，不仅是我们对中华民族五千年文明史做的一个新的诠释，也让我们得到一次灵魂和精神上的洗礼。

翟泰丰、程贤章、杨钦欢、叶向真，作家代表张笑天、杨克、雪漠以及评论家傅溪鹏、田珍颖等分别在会上发言。专家们对百名作家参与治水史诗的创作给予高度评价，认为《中国治水史诗》是形象思维和逻辑思维相统一的文学著作。作家们用今天的眼光写水和人类、水和自然、水和环境、水和未来，既有学术论证的价值，又带有鲜明的文化色彩。专家们称《中国治水史诗》为一部“大书”，不仅是因为它的“大部头”，更因为它“重文化”。作家们以别开生面的人文景观和美丽飘逸的文采表现中国历史上及当代的治水伟业，赋予该书很高的史料价值和文学价值。

与会者同时谈到，文学与其他学科的介入或融合过程，能够开拓作家视野、增加作品内涵，这类作品是文学创作中的特别领域；文学的介入也为其他学科插上翅膀、增加色彩。《中国治水史诗》的出版，也是为了提醒世人关爱自然环境、关爱生命，维护“人与自然的和谐之美”。

出席活动的还有周克玉、李国安、葛笑政、艾克拜尔·米吉提、李远清、张文广等以及参与该书创作的作家和各界人士代表。

2010年7月9日

搜自中国文学网

原载：《文艺报》2010年07月09日

千年治水史　今日百家文：《中国治水史诗》首发式暨研讨会在京举行

王　杨

7月3日，由中国作家出版集团主办的《中国治水史诗》首发式暨研讨会在京举行。中国作协党组副书记、书记处书记张健，中国作协党组成员、副主席、书记处书记何建明出席首发式暨研讨会。

《中国治水史诗》分上下两册，计200余万字，由作家出版社出版。全国政协原副主席叶选平任该书顾问并亲自题写书名，广东梅雁水电股份有限公司董事长杨钦欢担任总策划，何建明和广东文学院院长程贤章担纲主编。该书汇集了李存葆、何建明、蒋子龙、谭谈、张炜、叶延滨等近百位知名作家的集体创作，全书分为黄淮、长江、珠江、海河、松辽、西部、东南七个篇部卷，记述了中国所有大的江河水系和部分地方水域治水历史以及都江堰、灵渠、坎儿井和三峡工程等古今著名的水利工程。在图书编纂的过程中，何建明、程贤章、陈世旭、张笑天、缪俊杰、杨克等作家负责布点、约稿，请作家们写自己身边的治水工程。许多作家积极参与创作，使《中国治水史诗》的作者队伍一天天壮大，掀起了一轮书写中国治水工程的集体创作高潮。年近八旬的老作家程贤章身体力行，到全国各地实地考察，走访了新疆“火焰山”、坎儿井、济宁段古运河、黄河入海口、钱塘江、京杭大运河、黄浦江、鸭绿江、松花江、渭河等多处治水工程，为该书创作奠定实践基础。

何建明在致辞中说，水孕育了人类的生命，推动了中华民族文明史，水令现代化更加风起云动、波澜壮阔，水给作家们带来感动和创作灵感，水让我们懂得了明天和昨天，也明白了未来，更明白了在人类高速发展的今天，我们应该如何清醒理性的认识和爱护水的重要性。一部治水史诗的完成，不仅是我们对中华民族五千年文明史做的一个新的诠释，也让我们得到一次灵魂和精神上的洗礼。

翟泰丰、程贤章、杨钦欢、叶向真，作家代表张笑天、杨克、雪漠以及评论家傅溪鹏、田珍颖等分别在会上发言。专家们对百名作家参与治水史诗的创作给予高度评价，认为《中国治水史诗》是形象思维和逻辑思维相统一的文学著作。作家们用今天的眼光写水和人类、水和自然、水和环境、水和未来，既有学术论证的价值，又带有鲜明的文化色彩。专家们称《中国治水史诗》为一部“大书”，不仅是因为它的“大部头”，更因为它“重文化”。作家们以别开生面的人文景观和美丽飘逸的文采表现中国历史上及当代的治水伟业，赋予该书很高的史料价值和文学价值。

与会者同时谈到，文学与其他学科的介入或融合过程，能够开拓作家视野、增加作品内涵，这类作品是文学创作中的特别领域；文学的介入也为其他学科插上翅膀、增加色彩。《中国治水史诗》的出版，也是为了提醒世人关爱自然环境、关爱生命，维护“人与自然的和谐之美”。

出席活动的还有周克玉、李国安、葛笑政、艾克拜尔·米吉提、李远清、张文广等以及参与该书创作的作家和各界人士代表。

2010年7月9日

人民日报海外版（北京）发表消息：

百位作家书写《中国治水史诗》

继北魏郦道元《水经注》之后，我国第一部用文学形式所创作的治水巨著《中国治水史诗》日前正式完成，并由作家出版社出版。该书共分7卷，上下两册，计200余万字。汇集了李存葆、何建明、蒋子龙、谭谈、张炜、叶延滨等近百位知名作家的治水作品。中国作家出版集团日前在北京人民大会堂举行了《中国治水史诗》首发式暨研讨会。《中国治水史诗》由原全国政协副主席叶选平任顾问并题写书名，由广东梅雁水电股份有限公司董事长杨钦欢任总策划，由中国作家协会副主席何建明和广东文学院院长程贤章担纲主编，百名著名作家参与了集体创作。全书分为黄淮、长江、珠江、海河、松辽、西部、东南等7个篇部卷，记述了中国所有大的江河水系和部分地方水域治水历史，以及都江堰、灵渠、坎儿井和三峡工程等古今著名的水利工程。以别开生面的人文景观和美丽飘逸的文采，表现了中国历史上历代名君、名臣、名人功在千秋的治水伟业。

返回目录放大缩小全文复制上一篇

继北魏郦道元《水经注》之后，我国第一部用文学形式所创作的治水巨著《中国治水史诗》日前正式完成，并由作家出版社出版。该书共分7卷，上下两册，计200余万字。汇集了李存葆、何建明、蒋子龙、谭谈、张炜、叶延滨等近百位知名作家的治水作品。中国作家出版集团日前在北京人民大会堂举行了《中国治水史诗》首发式暨研讨会。《中国治水史诗》由原全国政协副主席叶选平任顾问并题写书名，由广东梅雁水电股份有限公司董事长杨钦欢任总策划，由中国作家协会副主席何建明和广东文学院院长程贤章担纲主编，百名著名作家参与了集体创作。全书分为黄淮、长江、珠江、海河、松辽、西部、东南等7个篇部卷，记述了中国所有大的江河水系和部分地方水域治水历史，以及都江堰、灵渠、坎儿井和三峡工程等古今著名的水利工程。以别开生面的人文景观和美丽飘逸的文采，表现了中国历史上历代名君、名臣、名人功在千秋的治水伟业。

2010 年 7 月 9 日

搜自中国文明网

来源：人民日报海外版

百位作家书写《中国治水史诗》功在千秋的治水伟业

继北魏郦道元《水经注》之后，我国第一部用文学形式所创作的治水巨著《中国治水史诗》日前正式完成，并由作家出版社出版。该书共分 7 卷，上下两册，计 200 余万字。汇集了李存葆、何建明、蒋子龙、谭谈、张炜、叶延滨等近百位知名作家的治水作品。中国作家出版集团日前在北京人民大会堂举行了《中国治水史诗》首发式暨研讨会。

《中国治水史诗》由原全国政协副主席叶选平任顾问并题写书名，由广东梅雁水电股份有限公司董事长杨钦欢任总策划，由中国作家协会副主席何建明和广东文学院院长程贤章担纲主编，百名著名作家参与了集体创作。全书分为黄淮、长江、珠江、海河、松辽、西部、东南等 7 个篇部卷，记述了中国所有大的江河水系和部分地方水域治水历史，以及都江堰、灵渠、坎儿井和三峡工程等古今著名的水利工程。以别开生面的人文景观和美丽飘逸的文采，表现了中国历史上历代名君、名臣、名人功在千秋的治水伟业。

2010 年 7 月 9 日

搜自中国最权威的新闻出版资讯网站

近百位作家创作《中国治水史诗》

继北魏郦道元《水经注》之后，我国第一部用文学表现形式所创作的治水巨著——《中国治水史诗》日前正式完成，并由作家出版社出版。该书共分 7 卷，上、下两册，计 200 余万字。汇集了李存葆、何建明、蒋子龙、谭谈、张炜、叶延滨等近百位知名作家的治水作品。7 月 3 日，中国作家出版集团在北京人民大会堂举行了《中国治水史诗》首发式暨研讨会。专家们对百名著名作家参与治水史诗的创作给予了高度评价，并认为这部治水史诗具有很高的史料价值和文学价值。

《中国治水史诗》由原全国政协副主席叶选平任顾问并亲自题写书名，由著名作家、中国作家协会副主席何建明和广东文学院院长程贤章担纲主编，活跃在当代文坛的百名著名作家参与了集体创作。全书分为黄淮、长江、珠江、海河、松辽、西部、东南等 7 个篇部卷，记述了中国所有大的江河水系和部分地方水域治水历史，以及都江堰、灵渠、坎儿井和三峡工程等古今著名的水利工程史。在图书编纂过程中，何建明、程贤章和陈世旭、张笑天、缪俊杰、杨克等著名作家负责布点、约稿，挑选理想的作家写他身边的治水工程，在全国作家群中，掀起一轮书写中国治水工程的集体创作高潮。

《中国治水史诗》的问世，源自于杨钦欢先生的策划。杨钦欢是全国劳动模范，也是世界生产率科学院终身院士。他说，自北魏郦道元《水经注》以来，尚无一部完整理想的治水书。从严格意义上说，《水经注》其实写的都是山水文章，虽也文采风流，但极少写治水的文章。由于中国缺少一部较完整的治水书，《水经注》至今仍为许多治水者和文人骚客视为治水经典。主编之一的程贤章身体力行到全国各地实地考察。他带领几名助手，考察新疆火焰山、坎儿井，走访济宁段古运河、黄河入海口、钱塘江、京杭大运河、黄浦江、鸭绿江、松花江、渭河等多处治水工程，记录下其所见所想。

（实习生　温宝臣）

2010年7月13日

搜自全国出版物发行信息网

《中国治水史诗》首发式暨研讨会在京举行

作者：孟凡　新闻来源：2010年社科新书目第942期

本报讯　继北魏郦道元《水经注》之后，我国第一部用文学表现形式所创作的治水巨著——《中国治水史诗》日前正式完成，并由作家出版社出版。该书共分七卷，上下两册，计200余万字。7月3日，中国作家出版集团在北京人民大会堂隆重举行了《中国治水史诗》首发式暨研讨会。

《中国治水史诗》由原全国政协副主席叶选平任顾问并亲自题写书名，由著名作家、中国作家协会副主席何建明和广东文学院院长程贤章担纲主编，活跃在当代文坛的百名著名作家参与了集体创作。全书分为黄淮、长江、珠江、海河、松辽、西部、东南七个篇部卷，记述了中国所有大的江河水系和部分地方水域的治水历史，以及都江堰、灵渠、坎儿井和三峡工程等古今著名的水利工程。

在图书编纂过程中，何建明、程贤章和陈世旭、张笑天、缪俊杰、杨克等著名作家负责布点、约稿，挑选理想的作家写他身边的治水工程。许多名作家听说年近八旬的老作家程贤章亲自主持编辑该书，纷纷放下手头工作，积极参与创作，最终形成罕见的明星阵营的作家大集结。编辑部收到的治水文章，90%以上都是全国最优秀作家的手笔。全国作家集体创作一部治水史，以别开生面的人文景观和美丽飘逸的文采，展现中国历史上历代名君、名臣、名人功在千秋的治水伟业，使得《中国治水史诗》具有完整、理想的史学价值。《中国治水史诗》不仅弥补了中国水利史上的一个空白，且具有很高的史料价值和文学价值。

2010 年 7 月 18 日

搜自书业·书市 BOOKICP 中国出版在线　出版社网址大全

百名作家合著《中国治水史诗》

BOOKICP 讯：（记者　刘娟）继北魏郦道元《水经注》之后，首部全景呈现中国历代治水工程的著作《中国治水史诗》由作家出版社推出。7 月 3 日，中国作家出版集团在北京人民大会堂举行了《中国治水史诗》首发式暨研讨会。该书共分七卷，上下两册，计 200 余万字，汇集了李存葆、何建明、蒋子龙、谭谈、张炜、叶延滨等近百位知名作家的治水作品。

《中国治水史诗》由原全国政协副主席叶选平任顾问并亲自题写书名，由著名作家、中国作家协会副主席何建明和广东文学院院长程贤章担纲主编，活跃在当代文坛的百名著名作家参与了集体创作，在全国作家群中，掀起了一轮书写中国治水工程的集体创作高潮。许多名作家一听说年近八旬的老作家程贤章亲自主持编辑《中国治水史诗》的消息，纷纷放下手头的工作，积极参与此书的创作。

2010 年 7 月 28 日

搜自光明日报和文化中国－中国网

《中国治水史诗》：用文学表述中国治水的历史

责任编辑：雨悦

编者按

《中国治水史诗》全书分为黄淮、长江、珠江、海河、松辽、西部、东南等七个篇部卷，记述了中国所有大的江河水系和部分地方水域治水历史，以及都江堰、灵渠、坎儿井和三峡工程等古今著名的水利工程。该书主编之一程贤章身体力行到全国各地实地考察。他带领几名助手，考察新疆“火焰山”，坎儿井，走访济宁段古运河、黄河入海口、钱塘江、京杭大运河、黄浦江、鸭绿江、松花江、渭河等多处治水工程，记录下其所见所想。

该书汇集了李存葆、何建明、蒋子龙、谭谈、张炜、叶延滨等近百位知名作家的治水作品。以别开生面的人文景观和美丽飘逸的文采，表现中国历史上历代名君、名臣、名人功在千秋的治水伟业，使得《中国治水史诗》具有完整、理想的史学价值。

这是一部大书。上下两部的容量，240 万字的篇幅，几千年历史的实录，广阔的中华大地的覆盖，都使它具有大书的规模。

这是一本在出版和写作两方面都获得成功的大书，这样的成功，使它具有了大书的品格。

《中国治水史诗》的出版过程，就其内质来说，它是一次由出版业主动地种植文化的行为。

开展这项工程，出版者首先认定了一个具有思想性的创意——中国治水史。这个创意，思绪延绵千年，视野扩展万里，它的厚重，足以让人动出版之心。

创意只是一张线条简略的蓝图。组织坚实的大规模的写作队伍，是这项“种文化”的出版工程最可宝贵的经验。对写作者本土化的选择，对写作队伍中领军人物的确定落实，彰显了这个出版工程的实施者们的智慧，更显示了他们清晰的经营思想。正是这个程序的扎实和缜密，铺就了这部书走向成功的关键性的一步。

但这仅是《中国治水史诗》出版成功的一个方面。如果把这部书的出版，置于“文化自觉”的平台上来考量，我们还能发现更加深远的意义。

“文化自觉”并不是一个陌生的概念。它是上个世纪九十年代，我国著名社会学家费孝通先生，穷自己一生学识经验提出的一个科学的文化观，“文化自觉”一经提出，受到各界学人的响应。它的前瞻性，更使它在当前和未来的时日里，具备了文化引导的作用。“文化自觉”提出的背景，是在经济全球一体化的前提下，世界各民族及国家之间的文化，所面临的不可避免的碰撞、交流、汇通和融合，所以，“文化自觉”是未来世界大同的前奏中的一个乐章。略去“文化自觉”的许多广博深厚的内容不说，择其要点，是对本土文化的自知，即：我们应当了解自己民族文化的历史，它的来龙去脉、前世今生，它的优长短缺，它的发展趋势，以取得与世界文化对话的资格与资源。

《中国治水史诗》，以其所涉时间的悠长、空间的广大，沿治水史的线络，书写了中华民族的文明史，无疑，它是大文化的积淀。这正是我们民族向人类文化融汇所交出的一个可经世流传的文本。从这一点看，《中国治水史诗》的创造者们，又是“文化自觉”的先行者，其成功的意义，可谓高而深远。

再值得一说的是这部书在文学创作上的成功——它是多种社会学科的成功的文学表述。

治水，无疑是社会学的大选题。水与社会的历史和现状，水利开发沿革，人与水形成的社会经济状况等，都是社会学家的研究专题。由于时间的延续，这些专题可扩及到历史学。

文学介入其他社会科学的范围，会使自身扩展视野，增深内涵。而文学的表述，又会为其他学科插上翅膀，送其飞翔。

确定以文学的史诗般的形式，表述治水史时，我们的编者、作家，首先凭仗的是对文学魅力的自信。因为我们有情、有形象，有对文字的表现能力。

“感人心者，莫先于情。”作家们会用情感激活历史和现实，从而成文成诗。何况，他们要描述的滔滔之水，是他们的祖先、他们自己和他们的万代子孙的养育者。

情之已至，则“立象以尽意”。作家们舞动的是形象思维的长调，它灵动、辐散，并无比飞扬。正因此，在治水史的长河上，我们看到了人物形象，看到场景环境，乃至神来的细节。

这部堪称史诗的大书中，矗立着数不尽的鲜活的人物。

从先贤大禹，到李冰父子，从隋炀帝到后来的曹瑾、王炽等，在作家们追忆治水历史的过去岁月中，古代治水者的长袍大裾，永远飘扬着他们的坚韧；

在近代、当代的治水伟业中，作家们笔下出现了几代伟人的形象，孙中山、毛泽东、周恩来以及参与新中国治水的文臣武将，他们指点江山的雄图大略，永远是镌刻治水史的重笔所在；

本书最生动的人物形象，是一批胆识皆备的风云人物：立志在长江上“作文章”的章鸿钊；把一生系于长江水的张光斗；务实而不改其志的林一山，以及李锐、黄万里，等等。这些人物在作家的文学表述中，都是挟治水史之风云，而成为千年不倒的形象。

本书涌现的草根人物的形象，让长长的治水史、艰难的治水历程，变得有声有色。三峡边的王作秀，带着几十年的盼望，与治水大军为伴；海河水灾中被水围困几乎致死的张连璧、叶道纶；沱沱河上一军一民的两家守望；淮河的警告声中有最基层的干部戴业成、李守义的严正声音；镇长葛木初的九死一生的水中历险；科技工作者赖纯久的舍富贵、从水电的坚定等等。他们是治水史上的普通人，甚至没有奖章奖状，但在作家们的眼中，他们是推动治水大业的原动力。于是，最美的文笔，描绘着最普通的人。

在这部史诗中，人物形象的生动，是一道亮丽的文学风景，他们在作家们的文字表述中，尽显个性，尽显风采，尽显多舛命运，尽显风发意气。

这部作品的另一道文学风景，是场景和环境的描写。在作家眼中，所有的生态环境，都充满了勃勃的生命气息。

神秘、幽深甚至险峻的三江源，像和人类千年相随的巨人；源头呈秀丽端庄之状的松花江，到与黑龙江相汇之处，一高一低相拥入海的姿态，令人动心；千年黄河口的迁徙，作者用清水沟、赶河人、一棵树等场景连缀，甚至虚构的大海与黄河的对话，也容纳着历史的记载；南水北调的宏大场面，铺展千里，在北京西四环巨大的地下工程面前，作家说，那是“为历史准备一场盛大的典礼”，大水之灾，瞬间而来，那场面让人动容；抗洪的场面，人群矗立成屏障，军队形象、国家形象是激情、勇气的标志……这道用场景展现的风景，是用色彩、用声音、用光线编织而成，它特别展现了作家们写山山动、写水水流的文学功底。

行文至此，还应当提到这部史诗中，点缀于其间的细节描写，它们是作家们进行文学表述的神来之笔，是最能显现文学魅力的亮点。还有，作家们在不动声色中，对所描述事物的哲学提升，在无限的形象空间里，他们用诗性的哲学，引我们悟道。

其实，用文学的表述来传达其他社会科学的原理，我们的先辈学者们都曾试验过。但单文本的、个体的、仅限于文字的试验，未成气候。今天，读《中国治水史诗》，我们则看到一个大规模的、团队式的多文体多风格的文本试验，它把社会学、历史学，乃至哲学的专题，描写得如此生动，如此深刻。当我们将这本大书置于书案，一页页翻读时，它带给我们的阅读收益，是丰富而经久不衰的。（田珍颖）

2010 年 8 月 4 日

搜自新浪陈富强博客

浙江作家网

《中国治水史诗》在京首发

被誉为继北魏郦道元《水经注》之后，我国第一部用文学表现形式所创作的治水巨著——《中国治水史诗》日前由作家出版社出版。7 月 3 日，中国作家出版集团在北京人民大会堂隆重举行《中国治水史诗》首发式暨研讨会。周克玉、翟泰丰、张健、叶向真、李国安、彭耀新、李远清等领导和近百位参与该书创作的作家、首都各界知名人士出席。何建明主持。

《中国治水史诗》共分黄淮、长江、珠江、海河、松辽、西部、东南等七个篇部卷，上下两册，计 200 余万字。由原全国政协副主席叶选平任顾问并亲自题写书名，由著名作家、中国作家协会副主席何建明和广东文学院院长程贤章担纲主编，汇集了李存葆、何建明、蒋子龙、谭谈、张炜、陈世旭、叶延滨等近百位知名作家的治水作品。专家们对百名著名作家参与治水史诗的创作给予高度评价，认为该书不仅弥补了中国水利史上的一个空白，且具有很高的史料价值和文学价值。在场的评论家表示，全国作家集体创作一部治水史，以别开生面的人文景观和美丽飘逸的文采，表现中国历史上历代名君、名臣、名人功在千秋的治水伟业，使得《中国治水史诗》具有完整、理想的史学价值。

我省作家谢鲁渤、陈富强应邀参与了该书的创作。谢鲁渤创作了以新安江水电站建设为背景的《千岛湖随感录》；陈富强则创作了《中国水电英雄谱》和《钱塘东去》。在《中国水电英雄谱》一文中，作者对中国现当代著名治水人物进行了系统梳理，塑造了一批为中国水利电力事业呕心沥血的治水名人。《钱塘东去》则全景式叙述了浙江历史以来的治水伟业。3 篇作品合计近 8 万余字。

（文讯）

2010 年 8 月 9 日

搜自广东省人民政府参事室、广东人民政府文史研究馆网

程贤章馆员等主编的《中国治水史诗》正式出版首发式暨研讨会在北京举行

2010年7月3日，中国作家出版集团在北京人民大会堂隆重举行《中国治水史诗》首发式暨研讨会。《中国治水史诗》由中国作家协会副主席何建明和我馆馆员、著名作家程贤章担纲主编，原全国政协副主席叶选平任顾问并亲自题写书名，作家出版社出版。该书是继北魏郦道元《水经注》之后，我国第一部用文学表现形式创作的治水巨著，汇集了李存葆、何建明、蒋子龙、谭谈、张炜、叶延滨等近百位知名作家的治水作品，分为黄淮、长江、珠江、海河、松辽、西部、东南等七个篇部卷，共200余万字，记述了中国所有大的江河水系和部分地方水域治水历史，以及都江堰、灵渠、坎儿井和三峡工程等古今著名的水利工程。

《中国治水史诗》是全国作家集体创作一部治水史，以别开生面的人文景观和美丽飘逸的文采，表现中国历史上历代名君、名臣、名人功在千秋的治水伟业，使得《中国治水史诗》具有完整、理想的史学价值和文学价值。

程贤章馆员身体力行，带领几名助手，考察新疆“火焰山”、坎儿井，走访济宁段古运河、黄河入海口、钱塘江、京杭大运河、黄浦江、鸭绿江、松花江、渭河等多处治水工程，记录所见所想，为该书的编著积累了有益的素材。程贤章馆员是活跃在中国文坛的有影响的作家，他主动联系、组织了全国重量级作家共同创作，并最终向大家奉献了一部《中国治水史诗》，创造了出版史上的奇迹。

2010年9月15日

搜自人民网

《中国治水史诗》出版　汇集近百位著名作家作品

简要内容：7月3日，中国作家出版集团在北京人民大会堂隆重举行了《中国治水史诗》首发式暨研讨会。《中国治水史诗》总策划、广东梅雁水电股份有限公司董事长杨钦欢发言。《中国治水史诗》的问世，源自于梅雁水电股份有限公司董事长、总经理杨钦欢先生的策划。

《中国治水史诗》的问世，源自于梅雁水电股份有限公司董事长、总经理杨钦欢先生的策划。杨钦欢是全国劳动模范，也是世界生产率科学院终身院士。他掌舵的梅雁水电集团坚持以治水为公司主业，为治水投入巨大资金，名播两广以及深沪等地。他说，中国的历史就是一部治水史，从三皇五帝到现在，名君都以治水而获万民拥戴，夏禹的传说、都江堰和灵渠，都记载着当时名君名臣名人的千秋功业。自北魏郦道元《水经注》以来，尚无一部完整理想的治水书。从严格意义上说，《水经注》其实写的都是山水文章，虽也文采风流，但极少写治水的文章。由于中国缺少一部较完整的治水书，《水经注》至今仍为许多治水者和文人骚客视为治水经典。编写一部中国治水书成为杨钦欢先生的愿望。中国太需要一部治水史了！

主编之一的程贤章非常认同杨钦欢先生的观点，并不顾个人年事已高，主动请缨承担了这份重任。根据杨钦欢先生的建议，程贤章身体力行到全国各地实地考察。他带领几名助手，考察新疆“火焰山”，坎儿井，走访济宁段古运河、黄河入海口、钱塘江、京杭大运河、黄浦江、鸭绿江、松花江、渭河等多处治水工程，记录下其所见所想。程贤章先生还根据杨总的建议，最终确定利用自己的“作家”资源、联系动员组织全国重量级作家共同创作，并最终向大家奉献了一部“中国治水的史诗”，创造了出版史上的奇迹。

参与研讨的专家认为，《中国治水史诗》不仅弥补了中国水利史上的一个空白，且具有很高的史料价值和文学价值。（记者文松辉）

2010 年 8 月 30 日

刚上任的梅州市市长朱泽君到《中国治水史诗》总编室看望程老，并认真翻看了《中国治水史诗》一书。他对梅州、梅雁能作出这样国家级文化工程表示祝贺，对杨总、程老为建设文化强省、文化梅州作出的贡献表示充分肯定。

2010 年 9 月 21 日

深圳第一村原村书记潘强恩专程从深圳来梅州看望程老。程老向潘强恩赠送了由广东梅雁水电股份有限公司董事长、总经理杨钦欢总策划的《中国治水史诗》。潘强恩高兴地说：“杨钦欢是企业家，我也是企业家，杨先生在短短一年中就组织这么多名作家编出了这部流芳百世的《中国治水史诗》，杨先生不仅是梅州的骄傲，也是我们企业界的骄傲。”

2011 年 2 月 14 日

中国人民解放军上将周克玉同志在《文艺报》上发表：《贺中国治水史诗出版》的一首诗，诗云：“百位诗仙著水经，程门杨将领旗旌。戎禹蜀郡惊梦喜，大吕黄钟遗世倾。疏凿贯通利万众，道遵势顺循者荣。古来经验堪珍贵，要知功效在践行。”

2011 年 3 月 18 日

《人民日报》发表了缪俊杰老师为《中国治水史诗》写的文章：

要知功效在践行

日前，读到周克玉同志发表在《文艺报》上的一首诗：《贺中国治水史诗出版》，诗云："百位诗仙著水经，程门杨将领旗旌。戎禹蜀郡惊梦喜，大吕黄钟遗世倾。疏凿贯通利万众，道遵势顺循者荣。古来经验堪珍贵，要知功效在践行。"周诗深邃铿锵，发人深思。我因参加了编撰《中国治水史诗》的一点工作，本书总策划和主编在《序言》和《后记》中多次提到，因而也想附骥说点感想。

一部200多万字的大书出版耗资甚巨，事关重大，成功与否首先取决于策划是否得当。我觉得"治水史诗"取得今天的效果，有赖于策划者的"前瞻性"。周诗所说的"程门杨将领旗旌"，指的就是本书的总策划杨钦欢和主编之一程贤章。这里想就杨、程二位说几句话。杨钦欢是广东梅州的一位企业家，长期从事水利研究和水利工程方面的项目开发。他积多年经验，深感水利是国家、民族和人民生存的命脉，兴水利，除水害，事关人类生存、经济发展、社会进步，也是历朝历代主政者治国安邦的大事。于是他向老朋友、广东作家程贤章咨询，问能否编一本中国治水历史方面的书，作为历史殷鉴，教育后人。长期写小说和报告文学的老作家程贤章毅然"接招"，说只要杨总注资，他就是拼掉老命也要把这件事干成。他说到做到。于是，程老以年近80的孱弱之躯，带领几个助手冒着严寒酷暑，西进川蜀，北上天山，南下广西，东进黄河口，还走东北，赴江浙，考察中国历代著名水利工程，多方联络著名作家、新闻界朋友，下定决心，快马加鞭，干这件大事，并表示一定要把这件事干成。

书是作家写出来的。一部书的成败关键还取决于撰写者的思想文化素质和文学功力修养。程门、杨将旌旗一举，立即得到国内实力派作家的加盟。在水利战线工作过的何建明一马当先，他以多年采访积累的素材，首先写出了《百年梦想——中国几代伟人与三峡工程》发到了程老的电子邮箱。接着蒋子龙、李存葆、谭谈、张炜、陈世旭、张笑天、焦祖尧等70多位实力派作家诗人加盟其中。

这是一部中国治水史诗，也是一部"适合时宜"的书。党和政府关心水利，人民群众关心水利。2011年一号文件《中共中央国务院关于加快水利改革发展的决定》昭示国人："促进经济长期平稳较快发展和社会和谐稳定，夺取全面建设小康社会新胜利，必须下决心加快水利发展，切实增强水利支撑保障能力，实现水资源可持续利用。"在《中国治水史诗》中，众多作家诗人，以磅礴的气势、犀利的笔锋和诗意盎然的语言，描绘中国历史上大禹治水，李冰父子修建都江堰，秦代建设灵渠，隋炀帝开凿运河，唐代治理长安浐、灞，赣南修建福寿沟，以及近百年来开发长江，治理黄河、淮河、海河、黑龙江、辽河，及至南水北调，香港、澳门、台湾等地的大型水利工程，都写得有史有据，充满诗情画意，给人以历史殷鉴，令人动容。可以说这是一部"适合时宜"的水利教科书式的作品。

"要知功效在践行"，我们应该感谢为这部书付出艰辛劳动的策划者、写作者、编辑者、出版者和各方面的支持者。这是他们"践行"的实际功效。

2011 年 3 月 20 日

《中国治水史诗》的圆满、成功出版、发行，得到党委、政府和社会的广泛认同，充分体现了杨总策划《中国治水史诗》的远见卓识。杨总又嘱咐我们再接再厉，努力做好《〈中国治水史诗〉后记》（暂定名）的组稿工作。我们一定要全身心投入，不辜负杨总的嘱托。

附记：《纪事》文稿由程勇芳、罗炜新撰写，因此，对领导、作家、画家等的称呼均用民间称呼。其中有几篇直接摘自程老日记。

图书在版编目（CIP）数据

《中国治水史诗》评传/何建明，程贤章主编. －北京：作家出版社，2011.10

ISBN 978－7－5063－6034－0

Ⅰ.①中… Ⅱ.①何…②程… Ⅲ.①纪实文学评论－中国－当代－文集 Ⅳ.①I207.5－53

中国版本图书馆 CIP 数据核字（2011）第 181992 号

《中国治水史诗》评传

总 策 划：杨钦欢

主　　编：何建明　程贤章

责任编辑：李亚梓

装帧设计：张晓光

出版发行：作家出版社

社址：北京农展馆南里 10 号　　**邮编**：100125

电话传真：86－10－65930756（出版发行部）

86－10－65004079（总编室）

86－10－65015116（邮购部）

E－mail：**zuojia@ zuojia. net. cn**

http://www. haozuojia. com（作家在线）

印刷：北京汇林印务有限公司

成品尺寸：185×260

字数：380 千

印张：13.75

版次：2011 年 10 月第 1 版

印次：2011 年 10 月第 1 次印刷

ISBN　978－7－5063－6034－0

定价：60.00 元